昔有琉璃瓦
和她一起看過十四年漫天飛雪，
他不在意分別，只要她最後仍會回到他身邊。
暢銷青春文學小說家
北風三百里
著

【臺灣版獨家作者序】

《昔有琉璃瓦》是我的第一本書。

其實對於作者而言，每一本書都有不可替代的意義。但和戀愛一樣，第一本書，總會更爲獨特。

我記得這本書是在四月完稿的。那年我還在昆明，爲了畢業論文和書稿終日往返於圖書館與宿舍之間。學校的櫻花開了，我抱著電腦，路過每一個花開的清晨日暮。

好巧，如今替臺灣版作序也是四月，只是日曆已經向後翻了四年。而我也因爲繁忙的工作，很久沒有再拿起筆。

回憶當時的寫作，是一個身體逐漸甦醒的過程。那年的自己不懂技巧，更無章法，純憑著少年人的傾訴欲，烈火燎原似的寫出一本書。

不像現在，正文還沒寫一行，心頭先湧起十八重顧慮。靈感不少，到最後卻都是擱置。

因此，儘管我在重讀這本書時，常常懊惱於作品的青澀、笨拙，和淺薄，但我仍然很羨慕那年的自己，羨慕她在寫下這些文字時的一腔赤誠。

隨著我筆下的故事漸多，年歲漸長，《昔有琉璃瓦》或許也會離我越來越遠，那些由我創造的角色，也終將繼續他們在那個世界的生活。

但每當我累了，迷失了，不知道接下來的路在哪裡時，我總會回頭看看書中永恆矗立的紅牆，和閃著金光的琉璃瓦。

那是我的起點，也是我的桃花源。

若我有幸，它亦可成爲你的。

北風三百里

楔子

二〇〇二年，北京。

那年大事不多，最激動人心的也只有六月份巴西足球隊繼續毫無意外奪得了世界盃冠軍。冬天如約而至，低溫讓胡同裡的孩子們都被父母用厚厚的棉衣羽絨服裹成了一顆顆蓬鬆的球。

不過那年下雪倒是很晚，所以兩年後有個聲音滄桑的男人唱了一首傳爛大街的歌：〈二〇〇二年的第一場雪〉。

二〇〇二年的第一場雪，比以往都來得更晚一些。

遲，卻足夠浩瀚。天地間一片蒼茫茫的白，讓歲月的痕跡越發的不明顯。

邵雪也出生在這樣一場大雪裡。

那個年頭的北京還沒有霧霾，站在銀錠橋上也還能望見西山。太陽稀薄的掛在天上，向地面投下暖融融的光。對邵雪而言，那些畫面像是頑固的生長在腦海中一樣，過了多少年都忘不掉。譬如她和鄭素年騎著自行車，穿過北京城清晨的霧氣，在金水河潺潺的流淌聲中抵達北京故宮朱紅色的大門前。宮門一道道打開，鎏金的門釘點亮寂靜的宮殿。再譬如，太和殿前的積雪，雪地裡蹦跳的麻雀，還有看門大叔手中虎虎生威的竹掃把。

那是她的青春。

是她的，燃情歲月。

第1章 今宵多珍重

1

「扶穩了沒有？」

「扶穩了。」

「那我跳了啊。」

「跳吧。」

胡同不寬，門外坐了幾個在下棋的老人家。正是下班的時間，自行車的鈴聲回蕩在狹長空間裡，驚嚇了樹上棲息的鳥雀，呼啦啦的飛起來一大片。

張祁和邵雪扶著桌子，桌子上放了一把椅子，椅子上站了個人。鄭素年彎著腰看了看高度，長腿一邁，穩穩的落到地面。

管委會的阿姨在底下仰著頭看，「不錯，還是我們素年畫得好。」

這黑板也不知道是誰釘得那麼高，每次畫個宣傳壁報都得爬上爬下。這次的主題是喜迎奧運，邵雪掰著手指頭算算，怎麼算也覺得有點遙遠。

「一迎迎六年，」她看著鄭素年畫的那幾個帶著紅領巾的小人，「我那時都上大學了。」

「妳以為六年短啊？」阿姨使喚完他們，就開始轟人了，「那只是一轉眼的事。」

鄭素年畫完了壁報，一手一臉都是粉筆灰。吃晚飯的時間到了，邵雪邊往家裡走邊感嘆，「這東西還眞是遺傳啊。晉阿姨是做古畫臨摹的，素年哥就是隨便畫畫都比別人好看。」

「那也未必，」張祁存心找碴，「妳爸爸還做鐘錶修復呢，可妳簡直是一個電器殺手。這些年，我們幫妳修了多少弄壞的遙控器和鬧鐘？」

鄭素年打斷了他，「你說話別太快，小心她下次不幫你的考卷簽名。」

邵雪寫的字成熟，多次幫考卷拿了低分的張祁簽名蒙混過關。鄭素年一語驚醒夢中人，嚇得張祁急忙湊過去捏肩捶背，「哎呦小雪，我剛才胡說的，我那裡還有一張剛發的成績單——」

「呸！」邵雪還捏著他這把柄等著敲詐呢，肩膀一甩，一溜煙進了自己家門。

一條胡同兩面牆，內裡的屋子延伸出了千家萬戶。邵雪、鄭素年和張祁，生於斯，長於斯。

其實胡同裡這個年齡的小孩也不光是他們三個人，只不過他們的父母都在故宮文物保護那個院子裡做修復師，上一輩都是幾十年同事兼鄰居的交情，他們三個不熟也難。

這個故事發生那年，邵雪初二，張祁初三，鄭素年則已經在讀高一。其實素年和張祁是同一年生的，只不過他媽媽晉寧懶得帶孩子，硬是早一年把他送進了幼稚園。

晉寧這女人，不是凡人。

鄭素年家離胡同口最近。他走進去的時候，一抬眼便看見自己爸爸鄭津滿頭大汗的從廚房走出來。

「爸，」鄭素年不用想，都知道他媽媽正在做什麼，「你又忙著？眞是上得廳堂下得廚房。」

「你閉嘴吧，」鄭津瞪他，「去叫你媽出來吃飯。」

他在門口拉了一條毛巾，一邊拍掉自己身上的粉筆灰一邊往臥室走去。打開門，晉寧正抱著一卷衛生紙，眼睛通紅的轉過臉看他。

他媽媽長得很漂亮，這是所有人公認的事。鄭津有時候向自己兒子吹牛皮，回憶起當初晉寧剛進北京故宮修復室的樣子，眞是叫「一樹桃花黯然失色，單位裡所有適婚男性全都蠢蠢欲動」。但素年並不給自己老爸面子，指著家裡一整個書架的光碟問：

「那她現在怎麼整天看這些言情肥皂劇？」

那年鄭素年十五歲，每次開家長會，老師都會誇：「看看你媽媽，長得那麼漂亮，又留過學，儀態舉止落落大方，怪不得把你教得這麼優秀。」

鄭素年臉上在笑，心裡想的卻是：我這麼優秀全是靠自己……

螢幕上播著《藍色生死戀》，素年很不喜歡一群男女哭哭啼啼的慘狀，一指頭就把螢幕關了。

「媽，吃飯了。」

晉寧「哦」了一聲，平復了一會兒情緒，跟著一表人才卻著實不是自己教出來的兒子去客廳開飯。她眼淚還沒擦乾淨呢，便拉著鄭津說：「電視有疊影了。」

鄭津和邵雪爸爸都是在修復室做鐘錶復原的，觸類旁通之下便會修理一切傢俱電器。自家老婆有指示，鄭津義不容辭，「先吃飯，吃完了我幫妳修。」

那一邊，邵雪正對著一桌子菜難以下嚥。

「媽，眞的不是我愛挑剔妳，」她放下筷子，「我們手藝不好就做點家常的，我跟我爸都能忍，妳幹嘛非要挑戰自我玩創新哪？」

郁東歌掃了旁邊的邵華一眼，對方立刻表明立場，「我覺得菜還行啊，是妳太難伺候。」

「一丘之貉。」

「學了幾個成語就亂用，」郁東歌抄起筷子敲她的頭，「不吃就滾，家裡不差妳這張嘴。」

邵雪立刻跳起來，「素年哥說他們家今天有排骨，那我去了啊——」

「坐下！」郁東歌立刻柳眉倒豎，「都多大了，天天黏著人家素年，我有幾個同事已經直接問我這個女兒是不是已經嫁過去了。」

「素年那孩子滿好的，」邵華的神經一鬆懈下來，說話就有點不留神了，「我覺得可以。」

「當著孩子的面胡說八道，一碗飯都堵不上你的嘴。」

眼看著郁東歌快要發火，椅子對面的父女倆立刻老實下來，坐在椅子上安安穩穩的吃起郁東歌獨創的黑暗料理。

郁東歌也做文物修復工作，她是紡織品修復組的組長，每天上班就是跟針線過不去，所有耐心都留給了織品文物，回了家就變得脾氣火爆。邵雪沒胃口，吃了點飯便出去和張祁及素年玩了，留下當媽的在家裡長吁短嘆。

「還是小時候好，」她抱怨，「抱在懷裡安安靜靜的，也不會成天只想往外跑。」

「總會長大嘛。三歲看老，她從小就不是個好帶的孩子，妳還期待她現在長大了老老實實的？」

郁東歌不說話了，筷子往桌子上一放，好像陷入了回憶裡。

邵雪出生那天，北京下了場大雪。邵華得到消息的時候，正坐在鐘錶修復室裡爲一座康熙年間的古鐘除鏽。鎏金的鐘飾被歲月斑駁出片片銅綠，他做得太投入，甚至沒聽見門外傳來的腳步聲。

晉寧冒著一身風雪闖進門，嚇得邵華險些丟了銼刀。她一口氣都沒喘過來，只是斷斷續續的對邵華說：「邵、邵老師，東歌生了。」

小傢伙在郁東歌肚子裡待不住，比預產期早出來整整一週。人人都以爲這孩子將來必定體弱，沒想到她後來比任何一個初生兒都生龍活虎。滿月的時候，晉寧和鄭津抱著鄭素年去邵華家裡看她，只見這丫頭眼睛繞著鄭素年滴溜溜轉，伸出手抓住他的手指，怎麼也不鬆開。

「你們家女兒喜歡我家兒子嘿。」晉寧那年也才二十五、六，開心的向郁東歌炫耀，結果被瓷器室的孫祁瑞老師傅白了一眼。

「只要是個人就喜歡你們家素年，娃娃親定了五次有沒有？」

鄭津趕忙過來把自家老婆拉走，嘴上還轉移話題，「哎，邵老師，取名了嗎？」

「還沒，」邵華初爲人父，什麼時候都一副喜悅而茫然的模樣，「我家裡沒長輩，想讓孫師傅幫個忙。」

老頭對這種重任顯然興趣盎然，「這不巧了？我來之前還眞想了一個給你——你家丫頭生在雪天，就叫邵雪吧。」

「您這命名眞隨便，」晉寧忍不住出聲，「我師父可是取了素年的名字，您這一回合輸了啊。」

「邵雪好。」一直沒說話的郁東歌忽然開了口。她摸摸自己女兒的臉蛋，滿臉都是初爲人母的溫柔，「雪是好東西，瑞雪兆豐年。就叫邵雪吧。」

名字都是有好寓意的。父母心裡的雪乾淨又清冷，以爲自己能養出個陽春白雪的大家閨秀，卻沒想到邵雪的雪不是晚來天欲雪的雪，而是打雪仗拿雪球往張祁領子裡塞的雪。以至於全修復室的職員都知道郁東歌那句口頭禪：「懷胎十月，生了個冤家出來。」

「這就是爲人父母，」從回憶裡抽身出來的郁東歌長嘆一聲，「勞心費力的把冤家養大。」

院子外面一陣喧嘩，邵雪又跟著張祁和鄭素年開始胡鬧了。幾個家長洗刷著碗筷，偶爾伸頭出去看一眼自己孩子有沒有鬧過了頭。

他們的故事，才剛剛開始。

2

寒蟬一聲哀鳴，天高雲淡，北雁南飛。

張祁盤著腿坐在椅子上，「我覺得這是個礦泉水瓶。」

「不像，」鄭素年搖搖頭，「是個手電筒。」

邵雪深吸一口氣，把地上攤開的草稿紙捏成團，「這——是——比薩——斜塔！」

她腳下還丟了不少廢紙，上面不止有比薩，還有披薩。除此之外，還有張祁絞盡腦汁猜出來的番茄大滷麵。

「那是義大利麵！」邵雪徹底崩潰了。

是了，義大利。

秋天來臨之際，邵雪的學校辦了一場獨具特色的運動會。奧運的風吹遍了千家萬戶，學生會體育部也沒閒著，幾個主事者把這次校級運動會的主題設定成「小型奧運國家文化展」，一個班負責一個國家，在開場的時候舉全班之力展示所負責國家的文化特色。

邵雪他們班抽中了義大利。

班長從班費撥款購買了一條白色長幅布條和水彩顏料，要身爲宣傳委員的邵雪在上面揮毫潑墨，盡情展現熱情洋溢的義式風情。他說運動會的時候，班上同學把長幅舉在頭頂招搖過市，一定能吸引臺上評審團的目光。

但誰又能想到，身爲宣傳委員的邵雪本人是個手殘呢？

「你們班沒人了吧，選妳當宣傳委員，」張祁皺著眉，「唱歌跳舞美術書法，妳有哪一樣可以拿出手嗎？」

邵雪頹廢的倒在椅子上，「我們班做壁報就是剪素材貼牆上，誰想到眞的要動筆畫呀？而且做這個太累，班裡沒人要去，他們硬拱我上的。」

「那妳這種水準也上不了檯面啊。就說這碗番茄大鹵麵——哦不是，義大利麵——唉，可惜這條長幅了。」

邵雪眼睛轉了一圈，最後定在了鄭素年身上。

「妳看我幹嘛？我快期中考了，沒這個閒工夫。」

眼看著邵雪喪失鬥志的倒在椅子上，張祁和素年交換了個眼神。對方想起什麼似的點了點頭，張祁隨即坐到邵雪身邊。

「邵雪，其實這件事，也不是完全沒有轉機。」

「什麼轉機，」邵雪把手邊的草稿撕成巴掌大的碎片，「你幫我畫？」

「很接近了。」

「扯啊，你接著胡扯啊，」邵雪瞥瞥他，「你的美術水準我又不是不知道。你幼稚園大班我小班時，你們老師要你畫一家三口，別人都畫爸爸媽媽和自己，只有你爲了逃避畫人，只畫了三個圈，老師問你，你還說這就是一家三『口』，你媽媽的嘴巴還用了紅色水彩筆說是口紅——」

「妳閉嘴！」張祁被她說得有點臉紅，「我可以叫素年幫妳畫。」

她狐疑的眼神在兩個男生之間轉了轉。

「素年哥憑什麼聽你的啊？」

「妳別管，」張祁一副「這是男人之間的事」的表情，「反正妳幫我簽名，他就幫妳畫。」

「簽幾個？」

難得這麼好的機會，張祁獅子大開口：「四十個。」

「你也太貪心了！」邵雪一下子跳了起來。

也不能怪她這麼激動。張祁他們學校格外喜歡和家長聯合施教，默寫課文，背誦單字，各科成績單甚至課堂聽寫，能讓家長過目的絕對都要看到意見回饋。張祁以前偽造簽名被發現過，現在只要字體稍微有偏差，班主任就會打電話給他媽媽。

而邵雪，仿得一手好簽名。

上達周杰倫蔡依林，下至修復室各位叔叔阿姨，她心情好了免費送張祁幾個，心情不好就狠狠敲他一筆。親兄弟還明算帳呢，更何況他倆從小就鬥智鬥勇。張祁有一半的零用錢孝敬了邵雪的零食飲料，以至於成績單這種重量等級的，還要幫她買肯德基麥當勞。

於是此時不敲，更待何時。

鄭素年倒是一臉無辜，好像自己不是這場交易之中重要的一環似的。邵雪的目光在長幅上流連許久，終於咬著牙哼了一聲。

「成交。」

張祁眉開眼笑的從背後變出了一張紙，「妳先簽這個，剩下的留著以後再用。」

此刻天色已晚，鄭素年的繪畫工作打算從第二天再開始。兩個男生走出邵雪家，四顧無人之後，張祁從懷裡挖出一盒梅豔芳的專輯。

錄音帶上歌手的簽名龍飛鳳舞。

「原來晉阿姨喜歡梅豔芳啊，」他壓低聲音怕邵雪聽見，「你收好了，這可是我拜託同學買的，有價無市。」

「她不是下個月四十歲生日嗎？我跟我爸都想讓她過得難忘點。」鄭素年揮揮手，「謝了啊，這個絕對值得一條長幅。」

「哪裡哪裡，」張祁也笑得賊眉鼠眼，「拿這個換四十個簽名，一本萬利。」

兩個人不知道，邵雪盤著腿坐在家裡，正掰著手指頭計算得失。

四十個簽名，她的洋芋片飲料炸雞翅啊——

鄭素年到底還是專業的。

先規劃架構，然後找素材，最後打草稿。邵雪從圖書館借來一堆義大利文化的書，手指著唸：「義大利美食文化源遠流長……」

鄭素年幾筆就畫出了披薩的輪廓，比邵雪的髮絲麵和燒餅強了不止一星半點。

到後來她也不說話了，站在一邊安安靜靜的看鄭素年作畫。傷痕累累的古羅馬競技場，威尼斯蜿蜒的河道，米蘭教堂的尖頂刺破布幅頂端，靜靜矗立在長卷最右側。

「素年哥，你畫得真好。」她由衷讚嘆。

「照貓畫虎，不是都有圖片對照嗎？」鄭素年倒不覺得自己厲害，「比我媽差遠了。」

邵雪蹲下來，摸了摸威尼斯上風乾的顏料，「真想去看看。」

「是啊，」他接話，「聽說威尼斯現在水平面上升，再過幾十年就會消失了。」

「消失？」她訝異，「多可惜啊，這麼好的地方，以後見不到了。」

「所以說人生苦短哪，」鄭素年低著頭爲教堂大門上色，「想幹什麼趕緊做，晚了就什麼都來不及了。」

她認同的點點頭。

人生苦短，貴在經歷。邵雪沒想到，自己這麼快就要迎來一場前所未有的人生體驗。

被教導主任叫走的時候，邵雪心裡一陣狂跳。

仔細回憶了一下自己最近做的事，她也不覺得有什麼大逆不道的行爲。她忐忑著進了辦公室，主任的電腦螢幕上，有一張照片放到了最大。

「邵雪，這是你們班的運動會創意吧？」

「……啊？」

看見她一臉茫然，主任拍拍她的肩，「畫得很好，完全切中我們這次運動會的主題。有記者來採訪，我們決定要展示你們班的隊伍，這個班級創意構想就讓妳出去說明了！」

邵雪緊張的直結巴，「不不不，老師，這個不是我畫的，這是我鄰居——」

「管他是鄰居還是兄弟，」教導主任大手一揮，「妳就按照我們寫給妳的稿子去說，夾雜一些創作這個長幅時的想法就沒問題了。」

她吞了口口水。

教導主任今天心情好像特別好，看見邵雪一臉驚恐，還灌起了迷魂湯給她，「其實是呢，我們看了看幾個創作者的情況，妳確實是比較上相的一個——」

「主任，我去！」

邵雪立刻毅然接受了。是啊，口齒清晰，負責運動會的班級創意，重點是上相，整個學校捨她其誰呢？

而這個消息的散播速度遠遠超過邵雪的想像。只不過一個下午，整個胡同都知道了她要上電視這個重磅新聞，其中，郁東歌的高調宣傳有著不可磨滅的作用。邵雪走出家門的時候迎面撞上張祁，對方一臉困惑的看著她問：

「邵雪，聽說妳要上春晚？」

……邵雪發誓，她真的不知道消息在散播過程中發生了什麼樣的化學反應。

記者會在運動會當天來，邵雪他們班做為被選中的團體，全體熱情高漲。尤其是邵雪，一段四百字的稿子每天背幾十遍，晚上的夢話都是來來回回說那幾句「繼承奧林匹克精神」。

運動會前最後一個週五，她背著郁東歌和邵華鬼鬼祟祟溜出家門。

張祁正在外面等她。他的學校平常全校住宿，到了週五才把學生放回家過週末，回來的路上會經過一個百貨公司，邵雪給了錢，叫他去買一組化妝品。

張祁比她還小心，躲在牆根底下的陰影處，把書包裡的東西一樣一樣拿出來。邵雪校服外套口袋夠大，那邊掏一個她就往裡面塞一個，一邊塞還一邊看。

「這粉底什麼牌子的？」

「雜牌。」張祁信口就說。

「你買電腦啊還雜牌，」她很不滿，「也不買個好點的。」

眼線液和睫毛膏也被妥善放進她口袋後，張祁皺了皺眉，「妳只給我那麼一點錢，我去哪裡買品質好的？反正只用一次，將就著往臉上塗吧。」

最後是一支口紅。邵雪捂著自己鼓鼓囊囊的校服口袋，低著頭進了家門。

到底是自己親生的，郁東歌一眼看出來不對勁，「妳幹嘛？」

邵雪猛地抬頭，「沒幹嘛，出去透透氣。」

當媽的狐疑的掃了一遍自己女兒全身上下，總算把她放回了臥室。

進屋後鎖了門，邵雪找出小鏡子，把張祁代購的化妝品一股腦倒在桌子上。郁東歌在這方面管得特別嚴，好像她稍微露出點打扮的苗頭就是有談戀愛的預兆。別說化妝了，同學上次幫她塗了個指甲油，郁東歌都氣得罵了她一頓。

但這是要上電視啊。

她第一次化妝，也沒人教她，粉底把臉塗得像張白牆，口紅顏色過於豔麗，張開嘴就成了血盆大口。

她正在糾結煩惱呢，郁東歌已經在外面叫她吃飯。邵雪在餐巾紙上倒了點水，像擦桌子似的拚命、快速把自己的臉擦乾淨。大概是太著急了，她甚至沒注意到臉上隱約的刺痛感。

週一就是運動會。離隊伍入場還早，邵雪隨著她們班文藝委員趙欣然躲進了廁所。

這個時候的廁所通常沒人。操場上放著昂揚的進行曲，兩個人對著一袋化妝品竊竊私語。趙欣然十三歲就通曉了十二種眉毛畫法，拿著粉底有點擔心的看著邵雪的臉。

「妳的臉怎麼回事？」

「有點發紅，」邵雪伸手摸了摸自己的皮膚，「記者快來了，先化吧。」

有底子的人到底不一樣。趙欣然巧手一遮，邵雪臉上那點瑕疵就全沒了，看起來唇紅齒白，兩道秀眉，還心機的給她畫了內眼線。

「素顏妝，」班級首席化妝師趙欣然同學驕傲的說，「一般人都看不出來。」

這個一般人顯然不包括年級主任。

她自己妝畫的不怎樣，看學生是否素顏倒是很準。邵雪眉開眼笑的對著鏡頭背完了那段臺詞，攝影機一撤，主任就把她抓走了。

「學校不允許化妝，妳還真是膽大包天，」她一掌把邵雪推進廁所，「洗乾淨了再出來。」

邵雪膽子也大，「您這是卸磨殺驢，過河拆橋……」

「殺驢？我不給妳記處分就不賴了！」

廁所裡水流嘩嘩，邵雪一邊抗議著「我不是代表學校整體形象嗎化個妝又怎麼了」，一邊覺得臉上針紮般的疼。

抬頭一看，鏡子裡的自己臉紅的像被燒傷了。

學校廁所裡也沒熱水，冷水刺激得她一臉疼痛，讓她有點慌了。

節目在週五播出。

那天他們修復室下班也早。幾家人統一打開了電視機，等著邵雪的採訪——當事人卻戴個口罩，沒骨頭似的癱在沙發上。

她已經四天沒上學了。

那天她臉上嚴重過敏，又怕郁東歌知道自己偷偷化妝，一回家就躲進房間寫作業，吃飯的時候怎樣都不出來，只說自己要念書不想吃飯。

結果第二天就被痛醒了。

本來挺漂亮的一張小臉腫得跟豬頭一樣，郁東歌急得連上班都不去了，拉著她到醫院皮膚科掛號，醫生診斷：化學物質過敏，一週之後會緩解，但不保證能完全恢復原貌。

邵雪「哇」的一聲就哭了。

醫生一拍桌子，「別哭！眼淚也會刺激！」

嚇得邵雪立馬噤聲。

郁東歌彎彎繞繞的知道了她偷偷化妝的事，氣得把她房間裡暗藏的指甲油、手鍊、化妝品全打包扔到了垃圾桶裡。醫生說不能吃刺激性食物，所以邵雪從那天開始就沒沾過葷腥。

以至於她的採訪要播出時，她還是沒精打采的倒在電視機前。

「妳也別怪妳媽不給妳吃肉，」邵華到底是親爸，坐在一邊削蘋果給她，「魚生火，肉生痰，蘿蔔青菜保平安。妳現在這個臉，吃素最安全。」

「說得輕鬆，」邵雪哼了一聲，「那爸下次吃鴨脖子可以別在我面前吃嗎？」

邵華有點尷尬，「我一個大男人哪能天天跟著妳們吃素啊？而且我是半夜出來翻冰箱，妳自己撞見了，也不能怪我啊。」

螢幕裡傳來開場音樂，邵雪振作了一下精神，目光一瞬間被黏在螢幕上。

另一頭，張祁和素年家裡也都打開了這一臺。

「小雪說那個長幅是你幫她畫的？」鄭津邊剝橘子給晉寧邊問兒子。

「沒啊，我只幫她打了個草稿。」

「是第幾個採訪啊？」晉寧伸著脖子格外專注，「小雪應該挺上相的吧？這小丫頭，越長越好看。」

「小時候像邵老師，現在像東歌，當然越來越好看，」鄭津一點面子都不給自己修復室的老同事，「要是越長越像邵老師就完了。」

胡同那邊忽然傳來了邵華巨大的噴嚏聲，與此同時，邵雪班級的隊伍從螢幕裡一閃而過。頹靡了大半週，邵雪總算振作了起來。記者握著話筒，神采奕奕的向電視機前的觀眾描述操場上的景象，帶著攝影機先採訪了校長。

「下一個就是我，」邵雪雀躍的說，「一共只採訪校長和我，下一個肯定就是我了。」

「快到小雪了吧？」晉寧橘子也不吃了，眼睛一眨不眨的看著螢幕，「這校長眞囉嗦，哪來這麼多話。」

那邊的父子倆也坐正了。

「隨著奧運盛會的腳步日益接近，我們整個社會都在爲了迎接它的到來而努力。這場學校裡的運動會，已經表達了學生們對奧運的期待。讓我們伸出熱烈的雙手，讓世界感受華夏文明，感受中華兒女的熱情！」

記者喜氣洋洋的說完這段臺詞，鏡頭毫不猶豫的切進了棚內，衣冠楚楚的主持人字正腔圓，「接下來請收聽其他新聞……」

屋子裡，一片寂靜。

邵雪張了張嘴，口罩被嘴唇頂得動了動。

「他……他怎麼不播妳啊？」郁東歌還沒反應過來。

「剪了吧，」邵華的反應快些，「長度有限制，可能後期處理的時候被剪了。」

「那他採訪我幹什麼啊！」邵雪一下子忽然站起來，狠狠的踢了一腳衣櫃，踢完了腳尖又疼，眼淚嘩的一下流了出來。

臉上過敏，採訪被剪，偷藏的小飾品還被郁東歌扔了。邵雪繞著房間轉了一圈，終於哭著跑出了家門。

「別追了別追了，」邵華拉住郁東歌，「孩子難過，自己哭一會就好了。」

當媽的有點不知所措，電話鈴響徹客廳，她接起來，跟之前通知過的親戚沒完沒了的解釋：「是有啊，本來是有的，結果被剪了。哎，之前都採訪了……」

晉寧的橘子舉在手裡，半天都沒吃下去。

「怎麼回事？」

「哦，我們家這臺電視不好用了，」她好像忽然明白過來了似的，「之前我看電視劇就老是有兩個疊影，一定是訊號不好漏接了一段——」

「——被剪了吧，」鄭素年倒是腦子清楚，「人家做節目拍了那麼多內容，怎麼可能全用啊。」

屋裡坐了太久，他穿上衣服走去外面透氣，誰知一出門，迎面便看到邵雪哭著跑出來。

他的腿夠長，邵雪在前面大步跑，他在後面閒閒溜達，跟了三分鐘，兩個人也沒差太遠。眼見邵雪找了個臺階坐在那裡哭了起來，鄭素年慢慢的晃了過去。

他蹲下身。

邵雪一張臉被口罩擋了一大半，就剩一雙眼睛哭得紅彤彤的。他伸手去摘她掛在耳後的線，被她一巴掌打開。

「別哭了，」他無奈的說，「眼淚刺得臉上不痛嗎？」

邵雪擦擦眼睛。

「痛。」

「摘了口罩，我看看，」他蹲在那裡哄著，「妳天天這麼悶著，好得更慢了。」

邵雪倒是難得惜字如金。

「醜。」

「妳什麼樣子我沒見過？小時候天天滿臉鼻涕我也帶著妳玩，現在臉上過敏就不給我看了？」

邵雪想了想也是，於是乖乖摘下口罩。

鄭素年一愣——還眞是挺嚴重的。

他掏出一包面紙，讓邵雪擦了擦臉，拿著口罩和她一起坐到臺階上。

「妳哭什麼？」

「你說呢？」她聲音壓得很低，活像沒臉見人了似的，「那麼多人都知道我有採訪、我要上電視，結果人家壓根沒播我，多丟臉啊……」

「誰在乎啊？過了這一週，我保證所有人都忘了這件事。」

「眞的？」邵雪抬頭看他。

「況且，妳不上電視，妳就不是邵雪了？」他揉揉她的頭，「我和張祁跟妳這麼多年交情，哪裡會因爲一個破採訪就笑妳？郁阿姨和鄭叔叔依然是妳爸媽，我媽我爸照樣當妳是乾女兒。至於別人，那些離得八竿子遠的人的想法，妳理他們幹嘛？」

邵雪低頭想想，還眞的是這個道理。

但還有件事。

她囁嚅許久，皮膚被秋風吹得發澀。邵雪摸摸自己的臉，憂心忡忡的說：「還有，還有我的臉，要是好不了怎麼辦啊……」

她抬起頭，看著頭頂上大雁南飛，一臉少女失春的悵惘。

「我要是好不了，以後沒人要我了怎麼辦啊……」

鄭素年活生生被她逗笑了。

「妳才幾歲啊，煩惱這些事。」他站起身，拉著邵雪衣服把她提起來，「妳擔心嫁不出去啊？」

「嗯。」

「那好吧，」他在邵雪面前站定，「眞有那麼一天，我娶妳。」

遠處是街邊小販的叫賣聲。

近處是秋風吹的落葉颯颯作響。

十五歲的少年低著頭，手插在校服口袋裡。他唇角彎著，眼簾垂下來，「妳以後要是嫁不出去，我娶妳，行了吧？」

邵雪被凍得打了個噴嚏，有點張惶失措的抬腿往家裡跑。

「不難受了？」後頭一句話追上來。

「不……不了！」話音剛落，她被地上的坑絆得一個踉蹌。

醫生倒也沒騙她，一週以後，邵雪臉上的過敏瘢痕逐漸消退，兩週以後，膚色也恢復了正常。

張祁拿了一袋零食來賠禮道歉，悔過之誠懇幾乎是負荊請罪等級。

「我不知道那個化妝品那麼糟，」他欲哭無淚，「我看那筆錢不夠去百貨公司買，就向街邊小攤買了，我真的沒想到妳的臉會過敏。」

邵雪也不說話，口罩遮住臉，一雙眼睛怪委屈的看著他。

她越是這樣，張祁就越內疚，從袋子裡掏出一包洋芋片，幫她撕開。

「妳有什麼要求，妳說，我什麼都答應。」

口罩被嘴唇撐得動了動，她瞪起眼睛，一字一頓：「我欠你的簽名，全都一筆勾銷！」

邵雪是個很容易就快樂起來的人，想到日後又可以憑藉簽名的手藝再混吃混喝，她連臉上過敏的痛苦都短暫的忘記了。

皮膚恢復正常以後，郁東歌帶她去了一趟商場。

「要買什麼？」她有點驚訝。

「妳想買什麼？」她媽媽難得這麼溫柔。

邵雪怕郁東歌挖坑給她跳，思索許久不敢開口，誰知郁東歌反倒不好意思的笑起來。

「我從來不會用這些東西，」她的目光掃過商場一整層樓的化妝品專櫃，「連帶著也不會打扮妳。現在想想也是，女孩子都這麼大了，愛美也是正常的。與其防賊似的讓妳偷偷用些劣質產品，不如帶妳好好買幾樣。」

她帶著邵雪到一個專櫃前面，小心翼翼的問檯子後面的櫃姊，「小姐，我想幫我女兒買粉底和口紅，還有幾樣美容保養品，有什麼適合的嗎？」

邵雪忽然有點想哭了。

3

冬天到的時候，晉寧的生日也就到了。

人人都說她命好，長得漂亮還留過學，嫁的老公把她捧成掌上明珠。一樣是中年婦女，人家晉寧十指不沾陽春水，兒子功課又好又孝順，可謂是羨煞旁人。

就說過生日——試問哪個這個歲數的女人過生日還弄得這麼煞有其事，連別人家的女兒都趕著準備禮物給她呢？

這個別人家的女兒，就是邵雪了。

她用自己存的零用錢向門口小雜貨店的阿姨換成一張五十元整鈔，十二月一開始就唸著要買禮物給晉寧。晉阿姨當時追電視劇追得走火入魔，看了一集《冬日戀歌》後，一個月去了唱片行八次追問有沒有進這部電視劇的光碟。

當時那部劇才播映沒多久，全市也找不出一家有貨的。趙欣然也追劇成癮，便告訴邵雪，城東有一家唱片行，凡是市面上有的電視劇都能燒錄——

托趙欣然的福，邵雪提前決定好送給晉寧的生日禮物。

這件事她一天唸叨八回，終於把郁東歌唸煩了，「妳以後去找晉阿姨的時候，別一天到晚問那些沒用的，什麼電視劇電影的。我告訴妳啊，今天晉阿姨帶著兩個外賓來參觀文物修復，她的英語說得跟電視主持人似的，妳以後多問問人家英語怎麼學的，聽見了沒？」

晉寧年輕的時候去過不少地方，二十二歲在修復室當了一年學徒，再離開的時候沒多久就被鄭叔叔千里迢迢追回來了。邵雪喜歡她大方，也喜歡她漂亮，普普通通一條長裙，她搭條奶白的絲巾就萬種風情。拋開沉迷電視劇不說，她一個年紀不大的女人，會彈鋼琴會說英文，高跟鞋和皮包款式低調又新潮，臥室裡一箱子外文書把邵雪迷得神魂顛倒。

晉阿姨千好萬好，到了郁東歌這裡卻只剩下一個英文好。邵雪就像所有青春期少女一樣看不上自己艱苦樸素的親媽，對她功利性的建議嗤之以鼻。

其實，就像所有成年後的女孩一樣，她也是很久很久以後才慢慢懂得，一個女人的好與一個母親的好，許多時候是十分不一樣的。

十四歲的邵雪卻只能狠扒兩口飯，口是心非的點點頭。

「知道啦，媽。」

邵華和郁東歌結婚十多年，看出來了她心情低落。趁著邵雪回了臥室寫作業，他放下碗筷問：「妳這是怎麼了？」

郁東歌臉上寫著不滿，「怎麼了？沒什麼。」

「有事妳就說出來，我看小雪也沒做什麼呀。」

誰知自家老婆把碗往桌子上一放，語調格外陰陽怪氣，「只會惦記著給人家晉阿姨買禮物，她自己親媽過生日都沒這麼用心過。」

屋子裡掛的鐘擺滴滴答的響，邵華一下子笑了出來，「哦，妳這是吃晉寧的醋哪？」

「誰吃醋了？再怎麼樣也是我生的，」頓了一下，她又加了一句，「這麼吃裡扒外。」

吃裡扒外的邵雪把剛買好的光碟放進自己包包裡。

光碟表面是空白的，上面用油性馬克筆寫著《冬季戀歌》。邵雪放得很小心，就怕把上面的字弄花了。

「全市能幫妳燒這部劇的不超過三家，」老闆一副很專業的樣子，「這張光碟的記憶體也比普通的大，只算四十元眞的很便宜了。」

邵雪點點頭，一出門就看見張祁遠遠朝她招手。

他們學校的事太多，最近除了家長聯合教育又琢磨出新招——要學生週末回家去義務勞動，還要在活動時間長度證明上蓋章，全面剝奪莘莘學子回家以後的閒散時光。

張祁沒辦法，每天去社區管委會替人家點材料寫海報，還不死心的把邵雪也拉下了水。

今天是個週六，又到了張祁爲社區居民服務的時間。管委會的阿姨要他們去倉庫拿幾張海報，說是要定期更換社區公告欄的內容。

倉庫離唱片行不遠，邵雪不情不願的被張祁拖著走。

說是倉庫，其實是個廢棄的院子。院子的牆比平常的住宅高一點，裡面也沒放什麼值錢的東西。這個地方邵雪很熟，以前這裡還沒改成倉庫時，他們幾個小屁孩經常翻進去打牌、玩彈珠、吃零食。

只不過上了初中就沒去過了，此時再一看，哇，戒備森嚴。

牆頭上插了一圈玻璃碴，誰想翻牆上去，手掌肯定會被刺得鮮血淋漓。大門上拴了一個巨大的銅鎖，沒有鑰匙的人砸都砸不開。

「——這個有鑰匙也進不去啊！」

張祁和邵雪輪番上陣，怎麼也無法把管委會阿姨給的鑰匙捅進鑰匙孔裡。邵雪擦了擦額頭的汗，有點煩躁的問張祁：「你是不是拿錯鑰匙了？」

「怎麼可能？」張祁搖頭，「她前腳給我，我後腳就過來找妳了。」

兩個人對著高門深院悵然若失，張祁回過頭看著來時的方向，「要不然，我回去問問她？」

「那麼麻煩幹嘛？」邵雪眼神一閃，鎖定院牆上一個沒玻璃的窗戶，「爬進去。」

那扇窗戶也不知道是用來幹嘛的，就在靠近院牆頂端，大小只夠小孩通過。張祁的骨架大，可能頭剛進去肩膀就卡住了，爬窗戶的責任毫無疑問的落在了邵雪身上。

窗戶的位置不算高，但在底下看著還是叫人心驚膽戰。邵雪打量了一下地形，倒退兩步，一個衝刺，雙手勾住窗框，身子已經騰到了半空——還眞的就上去了。

張祁在一邊倒是看熱鬧不嫌事大。邵雪抬腿跨坐在窗框上，居高臨下的四處張望著。然後她的表情忽然一滯。

「怎麼了？」

邵雪的臉色陰了陰，沒理張祁的問題，眼睛死死盯著遠處的什麼。張祁順著她的目光望過去，只看見屋簷重疊，樹影婆娑，受高度限制活生生變成一個睜眼瞎子。

他正想再踮著腳看，牆頭忽然傳來一聲尖叫。

牆那邊「撲通」一聲，隨即邵雪便「哎呦哎呦」的呻吟起來。張祁愣了半晌，又聽到一聲清脆的「喀拉」。

哀鳴隔著牆洶湧而來，「我的光碟！我的光碟毀了啦——」

鄭素年過來的時候，張祁就這麼卡在窗戶上。

他們鬧出動靜時，他正在隔壁胡同和一個女孩說話。張祁的聲音也算十分有穿透力了，鄭素年話還沒說完，就聽見張祁那正處變聲期的公鴨嗓震裂蒼穹，「邵雪！邵雪！妳怎麼了？」

鄭素年連忙循著聲音跑了過來。

他的個子和張祁差不多高，但是比他瘦不少，費點勁也能從那個洞裡鑽進去。鄭素年把張祁拉下來，叫他去跟管委會要鑰匙，然後一躥就躥上了牆頭。

邵雪眼見著鄭素年跟隻猴子似身手矯健的跳下牆，立刻收了聲。

「妳怎麼回事？」鄭素年拍乾淨衣服走過去看她。邵雪摔得滿慘，灰頭土臉不說，手上和膝蓋都擦破了。他伸手想把她扶起來，誰知道對方捂著腳踝，重新跌回地上。

「扭到了？」他抬頭問。

邵雪不看他。

「妳怎麼回事？」他有點生氣了，「鑰匙拿錯了回去再拿能花多少時間，非得要翻牆？妳看看整條胡同有哪個女孩子跟妳一樣？做事一點都不小心，什麼時候吃大虧妳才會記得教訓——」

「是是是，」邵雪本來就很痛，被他說的痛裡還多了份怒氣，「我是不像個女孩，也不知道是誰小時候帶著我翻牆爬樹掏鳥窩。」

鄭素年一陣啞然。

門外傳來開鎖的聲音，管委會阿姨和張祁匆匆走了進來。

「快快快，」阿姨急得聲調都變了，「帶去診所看看，要是出了點什麼事，我怎麼跟東歌交代啊。」

邵雪身殘志堅，自己一個振作站了起來，誰知腳踝劇痛，搖晃了幾下沒穩住，倒進了站在面前的鄭素年身上。

對方不慌不忙的伸手扶住她，「是妳自己倒過來的啊。」

她「哼」了一聲，推開他，單腳跳啊跳的出了大門。

好在只是扭傷，沒觸及筋骨。診所的醫生開了點消腫的藥水給她，就去看旁邊喘不過氣的老太太病人了，留下素年和邵雪相顧無言。

「說說吧，」鄭素年垂眼看她，「我哪裡惹妳了？」

邵雪無言以對。

想想也是，人家哪裡惹她了？不就是在她和張祁都不知道的時候，跟一個穿著碎花長裙的高個子女孩子湊得很近說話，然後被騎在牆頭的自己看見了嗎……

一想到兩個人那副親密的樣子，邵雪又一次怒氣升騰。

「鄭素年，」她懨懨的問，「你們男生是不是都喜歡那種身材特別好，優雅又溫柔的女生啊？」

他一愣。

「問這個幹嘛？」鄭素年反將一軍，「作業寫完了嗎，胡思亂想什麼？」

「哎呀！」她痛得眼皮直跳，「我爲什麼不能問？你能不能別老是把我當小孩啊？」

「妳不就是小孩嗎？」

「我不是只比你小一歲嗎？」

兩人正僵持著，郁東歌從門口走了進來。邵雪被媽媽扶著從床上跳下來，一邊跳一邊瞪他。

眞是豈有此理！

他繞著空蕩蕩的診所轉了兩圈，拎起外套氣沖沖的走出了大門。張祁買好了冰棒在外面等他，鄭素年拿過來在自己臉上貼了貼，才把怒氣壓下去。

冷靜了一會，他轉頭問張祁：「邵雪是不是有病啊？」

對方叼著冰棒思索片刻，「她這兩天，好像大姨媽來了。」

素年被噎住了，「這你也知道？」

張祁自豪的拍拍胸口，「婦女之友就是我。」

鄭素年也不是對這些常識全然不知。晉寧大姨媽來的時候，全家都得順著她的心意，看劇流的眼淚比平常都多些。怒火平息了片刻，他又問了：

「張祁，你把邵雪當作女生過嗎？」

張祁這個二愣子，一臉震驚的看向自己的好兄弟，「她？女的？」

三人一起穿開襠褲長大的。小時候邵雪頂個男孩頭，跟著他們兩個爬牆上樹無所不作，午睡都躺在一張床上，可說是毫無性別意識。他還記得邵雪第一次經期那天，他們一起從樹上跳下來，邵雪突然就捂著肚子「哎呦哎呦」的叫起來。

當時張祁一眼看過去嚇壞了，「妳摔到哪了？怎麼那麼多血啊？」

從此以後，他就對邵雪有了個清晰的定位：一個每月會流血的男人。

鄭素年比他們大些，懂點人事，但對邵雪和對自己班上女生的感覺也不一樣。那個年齡的男孩情竇未開，當然不願失去一個好兄弟多一個還得哄著的女生了。

不過青春期男生情商雖低，觸感倒是很發達。他看著張祁，猶猶豫豫的說：「剛才邵雪倒到我懷裡，她……她……她還挺軟的……」

張祁咬著冰棒不可思議的看著他，「你說清楚，哪裡軟？」

鄭素年一閉眼，滿腦子的難以言喻，「哪裡都軟。」

那是鄭素年長那麼大，第一次覺得男女有別，由從牆頭摔下來還對他發脾氣的邵雪所啓蒙。女生很軟，哪裡都軟。

他們的彆扭一鬧就鬧到晉寧生日。天氣越來越冷，零零星星的也下了幾場雪。晉寧生日在週一，邵雪一放學就騎車去了修復室。

晉寧生日這天，鄭津要請吃飯，除了一家三口還邀請了邵雪和張祁。邵雪的禮物碎成兩半又沒錢再買，這一趟來得格外忐忑。

張祁還沒來，她先進了修復室。

千禧年一過，外面的世界天翻地覆，大門裡面的時光卻像是凝固了。除了桃李樹木隨著四季抽芽、結果、落葉、乾枯，這院子中的屋簷琉璃和邵雪初生時並沒有什麼區別。邵雪搖搖晃晃的進了門，一眼瞧見鄭素年蹲在牆角幫他爸爸洗螺絲。

她扭頭就走。

院子裡只有他們兩個，鄭素年說話也不客氣了，「妳跑什麼？」

邵雪停在門口，硬是不說話。

素年把手上的水擦乾淨，回屋裡拿出了自己的書包。邵雪眼角餘光看見他翻個沒完，有點壓抑不住內心的好奇。

「你找什麼？」

鄭素年蹲在那裡引誘她，「妳過來我就告訴妳。」

邵雪還真就這麼禁不起引誘。她磨磨蹭蹭的走到鄭素年身邊，低頭往他書包裡看去。有個東西反光得厲害，晃得邵雪眼睛一花。鄭素年把書包甩到身後，然後把手裡的光碟塞到邵雪手裡。

「這是什麼呀？」她還沒反應過來。

「妳的禮物不是碎了嗎？」素年有點不耐煩她的遲鈍，「我媽過生日，妳空著手來啊？」

熟悉的白色光碟，熟悉的油性馬克筆字跡。更別說，鄭素年的字比那老闆的好看多了。

冬季戀歌——邵雪贈。

她歡天喜地的跳起來。

聯想到自己之前對人家的所作所爲，厚臉皮的邵雪也不好意思了。她湊過去沒話找話，「素年哥，你爸和我爸呢？」

「開會，」他坐回去繼續洗螺絲，「開完會就去吃飯。」

這螺絲是修鐘錶的時候拆下來的，每一顆的年齡都比邵雪大。她看了半晌覺得無聊，拉著鄭素年說：「我們去太和殿廣場那邊吧。」

鄭素年有點無奈，擦乾了手，陪她走了出去。

太和殿廣場三萬平方公尺，一下雪就成了茫茫雪原。鄭素年沿著中軸線搖搖晃晃的騎車，有種老派的浪漫。在太和門前停下自行車，他看著邵雪一步三跳的走上太和門的臺階，慢慢跟了上去。面前便是浩浩蕩蕩的太和殿廣場，黃泉碧落都是白，映得兩個人皆眼前一茫。

「邵雪，」他忽然開了口，「妳想過以後嗎？」

那年他們一個十四，一個十五，未來遠得像在天邊。邵雪卻不覺得他的問話來得突然——似乎在這樣的雪裡，在這樣的大殿前，他們就該討論些如此縹緲的問題。

「沒想過呀，」她站直身子，目光遠遠望出去，「不過應該不在這裡。」

「不在這裡？」

「我不知道會在哪裡，不過不是在這裡。」

她的目光翻山越嶺，落到了一個鄭素年也不知道的地方。

生日宴在一家有舞臺的飯店裡慶祝。

新店剛開業，大廳就他們幾個客人。邵雪把寫著《冬季戀歌》的光碟遞給晉寧，把她哄得笑成了一朵牡丹花。

晉阿姨真的好美。

蛋糕是點給這幾個小輩吃的，分完蛋糕的時候晉寧也不吃。插蠟燭時，邵雪多問了一句她的歲數，鄭津馬上笑呵呵的接口說：

「十八。」

三個小孩沉默片刻，素年慢慢舉起了手，「爸，你們耍恩愛讓我眼瞎就算了，出門的時候可以收斂點嗎……」

「你閉嘴，」晉寧推他，「你的禮物呢？」

鄭素年立刻一副被小瞧的樣子，「我送的，肯定不同凡響。」

一說完，他打了個響指。

飯店舞臺上的音響突然響亮的「砰」了一聲，爲數不多的幾個顧客把目光轉過去，一個穿著長裙的年輕女孩娉娉婷婷走上舞臺。她調了調麥克風，語調輕柔的開口：

「今天爲大家帶來的是梅豔芳的《今宵多珍重》，送給過生日的晉寧小姐，您的兒子和丈夫祝您，永遠十八歲。」

極富時代感的前奏響了起來，邵雪這才反應過來，這不就是那天和鄭素年說話的女孩嗎？這女孩兒長得嬌俏，歌聲倒是如梅姑一般低沉而富有磁性。她的裙角搖曳，朝臺下矜持一笑，

「南風吻臉輕輕／飄過來花香濃／南風吻臉輕輕／星已稀月迷濛……」

素年把那塊簽名錄音帶放到晉寧眼前。

「媽，生日快樂。」

「你什麼時候安排的？」晉寧又驚又喜，「這也太突然了。」

「就前幾天，她是我們學校合唱團的。」鄭素年看看那女孩，壓低聲音接著說，「她喜歡我們班一個打籃球的男生，天天叫我遞紙條給他，我請她幫我唱首歌給妳，她二話沒說就答應了。」

話音剛落，邵雪一口茶水全噴在張祁身上。

「妳幹嘛？」張祁大驚失色，「好好的怎麼嗆著了？」

邵雪突然拉高的聲音把在座幾個人都嚇了一跳，「沒事啊，吃吃吃，晉阿姨生日快樂，我敬妳

一杯果汁！」

底下的人打著拍子，那女孩也很喜歡表演，副歌又來一遍，輕快的語調把所有人都感染了，

「不管明天——到明天要相送——戀著今宵——把今宵多珍重……」

分明是首分別的曲子，怎麼唱得這樣輕快動聽呢。

臺上的人在唱，臺下的人在笑。邵雪挖了塊奶油往張祁臉上一抹，鄭素年立刻跑到門邊，就怕殃及池魚。鄭津和晉寧看著孩子們鬧得開心，在桌子底下輕輕握住了彼此的手。

「南風吻臉輕輕／飄過來花香濃／星已稀月迷濛／我倆緊偎親親／說不完情意濃／句句話都由衷／不管明天／到明天要相送／戀著今宵／把今宵多珍重／我倆臨別依依／怨太陽快升東／要再見在夢中……」

4

放寒假之後，年味也越來越重。

街道上的商店陸陸續續的關店休息，賣年貨的商號排起了長隊。邵雪自從放了假就沒歇著，被郁東歌指使著跑滿城去買東西。

地方就那麼大，邵雪從稻香村抱著三個盒子出來的時候，迎頭撞上了張祁。

兩人一見面就沒好話。

「邵雪，妳這新剪的髮型很特別啊。這頭，是被狗啃過了吧？」

「滾。」她踹了一腳張祁的自行車輪，想了想，又一屁股坐上了他的車後座。

「妳幹嘛啦，」張祁哀嚎，「我東西這麼重還載妳，等一下爬坡都上不去。」

「男子漢哪有那麼脆弱，」邵雪說，「快點，冷死了。」

「妳也去孫爺爺那裡？」

「不然呢？你去送什麼？」

張祁垂頭喪氣，「我媽叫我去送掛曆。」

張祁的媽媽韓淑新和邵雪素年的父母都不太一樣，她不是做修復的，而是在出版社做編輯，這直接導致了他們這些朋友家裡年年都有新掛曆，封面無一例外是太和殿，年年看得邵華鬱悶不已。

「我們能自己買一個新的嗎？」邵華說，「這幾個地方只有這些角度來回拍，我天天上班就在這幅圖裡，下了班還要看。」

「買什麼買，你知道外面賣得多貴嗎？」

郁東歌使喚邵雪掛好掛曆，就會例行公事的站在下面感嘆一句，「又是一年哪。」

那個時候的日子好像過得很慢很慢。一本掛曆十二頁，從春暖花開的御花園翻到大雪掩蓋的乾清宮，一家人要翻很久才能翻完。

瓷器組的孫祁瑞是修復室的三朝元老，收了兩個徒弟，都是二十出頭的年紀，一個叫竇思遠，本來是理工大學化學的；還有一個叫傅喬木，進來的時候還沒從美術學院畢業，算得上孫師傅的關門弟子。

孫師傅在北京故宮做了四十年，退休又返聘，一路看著邵華、晉寧、鄭津他們從風華正茂到為人父母，因此過年過節時，到他家送禮的人就沒停過。

桃李滿天下，就是這個意思。

邵雪被郁東歌打點著去送禮給他的時候，鄭素年也被晉寧叫出來跑腿了。三個人在樓下迎面碰上，彼此都笑得心知肚明。

孫祁瑞的孩子都在國外，幫老人家買了公寓，安頓在三環一處居民大樓。他們進去的時候剛好趕上竇思遠和傅喬木在門口換鞋，五個人對著彼此傻呼呼樂了半天，直到竇思遠被孫師傅拿著報紙打了後腦杓。

「您怎麼什麼事都先拿我開刀呀？」竇思遠哀嚎一聲。

「一群人站門口傻呼呼的，」孫祁瑞端著茶杯瞪他們，「看著你們就上火。」

邵雪機靈，湊過去給孫祁瑞又倒水又捶背。老人氣被她安撫得差不多了，鄭素年他們才一個個把送來的年禮擱在茶几旁邊。

給老人送禮，幾十年都是水果牛奶那幾樣。今年竇思遠手裡黑漆漆一個紙盒子，倒讓孫祁瑞有些奇怪。

他把蓋子打開，拿出了一臺相機。

「咦，」鄭素年眼睛一亮，「這不是數位相機嗎？我們老師也有一個。」

孫祁瑞推了推眼鏡，拿到手裡仔細觀察。

「這和我那臺柯達有什麼區別？」

「我的老師傅，區別可大了。」竇思遠狗腿的湊過去，「這玩意能連接電腦，也不用沖洗。下次你拍了照，我幫您傳到電腦裡，咱們想放多大就放多大，也不用掃描。」

男生對這種東西都感興趣，剩下的時間裡，邵雪和傅喬木陪著孫師傅聊天，幾個男生坐在一起研究相機。數位相機上有一堆按鈕，三個人研究半天才調好參數。

「師傅，我幫你們拍個合照吧。」

「我不拍，」孫祁瑞急忙拒絕，「你們小孩子拍吧，我穿個睡衣拍什麼呀。」

「我也不拍了，」傅喬木也表態，「我昨天沒睡好，今天臉都是腫的。」

「嘿，你們這些人，」竇思遠氣呼呼的，「小雪，你們三個站在一起，我幫你們拍。」

她捂著自己年前剛剪的頭想拒絕，就被鄭素年一把拉了過去。

「拍吧，」他側過頭，「別搭理張祁，不像狗啃的。」

孫師傅家的客廳是個落地窗，二樓，正好能拍著外面花園裡的雪景。竇思遠半蹲下身子，嘴裡喊著：「一——二——三——」

邵雪一抬手，捂住了自己的頭。

「咔嚓」一聲過後，相機螢幕一下子黑了。

「嘖，沒電了，」竇思遠有點好笑的看著邵雪，「只有這張了。」

「我不要，別傳給我。」

「我要我要，遠哥記得傳給我。」鄭素年突然變得格外積極。

「你也不能拿，別傳給他。」

「好啊，那我傳給張祁。」

「不能給張祁，哎呀，你刪了它！」

「沒電了。」

「……刪了！」

第2章　有人曾青春，有人正青春

1

二〇〇三年一開春就不太平。

新聞上播放SARS全球警報的時候，恐慌已經蔓延一段時間了。街上一夜之間空了，人們都行色匆匆的戴著口罩。

郁東歌在醫院上班的朋友特地打了電話給她，說是最近有個特別厲害的流感病毒擴散迅速，要他們都小心別去人太多的地方。邵雪年紀小，無知者無畏的滿街逛，卻驀然發現行人的眼神都帶著戒備與敵意。

「爸，」吃飯的時候，她總算忍不住問出聲，「那SARS，到底是怎麼回事啊？」

主播正在螢幕裡面色凝重的唸稿：

「WHO發布SARS全球警報，嚴重急性呼吸道症候群已在全球迅速蔓延。」

邵華和郁東歌對視一眼，做爲成年人，他們也有些摸不著頭腦。

人總是這樣的，事情不是發生在自己眼前，總是沒太大感覺。郁東歌有一天急急的回了家，從包包裡掏出一疊口罩和新買的消毒液。

「我以前那個同學，」她憂心忡忡的對著邵華和邵雪說，「在醫院上班，被感染了。這個病毒跟絕症似的，沾上就死，治都治不好。我們家從今天開始，出門都必須戴口罩，回家先洗手，每天開窗通風，一點也不能大意。」

邵雪寫完作業剛睡了一會兒，被她媽如臨大敵的樣子弄得莫名緊張。郁東歌又給她一袋酒精棉片和三個口罩，指了指鄭素年家的方向。

「去送給晉阿姨家。」

鄭叔叔剛做好了飯，就看見邵雪一臉茫然的走進了自家家門。她把口罩和消毒棉片都放在靠門的櫃子上，努力回憶著郁東歌的話。

「鄭叔叔，我媽說最近ＳＡＲＳ挺嚴重的，她買了這點東西，你們也記得用。」

「我說了吧，你還不信，」晉寧瞥了鄭津一眼，趕忙拿了些自家燉的排骨給邵雪，「我早就聽修復室的人說了。你鄭叔叔兩耳不聞窗外事，性命都不當回事。」

「生死由命，眞的大難臨頭了，誰跑得了啊。」

「呸呸呸，」晉寧氣死了，「什麼就死啊。以後都記得給我開窗通風，父子倆別窩在屋裡兩、三天也不開窗戶。」

鄭素年和鄭津對望一眼，覺得邵雪這東西送得讓他們十分冤枉。

結果第二天晚上，孫祁他們學校就出了事。

他那間學校是他媽媽托關係找的，平時半封閉式管理，只有週六日才放住宿的學生回家。偏偏這節骨眼上，他們班有個男生發了燒，緊接著坐他前後左右感冒發燒的加起來總共六個人，只剩兩個人沒事，張祁就是那二分之一。

學校一下子嚇壞了，立刻全校放假，只留下他們班被隔離在宿舍裡，張祁和那個男生更是重點觀察對象。消息通知到家裡的時候，張祁媽媽嚇得差點心肌梗塞，被幾個老同事按著寬慰好久才止住淚水。

「我不該把他送到那個學校，」韓阿姨拉著郁東歌的手哭哭啼啼，「那麼多孩子住在一起，難保不會出問題。我也不盼望他考什麼明星高中了，他好好的活著就比什麼都強。」

「妳先別做最壞打算，」邵華也在旁邊勸著，「可能只是季節性感冒，而且那幾個孩子不是都沒確診嗎？」

也算張祁倒楣，當時到處風聲鶴唳，他們算是撞在槍口上。舍監阿姨按時送飯給他們，把幾十個學生看得死死的，誰來都不能見面。邵雪得到消息，和鄭素年偷偷跑到他們學校的收發室，好說歹說才讓保全伯伯把十本新買的《海賊王》送了進去。

「張祁眞可憐，」邵雪說，「他說宿舍的雜誌都看爛了，他們老師要他覺得無聊就寫寫練習簿。」

「我覺得那對他的折磨已經超越對SARS的恐懼了。」

煙花三月，本是春暖花開的季節，他們卻無端被一種恐懼全面籠罩住。馬路上靜得讓人害怕，邵雪突然問：「素年哥，你怕死嗎？」

他一下子愣住了。

都是十幾歲的少年人，未來還那麼遠，誰想過死呢？他長吸了一口氣，慢慢的說：「怕呀，誰不怕死啊。」

小的時候倒是不怕。後來稍微長大一點，忽然發現，自己還有父母，還有親友，還有未實現的夢想，因此不能死，不敢死。

「所以要先做自己想做的事，對吧。」邵雪輕聲說，「明天和意外，誰知道哪個先來？」

街道空蕩蕩的，她像是被張祁學校那種壓抑的氣氛嚇著了，「可是，我不知道自己想做什麼。

「我想做什麼呢？」

「妳才十四歲，邵雪，」鄭素年揉了揉她的頭髮，聲音低沉得鎮定人心，「我們都會知道的。知道自己想要什麼，知道自己想做什麼。」

知道自己要為了什麼付出什麼，為了什麼放棄什麼。知道愛上的人，分開的理由，定居的城市，生命的價值。

那會是一個很宏大的話題。

好在他們都還小，不急。

四月二十四日，中小學停課。

班導最後一節課時，再三叮囑回去不要忘了念書，尤其要記得看教育頻道的空中課程，只是沒人聽得進去。

連作業都是學校匆忙編出來的，題目簡單，還有大片的空白撐場。大概老師也和學生一般焦躁，人命面前，誰都心不在焉。邵雪幾個下午便把作業完成得七七八八，丟了作業去鄭素年家裡打任天堂。

那年頭沒有電腦，去投幣電玩店也是一筆鉅款，只要有一臺任天堂紅白機，買了卡帶便能無限闖關，可謂是打發時間的一種CP值極高的方式。但郁東歌知道邵雪自制力差，壓根就沒給她機會擁有。

好在鄭素年家裡有一臺。

他自己其實不太玩這個，邵雪來了便會陪她打幾把。她那時候癡迷「魂斗羅」，人生終於第一次知道了自己想幹什麼——她是立志把「魂斗羅」打破關的女人。

張祁對她的評價是：玩物喪志。

他那時候已經脫離了SARS的嫌疑，但整個人像是被另一種病毒感染了。據他回來後的描述是，他把邵雪送去的漫畫看完之後便開始玩魔術方塊，正巧被他們數學老師碰見。他的數學老師主理學校的奧林匹克數學比賽，懷著教育理想從清華數學系畢業來中學當老師，性格有點不合常理的怪。老師出了一道題目給張祁，他看了一會，做出來了。老師又出了一道，他又看了一會，又做出來了。

這世上發現天才的模式大抵都是相似的。張祁把老師的出題做出了十分之九後，這個老師開始在他的寢室裡支起黑板上課，把張祁正式的領進了數學的大門。

回來之後的張祁，整個人就如同被洗滌了一般，聲稱自己發現了數學之美，再也不屑與邵雪一起荒廢人生，立志要把有限的生命投入到無限的數學探索中。他這種行為引起了包括素年在內幾個胡同玩伴的不滿，把他揍了一頓之後，他終於表示數學之美的探索可以暫緩，你們要是想打球跳格子的話，我也不會不來的。

陽春四月好光景，外面柳絮紛飛，早上起來地上鋪了一層白毛，一腳踩進去跟蒲公英似的旋舞。鄭素年房間的窗簾半拉著，從櫃子裡翻找卡帶給她。

「妳怎麼今天想來打坦克大戰了？」

「玩膩了嘛，」邵雪正在研究他櫃子裡另一排的卡帶，「你這裡有這麼多外國卡帶啊？」

「我媽的，」他把頭探過去，「她那裡東西太多，好多都放我這裡了。」

邵雪伸手抽了一塊俄羅斯經典歌曲出來，鄭素年拿過那卡帶看了看背面，轉身從桌子上把他平常聽英語的隨身聽拿下來。卡帶盒子裡有疊起來的歌詞單，他好像想起什麼似的「哦」了一聲。

「我小時候聽過這個，」他把卡帶放進隨身聽裡，調到歌單上第三首歌的位置，「〈伏爾加河長流水〉，那時我媽特別愛聽。」

歌詞單薄薄的一張，被疊得只有掌心大小。晉寧在故宮是做書畫臨摹的，什麼樣的字體都接觸過，到了生活中就是一手寫得行雲流水的硬筆書法。邵雪把紙展平，跟著卡帶中沙啞的俄語一點點辨認著那些寫於十幾年前的文字。

「母親曾說／孩子你記住／山高水遠，也許會勞累／精疲力盡，你終會遠離／洗一洗風塵，用這河水／伏爾加河長流水／從遠處奔騰來／向前去不復回／兩岸莊稼低垂／漫天雪花紛飛／伏爾加河流不斷／我如今十七歲。」

邵雪他們這一代，是看日漫聽港臺流行音樂長大的。周杰倫統治了課餘時間大半個班的耳機，元旦排個節目用的背景音樂都是找火影忍者的主題曲。她平生第一次聽到這種蒼涼的曲調，是在那個SARS肆虐的四月北京，在鄭素年擺滿老東西的臥室裡。

「伏爾加河長流水／從遠處奔騰來／向前去不復回／兩岸莊稼低垂／漫天雪花紛飛／伏爾加河流不斷／我已經三十歲。

「有我的船帆／有我的親友／如沒有他／生活多乏味／從那河灣／寂靜的星夜／另一個男孩歌聲縈回。」

一首歌從風華正茂唱到垂垂老去，那條大河忽然就浮現在邵雪眼前。西伯利亞的風雪裡，一個披著斗篷的身影在冰凍的長河上漸漸遠去。

「喜歡啊？」鄭素年的聲音把她拉回了現實，「平常也不見妳聽什麼歌，沒想到喜歡這種的。喜歡就拿去吧，我媽也不聽了。」

「不好啦，」邵雪急忙擺手，「那是晉阿姨的東西。」

「那她下班後，我幫你問問她。」鄭素年笑了笑，「坦克大戰找不到，要不要看電影？」

「看什麼？」

「《喜劇之王》，張祁借的。」

「好啊。」

鄭素年叫邵雪過去的時候，她還不知道發生了什麼事。誰知才一進門，就被晉阿姨拉到了自己臥室裡。

鄭叔叔不在，家裡只有晉寧和素年。她的衣櫃和書架都有點亂，好像是剛翻找過東西一樣變得格外鬆散。床頭櫃上有個敞開的紙箱，裡面整齊的排著書、卡帶和幾張光碟。

「素年說妳喜歡那塊俄羅斯的卡帶，問我還要不要。」

「沒有，晉阿姨，」邵雪有點不好意思，急忙擺手，「我就是好奇而已，妳留著妳留著。」

「留著什麼呀，」她有點悵然的笑起來，「叫妳過來就是有東西要給妳。」說著，她便把那個箱子拉到了邵雪面前。裡面的書大多是外文書脊，裝幀精美，卻明顯有了年月。晉寧隨便翻出一本，指著扉頁給她看。

「這是我在英國上學的時候朋友送的，《雙城記》英文原版。他那時候學中文，把楔子寫成了寄語給我。」

邵雪拿過書，看到扉頁上有人用鋼筆整整齊齊的寫：

那是最美好的時代，那是最糟糕的時代；那是智慧的年頭，那是愚昧的年頭……我們全都在直奔天堂，我們全都在直奔相反的方向。

字寫得自然是不好看，但一筆一劃格外用心。她還沒來得及說什麼，晉寧又拿出幾個卡帶。「妳喜歡俄語歌，我就找了幾塊俄語的卡帶給妳。他們唱的東西來來回回就那幾樣，白樺樹、伏爾加河、戰爭和平和愛情。妳隨便聽聽，裡面都有我寫的中文歌詞——還有這個，梅豔芳的，我另一個朋友送的。這幾張是電影——這個最好看，Legends of the Fall（《真愛一世情》），就是沒有中文字幕，妳長大點懂了英文再看——」

晉寧的敘述就像是把她的過往在邵雪面前攤開。她只知道晉阿姨去過許多地方、見過許多人，卻沒想到她的人生已經廣闊到自己無法想像的地步。邵雪看著晉寧眉飛色舞的樣子，忽然有一種強烈的感覺。

晉阿姨愛的是過去的日子。

在邵雪有記憶的這些年裡，或許晉寧早已成為了一個安分守己的成年人，但沒有人能不眷戀那樣燦爛的青春。

她是為了愛情回來的。

為了愛情，放棄尚未走過的千山萬水，然後被困在這方寸之地。

「晉阿姨，」邵雪抬起頭看著她，「這些東西我不要，妳應該留著它們。」

她愣了一下，然後用一根手指按住邵雪的腦袋。

「妳別以為我不知道妳的小腦袋瓜裡在想什麼，」她笑起來，「我已經做出了選擇，所以這些東西再留著，毫無意義。」

她站了起來，轉身走到臥室衣櫃前。

晉阿姨家的傢俱都是她和鄭叔叔從古物市場上挖寶的。沒了光澤的木頭重新打磨、上蠟，就變得煥然一新。好木頭裡面的東西放久了是有香氣的，保存得當的話，裡面的衣物也不會發霉生蟲。

她踮起腳尖翻了翻最上層，然後拉出一個包裹。

包裹輕得像是裹了一朵雲，一抖就抖出兩件旗袍。旗袍顏色不一樣，藍的比紫的大些，但都是手工盤扣，雙緄邊，領子上繡著金線。

她拿起紫色那條在邵雪身上比劃起來。

「我穿不了啦，」她說，「總不能給素年吧。這衣服還是找上海的老師傅做的，我自己都沒穿過幾次。妳個子高，我早就覺得合適妳。」

邵雪握著那條旗袍，像捧著一朵雲，進退兩難。

「別在那鑽牛角尖了，」晉寧催促她，轉身替她掩上臥室的門，「穿上出來讓我看看，合適就送妳。」

鄭素年走到客廳倒水，飲水機的水還沒燒開，他轉過頭，莫名其妙的看著滿面笑容從臥室裡走出來的親媽。

「邵雪呢？」

「在臥室裡。」

「妳把她自己留在那裡幹嘛啊。東西她收了？」

他說著就要過去，被晉寧一把拉住。

「你別進去，」她一副神祕兮兮的樣子，「我變個魔術給你看。」

鄭素年一頭霧水，搖了搖頭，轉身打開已跳到保溫燈的飲水機熱水龍頭。剎那間霧氣蒸騰，讓他忍不住眨了眨眼，再睜開的時候，身後忽然傳來門軸轉動的聲音。

鄭津六歲那年，孫祁瑞要他背《詩經》。《詩經》裡面寫女人的話那麼多，這老頭卻獨教了他一句，「有女同車，顏如舜華。」

他說古代男人看女子只圖一個弱柳扶風，好像自己多麼不偉岸似的才去喜歡一個個的病秧子。這首詩裡的女人不是，和男人同坐車上，體態輕盈如飛鳥，佩玉鏗鏘悅耳響。像什麼呢？像木槿花。

「你這孩子太沉穩，以後就得找這種丫頭。」孫祁瑞話音剛落，就被晉寧湊過去一頓抗議，「哎呦，我們素年才多大啊，您教什麼呢。」

他一直不明白，什麼樣的女孩子像木槿？

十年之後，穀雨時節。他站在飲水機邊上，看著邵雪從另一間屋子裡輕飄飄的走出來。旗袍料子是紫綢，讓她顯得成熟了不少，分明五官還是十四、五歲的模樣，怎麼眼角眉梢就有一抹豔麗？

她歪了歪頭，長髮全攏到肩側，露出清晰的鎖骨和肩線。

鄭素年的心跳忽然快了起來。

「好看嗎？」

他慌張的應了一聲，伸手便去抓還在裝水的杯子，熱水溢出杯口，燙得他眉頭一皺。

鄭素年強裝鎮定，把杯子穩穩放到桌上。

「還、還可以吧。」

衣服還是有不合身的地方，邵雪自然不敢找自家親媽修改。可是胡同裡的裁縫技巧她又不放心，想來想去，竟然只有康莫水能幫她。

康莫水和郁東歌都是紡織品修復室的。她是蘇州人，三十出頭，上過報的蘇繡傳人，高層特意請她來修復早年破損的蘇繡收藏品。

邵雪會找她，是因爲郁東歌曾和她提起，這個康莫水不僅會刺繡，做旗袍的手藝也是一流。長大後，邵雪每每想到這段往事都哭笑不得。她那時對於自己身邊這些人的身分還沒什麼意識，其實每一個人站出去都是文物修復界數得上名號的大師，更別提康莫水這樣的文化遺產繼承人了。也只有她，拿著旗袍去把人家當個裁縫拜託。

這是邵雪第一次去康莫水住的地方。公寓不大，傢俱只有寥寥幾樣，木桌木椅木床都是上個住戶留下來的舊物，唯有屋子中間一張工作臺像是新買的，臺上放著纏繞的彩線和幾尺白布，還有一幅沒繡完的孔雀。

同是做紡織品修復，康莫水的工作臺就比郁東歌來得專業許多。她坐在臺前觀賞那幅孔雀，不由得感嘆出聲。第一次發現，原來刺繡可以逼真到這種地步，彷彿尾巴一完成，孔雀就能從畫幅上跳下來振翅凌霄。

邵雪看得入神，直到康莫水把倒水給她的陶瓷杯放到桌上才回神。

「康阿姨，妳能不能幫我改改這件旗袍的腰間和肩膀啊？」

她有些驚訝的看了邵雪一眼，抬手接過了那件旗袍。康莫水自然是比邵雪識貨，這件旗袍無論是用料還是剪裁都是上乘，應當是很有功底的老師傅裁制的。

「哪兒來的？」

「晉阿姨送我的。」

康莫水檢查了一下針腳的走勢，便把旗袍放到了工作臺上。

「妳在這裡等一下，我去找找皮尺。」

臥室本來是單間，康莫水卻自己隔出了一個儲藏室。她掀開簾子進去找皮尺，邵雪便百無聊賴的東張西望起來。

邵華很早以前就和邵雪說過，康莫水是蘇州周莊人。周莊那時還沒有如今這般名聲大噪，她只知道那是個水鄉。青石板，老街巷，一條老河流淌過整條古鎮。

她的目光忽然落到一個被花瓶擋了一半的相框上。

康莫水的公寓收拾得很乾淨，除了生活必需品外幾乎沒什麼東西。牆上桌上為數不多的裝飾品也是她自己繡的小玩意，唯有那個相框，藏在花瓶後面，透著一股不明不白的意味。

邵雪不由自主走了過去。

木製相框裡面鑲了張舊照片。雖說歲數差了不少，仍能看出左邊的女人是康莫水。但最讓邵雪驚訝的不是她容貌的變遷，而是她臉上的笑容。

邵雪從來沒想過，康莫水還能展現出這種眉眼彎彎、滿面春風的笑，她以為她生來就是如今這種波瀾不驚的模樣。照片上的康莫水不過十八、九歲，一頭黑髮及腰，眼角眉梢洋溢幸福。她左臂緊緊挽著一個高大的男人，頭也虛靠在他的肩膀上。

儲藏室傳來動靜，邵雪急忙把相框放回了原位。

康莫水拿來了皮尺，比劃著爲她量起腰圍和肩寬。邵雪忍了許久，終於還是問出了口：

「康阿姨，妳桌子上那張照片裡的男人，是妳丈夫嗎？」

康莫水登時愣住了。

「我……我還以爲……」

「不用以爲了，」她定定神，重新把皮尺比好位置，「他不是。」

屋裡一下變得靜悄悄的。

康莫水把皮尺繞過邵雪後腰，她的頭髮拂過邵雪的臉，有一股茉莉的香氣。

「小雪，等妳長大了或許會知道，」康阿姨在她耳邊輕聲說，「這個世界上，愛一個人有時候是很難的。早一步晚一步都不行，所以啊，還不如離開他。」

她很少一次說這麼多話，吳儂軟語夾著不標準的普通話，聽得邵雪雲裡霧裡的。

她沉默一會，忽然叮囑：「照片的事，不要和別人說，好嗎？」

邵雪望著她的眼睛。這雙眼也曾笑得彎彎，如今卻像深潭水一樣平靜。

「好。」

邵雪用力點點頭。

走下樓的時候，她忍不住回頭看了一眼康莫水家的窗戶。爬牆虎攀附著牆壁而上，隨著春暖花開逐漸抽芽，再過不久，葉子就會茂盛生長，把整棟樓包裹起來。

就好像康莫水的心一樣。

她從不曾見過這樣話裡有話的女人，眼裡都是往事，讓她莫名的難過。

2

二〇〇三年的夏天格外漫長。

立夏那天，樹葉像是一夜之間伸展開，把古城裝扮得濃綠茂盛，可是街上仍舊空蕩蕩的。SARS疫情已經控制住，但保險起見，大人們仍陸續停班，放假的學生每天都要向班導彙報體溫。

那個夏天唯一一件大事，就是張祁保送到了他那所明星學校的高中部。

這件事起碼轟動了三條胡同。畢竟在過去的十幾年裡，張祁都是家長教育孩子的一個範例，最典型的句子就是「你怎麼跟張祁一樣不學好呢？」

誰知他複習了一個多月，就考了一個數學競賽一等獎。

學校高中部的競賽班一下子就要了他。那個競賽班年年有競賽考生保送進北大、清華。SARS讓學校停課、考試延期，初三的補習成了大問題。許多同學還在擔心未卜的前途時，他就拿到了錄取的保證。

韓阿姨瞬間成了胡同裡的教育專家，人們紛紛把她請到家裡請教經驗。她搪塞不過，連著半個月的晚飯都是在別人家吃的，好不容易閒下來，便拉著郁東歌和晉寧訴苦。

「我們家張祁什麼樣，我還不知道啊，我哪有什麼教育方法啊，我都不知道他怎麼就開了竅。」

「我說什麼來著，」邵華倒了杯茶站在後面啜飲，「大難不死必有後福。」

「呿，你這張嘴說什麼？」郁東歌瞪他。

「不是不是，」他趕忙開溜，「百無禁忌，百無禁忌。」

這件事影響比較大的是邵雪。鄭素年的高中和張祁的學校長年不分伯仲，一個已經上了一個已經保送了，就看她這個初二生能不能在接下來那年創造奇跡了。

她憤憤不平的向兩個人表示：

「奇了怪了，按理說我們學校只有班上前五名能考上你們那樣的高中，那就是說，四十個人裡只有五個，也就是八分之一的比例。爲什麼我們這條胡同一共三個孩子，你們兩個都考上了啊？」

「妳這個樣本範圍太小了。」張祁說。

「你別惹她了。」鄭素年覺得莫名好笑，自己坐在那裡樂了半天，氣得邵雪不想看他，「喂，我聽說喬木姊她們學校封了。」

「又封校？」張祁有點驚訝，「美術學院也有疑似病例了？」

「倒也沒有，但好多大學都封了。」

「哎，」張祁長嘆一口氣，「這個ＳＡＲＳ，什麼時候才能結束啊？」

三個人都沉默了。

門前零星站著幾個人。

鐵門大關，門兩側的男女便如牛郎織女一般被分隔開。有幾個膽子大的繼續隔著鐵門卿卿我我，看得傅喬木一陣陣臉紅。

竇思遠清清嗓子，試圖打破尷尬的氣氛。

「你們學校，這個，藝術氣氛，還是滿濃厚的。」

門都沒跨進去，站在門口看了幾對跨校情侶談情說愛就下了定論，竇思遠也著實是個人才。傅喬木艱難的試圖辯駁，最後死心的閉了嘴。

「沒有確診的吧？」

「沒有，」傅喬木搖搖頭，「但好多同學都回家了。宿舍也沒封，就是不能出校門。」

「學校餐廳能吃飯嗎？」

「你說什麼啊，」她被逗笑了，「以前不也是去餐廳吃嗎？」

「好吧，」他嘆口氣，把手裡的袋子從鐵門框裡塞了進去，「我買了點吃的給妳，還有板藍根。缺什麼就打電話給我，我送來。」

「學校裡什麼都有，你不用操心了。」

「我能幫妳買到的就收下，都這個節骨眼了還客氣。」

傅喬木低下頭沉默了一會，才把那個塑膠袋抱進懷裡，轉身回房。

眼看著她的背影消失了，竇思遠才把目光轉向身旁你儂我儂的一對情侶，非常專注的看著他們。

「你看什麼呀？」那個男生察覺到他的目光，有點不爽的停下來。

「沒什麼，請繼續。」他一臉無辜的說完，跨上自行車飛一樣的騎走了。

傅喬木剛回宿舍，那塑膠袋就被室友搶過去一番檢查了。幾個女孩前後瓜分了袋子裡的洋芋片、零食和巧克力，最後竟然挖了個手機出來。

「喬木，」室長尖叫一聲，「他送了妳手機？」

傅喬木一愣，趕忙把那個紅色的ＮＯＫＩＡ搶過來。開機花了半天，伴隨著一聲震耳欲聾的開機音樂。

電話裡只存了一個手機號碼。她愣了一下，螢幕就顯示收到了一條簡訊。

「話費沒了記得告訴我，學校不賣電話卡。」

來自竇思遠。

她抓起手機就跑出了宿舍。立夏的太陽讓她熱出一身汗，但門外哪裡還有竇思遠的影子。

傅喬木惆悵的看著門口那沉迷擁吻的情侶，看得那男的再一次一臉惱火的把女生的頭移開。

「妳又看什麼呀？」

「沒什麼，」傅喬木若有所思，一臉恍惚，「請繼續。」

五月十五日，第一批七名病人痊癒出院。

五月二十二日起，八萬名高三學生開始返校進行考前複習。

六月八日，當地首次迎來SARS新增病例零紀錄。

六月二十四日那天，邵雪仔仔細細看了一遍「SARS」疫區名單，長長的鬆了口氣。

歷時半年之久的SARS終於在那個夏日銷聲匿跡，所有人的生活逐漸回歸正常。那場災難的痕跡消失得如此之快，就好像從來沒有降臨過一樣。

只是有許多人的命運，卻已在那個夏天不知不覺的改變。

3

鄭素年半跨在自行車上，等著邵雪排完稻香村門口那一串長長隊伍。

「她怎麼了啊？去趟學校回來就跟去了半條命似的。」他回頭問張祁。

「還能怎樣，」張祁坐在車後座上，捧著一包小浣熊麵啃得嘖嘖作響，「她本來以為SARS這學期取消期末考了，壓根沒複習，結果失算了。這下子，慘兮兮的數學成績出來了。」

「那她現在的心情應該夠複雜的，」鄭素年嘆了口氣，「承受著成績的壓力，還堅持要排隊買羊肉串。」

彼時稻香村還沒取消賣肉串的外帶窗口。雞肉一塊五、羊肉兩塊錢，量大份足撒著辣椒粉，牛皮紙一裹仍肉香四溢。張祁嘎嘣嘎嘣嚼完了最後一塊速食麵，語重心長的表示：

「其實我理解小雪的感受。你別看稻香村這百年老字號，我覺得它就是靠賣羊肉串盈利的。看看這銷量，麥當勞倒閉了都輪不到它。」

他看了一眼一臉生無可戀、啃著羊肉串走過來的邵雪，伸出手同情的拍了拍她的肩膀。

「看看我們邵雪同學，郁阿姨怒於前而不改色，該吃吃該喝喝，心智多強大啊。」

「滾。」

郁阿姨正煩惱著。

班導上午剛打過電話給她。全班有五個人數學不及格，邵雪光榮的成了其中五分之一。最關鍵的是，這孩子英語還考了年級第三——而他們班導就是數學老師。

「邵雪媽媽呀，」班導有點不滿，「妳幫我問一下，你們家孩子是不是對我有意見？她的成績偏得有點刻意，我覺得她是在對我表達一種不滿。」

「那怎麼可能呀，肖老師，」郁東歌在電話這邊都快鞠躬了，「您有多負責，我們還不知道呀？等她拿了成績單回來，我會管教管教她，您別想這麼多。」

邵華對這件事沒那麼放心上。他把報紙從眼前面拿下來，勸慰自己老婆，「她又不是不學，不就是數學比較差嘛，等上了高中，選文科不就行了？」

「文科高考難道不考數學啊？」郁東歌焦躁得不行，正好逮到機會發火，「還上高中呢，她這樣能上哪個好高中？人家張祁和素年上的都是什麼學校，她這樣能上什麼學校？」

話音一落，邵雪就開門進來了。

郁東歌拉下臉，腿一抬，坐到了餐桌旁邊的椅子上。

「考卷呢？」

邵雪慖慖的把考卷拿出來，嘴裡還不饒人，「妳又看不懂。」

郁東歌還眞的看不懂。

晉寧那樣讀書留學過的人畢竟是少數，郁東歌和鄭津都是十六、七歲就進了故宮當學徒。邵華好歹是高中畢業，咚咚咚的走過來幫郁東歌解圍，看了半晌發出感嘆：

「哇，現在初中生數學這麼難了啊？」

「你別幫她說話，」郁東歌瞪他，「又不是全都不及格。考得好的人那麼多，只有她拿這個分數。」

「那我的英語還是年級第三名呢，妳也沒誇我。」

「做得好的還用說嗎？我們不就是要指出妳的不足，妳才能進步嗎？」

邵雪覺得這種邏輯絕對有問題，但是又不知道怎麼頂回去，只能蔫蔫的老實坐著。

「我說妳啊，有空就多問問素年和張祁的學習方法，別成天聽歌看電影。」

眞是風水輪流轉，如今張祁也變成她學習的榜樣了。郁東歌越說越氣，拿著鄭素年說個沒完。

「有必要嗎？」邵雪也氣了，「只有數學沒考好，就把我說得一文不值。」

「妳是學生，成績不好，不就是一文不值？」

「妳只會素年哥這個好那個好，人家晉阿姨也從來不用成績評價他啊。」

「人家素年也沒有數學不及格呀。」

邵華一看形勢有點控制不住，報紙也不看了天氣預報也不聽了，拿著個小黑本屁顛顛過來拉著郁東歌。

「哎哎，昨兒開會不是說明天要看咱們中年職員那個『迎奧運、學英語』的學習成果嗎？妳準備了沒有？」

郁東歌的注意力格外容易被轉移，邵華把她說得心一亂，重心一下子從邵雪身上挪開了。

邵雪看見自己親爸示意的眼神，趕忙跑了出去。

現在邵雪想起當年迎奧運學英語的盛況還是覺得好笑。電視臺一天到晚播放著全民學英語的成果，計程車司機在鏡頭前笑得露出一排牙。

「Nice to meet you啊，Welcome my福萊德！」

這風頭太盛，饒是故宮牆高庭院深，還是飄飄乎乎的吹了進去。

郁東歌他們都被通知最近要背幾個自己專業上的單詞，到時候外國友人一來，人人能扯幾句介紹。這件事對傅喬木竇思遠這一代的影響倒不大，他們大學生不在乎這點單字量，可是卻難壞了鄭津和孫祁瑞他們中、老兩輩。

孫祁瑞剛開始十分牴觸這件事，用他的話說：「大半輩子都過來了，黃土差不多已埋到脖子根，學什麼英語，不學！」

所以當竇思遠興沖沖替自己的老師父準備了《中華瓷器英語大全》的時候，還被他罵了一頓。

結果開完會第三天，他早上進門時抬頭就碰見了臨摹組的羅懷瑾。羅老頭比孫祁瑞還大兩歲，也是返聘回來帶徒弟的。羅師傅推著自行車舉起一隻手，中氣十足的喊：「孫師傅，顧得morning！」（Good morning，早安）

孫祁瑞一大早起了一肚子火，「你這是哪來的口音？一大把歲數跟著亂折騰。」

「這是亂折騰？孫老師，你思想落伍了啊。」

孫祁瑞一口惡氣咽不下去，大怒之下回了瓷器室，抓著竇思遠要他教自己幾個外文單詞。

中午吃飯的時候，倆老頭又在食堂碰見了。孫祁瑞抬起手，架式十足的說：「羅老師，顧得afternoon！」

一時之間，西風吹過東風，郁東歌拿著邵雪淘汰的電子辭典，拉著康莫水跟著唸：

「絲綢，Silk。妳看，很標準吧。」

康莫水愣了一下，指著自己衣服上的花說：「郁老師，那這個繡花呢？」

郁東歌在字典上戳了幾下，格外艱難的唸：

「E-M-B-R-O-I-D……媽呀這個怎麼這麼長。原來我們家邵雪英語考個年級第三也不容易啊。」

4

農曆六月二十四，大暑，全年最熱的一天。

院裡樹多，毛毛蟲吊掛得跟珠簾似的。大清早太陽就掛起來了，邵雪稀裡糊塗把早餐填進肚子裡，轉頭就拿起了書包。

「媽，我走了啊。」她幾步跑出門檻，鄭素年正單腳撐著單車等她。邵雪跳上後座，車子一溜煙的竄了出去。

郁東歌跟在後面嚷：「妳的豆漿不喝了？」

邵雪的聲音消失在胡同拐彎處，「不——喝——了——」

邵華還在屋裡慢條斯理的吃早飯，被自己老婆氣勢洶洶的樣子弄得莫名其妙。郁東歌把豆漿重重放在桌子上，非常不滿的嘮叨起來：「一放暑假就只知道往外跑。你看你女兒，才這麼大就跟素年親成這樣了。」

邵華心不在焉的敷衍：「人家青梅竹馬，關妳這中年婦女什麼事。」

郁東歌聞言大怒，立刻收走了邵華剩下的早餐。

「哎，不是，」邵華無辜的瞪大了眼，「我還沒吃完呢。」

「我餵狗也不餵你。」

語畢，郁東歌穿上外套，迅速騎自行車去上班了。邵華哀嘆許久，可憐的跟了上去。

邵雪和鄭素年進麥當勞的時候，張祁已經在吃了。他被保送的事大概半個東城都知道了，以至於旁人碰見他爺爺的時候，總會遞根菸親熱的說：「張老，聽說您那寶貝孫子出息了啊？」

老人家臉上特有面子，背著兒子兒媳獎勵了張祁五百塊錢。正好他和鄭素年說好了假期要幫邵雪補習，三個人一討論，乾脆就去麥當勞，買包薯條就能坐一下午。

但顯然他不是只打算吃個薯條的樣子。

鄭素年說：「張祁，你的五百還剩多少？」

「我也不知道，」張祁口中的雞翅脆骨咬得嘎嘣響，「有錢先花著。」

「現在外面都把你傳成了數學家華羅庚第二了，你能不能有點數學天才的樣子？」

「數學天才啥樣？」張祁打了個嗝，「數學天才也得吃炸雞翅呀！」

他翻了翻手邊的練習簿，翻出一頁丟給邵雪。

「妳先做，哪裡有問題，我等下講解給妳聽。」

鄭素年下個學期升高二，學業壓力也不小。他拿了一張物理考卷出來做了一會，忽然聽見邵雪嘟嘟囔囔的。

他忍不住探頭看了一眼考卷，然後就看見邵雪正翻著白眼「二、四、八、十六」的往上算，算了一會好像有點記不清算了幾次乘以二了，又從頭數了一遍。

「邵雪，」他有點於心不忍，「二的六次方，妳算八乘八就可以。」

張祁發出了鴨子一般的笑聲。

他笑著笑著就覺得有點不對勁。三個人一扭頭，只見到櫃檯旁邊有個七、八歲的小孩開始哭得撕心裂肺。邵雪用筆敲了敲桌子，皮笑肉不笑，「張祁，看看你把人家嚇成這樣。」

有員工過來問他爸媽在哪裡，小孩哭得更大聲了，旁邊人來人往，沒一個跟他能搭上話。邵雪看了半天，忽然說：「他說的是中文嗎？」

她這個思路比較新穎，引得鄭素年和張祁對著這孩子一番研究。三人聽了半天，鄭素年有點猶豫的說：「他剛才是不是……喊了一個Daddy？」

張祁做事比較果斷，掏出他的半吊子英語就上了。

「Come here come here。」（來這裡來這裡）

小孩一愣，硬是止住了哭。張祁一看有用，扭頭就對邵雪說：「邵雪，妳快去和這外國小朋友交涉一波，展現咱們國際化大城市的風采。」

小孩見他們沒有幫他的意思，嘴角一撇又要哭，嚇得邵雪急忙走了過去。她也沒想到自己頭一次和眞的外國人交流竟是一個六歲小朋友，你來我往了半天，總算聽明白這孩子怎麼回事。原來這小孩是在國外長大的，今天被爸爸帶著回國卻走丟了，他看見旁邊的麥當勞Logo長的和自己家那個很像就進來了，結果進來還是找不著自己親爹。三個人問了幾句大概弄明白前因後果，領著小孩就去了最近的派出所。

派出所警員齊名揚就住在邵雪他們那條胡同，抬眼一看是這三人一下就樂了。

「呦，這不是張祁嗎？你做了什麼事，來自首啊？」

「哎呦齊叔叔，我都多大了，你還記著我小時候那幾檔糗事，什麼跟什麼就自首了？」

「哼，我對你有陰影。你們三個怎麼帶著一個小孩子啊？」

「這才是正事，」張祁一拍手，「這孩子跟家人走散了，我們不辭辛苦把走失兒童給你送過來了，結果一來你就這麼打擊我，眞是令人寒心。」

齊名揚一看眞是小孩走丟了，工作狀態趕緊上線。他打了電話給幾個附近的派出所，沒一會就查出那身爲歸國華僑的爸爸已經報警了。

「坐著等吧，他爸爸等一下過來領人。」

齊名揚的英語不怎樣，小孩跟他不好溝通，拉著邵雪袖子不讓這個姊姊走。三個未成年蹲成一堆哄這個小未成年，過了十分鐘就等到一個滿頭大汗的中年男人。

「哎呦，謝謝你們啊，這孩子把我嚇壞了。」

「呦，」張祁一聽對方的口音就笑了，「叔叔，這是鄉音未改呀。」

「是啊，」那人把兒子拉過去，長舒一口氣，「我只是十幾年沒回來了。剛一下車，路都不認識，一轉眼他就不見了。」

齊名揚招呼他過去做登記，這個人一邊寫一邊拖著邵雪不讓他們走。

「你們別走，我一會兒請你們吃飯。」

好歹是個歸國華僑，三個人躍躍欲試，做好了吃高檔西餐的準備，結果男人上了車就直奔著老一輩最愛去的灌腸老店。鄭素年和張祁中間夾著個小孩坐後座，邵雪坐在副駕駛座。她斟酌了半天，終於忍不住問出來：

「叔叔，我們是去吃灌腸啊？」

「可不是嘛，」他盯著眼前的車水馬龍，長長的嘆了口氣，「想了十幾年了。打小就吃，出了國再也沒嚐過正宗的。就這一口，想了十幾年。」

馬路已經大改，男人幾次都走岔了路口。邵雪在旁邊嘰嘰喳喳的指路，卻只見他的眉毛一點一點皺起來。

「怎麼都變了呀，」他有點迷茫的說，「我怎麼都不認識了？」

張祁安慰他，「您都離開這麼長時間了，路不熟也正常。」

「我知道，可是這高樓大廈平地起的，」他下巴指了指窗外，「一點從前的痕跡都沒有了。你要是不告訴我，這哪裡是故鄉啊，這就是他鄉啊——好傢伙，還有這個大坑！」

小孩站在後座上，一起一落被顛得撞了頭，大哭著鑽進了鄭素年懷裡。

車裡的氣氛一下子有些尷尬。

邵雪不知該說什麼，只能趕緊轉移話題，「現在的馬路一個月換三回路線，有時候連我媽他們都不認識。這不快到了麼——哎，叔叔您這是車用音響嗎？能放歌嗎？」

那人淒然一笑，隨手按下了音響的開關。前奏一出來，車裡的幾個年輕人都是一愣。

「我爺爺小的時候／常在這裡玩耍／高高的前門／彷彿挨著我的家／吃一串冰糖葫蘆就算過節／他一日那三餐／窩頭鹹菜麼就這一口大碗茶……」

漫長的間奏裡，邵雪忽然聽到一聲微不可聞的嘆息。

「如今我海外歸來／又見紅牆碧瓦／高高的前門／幾回夢裡想著它／歲月風雨／無情任吹打／卻見它更顯得那英姿挺拔／叫一聲杏仁兒豆腐／京味兒眞美／我帶著那童心／帶著思念再來一口大碗茶。

「世上的飲料有千百種／也許它最廉價／可爲什麼，爲什麼／爲什麼它醇厚的香味兒／直傳到天涯。

「它直傳到天涯。」

5

〇三年夏天，邵雪家買了第一臺電腦。

那年頭，攢機是一門很好賺錢的手藝。所謂攢機，就是電腦各零件一點一點攢起來，最後組成一臺電腦。普通老百姓不懂這個，攢機的人就低買高賣，賺個價差。竇思遠是理工大學畢業的，有個同學在業餘時經營這項生意，兩人約吃飯的時候，便隨口一問他有沒有要買電腦的朋友。

正好趕上了晉寧和郁東歌想買。

一臺電腦幾千元，放在那時候的一般薪水階級家庭也是件大事。一群人忙碌了半個月，從裝機到連網，轟動了半條胡同。那時候哪有什麼液晶電腦，全是箱子大小的桌上型電腦，用一會兒主機就熱得發燙。

竇思遠特地來邵雪家替她調好了機器。邵雪研究了一會他幫她收藏的幾個網頁，指著一個橘黃的就問：「這是幹嘛的？」

「這個啊，這是網路購物，沒見過？」

「網路上買東西？」邵雪有點茫然，「可靠嗎？」

「老土了吧，」竇思遠笑話她，「你們眞是落後於時代。妳在這邊網頁看上什麼再一下單，人家過兩天就幫妳送到家門口。」

「你們年輕人就愛信這些亂七八糟的東西，」郁東歌在後面切菜，感覺這件事已經超出自己的認知，「那如果你先付了錢人家不送貨呢，這是詐騙吧。」

「郁老師，我們對新興事物要有接受度。您過來，我給您看看這個新聞。」

邵華和郁東歌一下子全湊到螢幕前。新華社的新聞稿總歸是有點說服力，但郁東歌怎麼看那個照片裡的男人怎麼不順眼，「你看你看，這個人長得賊眉鼠眼的，我才不信呢。他叫什麼呀？」

「馬雲。」

「這個名字也沒什麼水準。邵雪，我們不信這個啊，別在網路上留個人資料。」

竇思遠揉了揉太陽穴，放棄了對她們灌輸現代新知的努力。

邵雪在學校上過電腦課，上手新科技還是快了些。郁東歌還在練一指打字神功的時候，她就能在論壇底下回貼文回得劈里啪啦了。竇思遠幫她收藏的網頁充斥著一股二十出頭的直男氣息，不是鳳凰新聞就是搜狐軍事，邵雪有次隨手點進搜狐首頁，看見右下角有一個十分有年代氣息的廣告。

「媽，」她回頭問，「這Beyond是不是挺有名的？我記得以前聽妳說過。」

郁東歌一愣，顯然沒想到她會提起這個。

「是啊，年輕的時候聽過。怎麼了？」

「這裡有個廣告，說他們樂隊八月份會來開演唱會。」

「網路上都是胡說八道，」郁東歌搖搖頭，把抹布一抖，接著擦起桌子，「黃家駒死多少年了，樂隊早就解散，開什麼演唱會。」

「眞的，」邵雪把廣告點開，把郁東歌拉到桌子前面，「妳自己看。」

撥號上網，資料傳遞慢得叫人心慌，頁面一點一點刷新，郁東歌有些不敢相信自己的眼睛。她手忙腳亂的把電腦螢幕一關，丟了抹布就出了門。

也怪不得郁東歌慌張。誰都年輕過，也都幹過蠢事，郁東歌也不例外。

那年她不到二十歲吧，剛從學校出來就當了故宮學徒。人長得漂亮，學東西也快，年齡大一點的前輩都想替她介紹結婚對象，她卻和隔壁胡同一個閒散人士看對了眼。

郁東歌這種女孩，太單純，被人家送了幾盤卡帶、說了幾句漂亮話就被套牢了。有天晚上，他半夜翻了郁東歌家的牆根，火車票裡裹了個不知道哪裡買的不値錢的戒指，一來就問郁東歌願不願意和一起他走。

走去哪裡呀？她不知道。光是這股子爲愛浪跡天涯的情懷，就値得這傻女孩放下一切。她工作也不要了，親友也不要了，把自己這些年的積蓄包了個小包，就跟著人家上了南下的火車。綠皮火車翻山越嶺，車廂裡的男人呼嚕打得震天響。二十歲的郁東歌靠著窗戶，以爲未來和那些香港電影裡演的一樣浪漫。

後來的事，用腳趾頭想也知道了。

那人沒什麼眞才實學，生意也時好時壞。最苦的時候，郁東歌一天只能就煮一把麵，男人吃飽了就去打牌，留她一個人在租屋裡拿饅頭泡著麵湯喝。她也不敢打電話給家人。郁東歌單親，家裡只有一個開計程車的爸爸，嘔心瀝血把她拉拔長大，她這一跑，再回去丟臉，也沒資格。

那時候都說南方的錢好賺，兩個人便收拾東西去了一座海港城市。但語言不通，連服務生都當不了，她只能去工廠當女工。工廠裡機械式流水操作，她以前學的精細手藝全都沒用，一雙手被紮得都是傷，也不見有人心疼。有一天半夜下班，她走在回租屋的路上，遇見街上有個唱歌的流浪歌手。

她那時候已經懂點粵語了。歌手的吉他收拾到一半，看她一個人站在馬路邊呆呆的看自己，忽然說：「姊姊，我唱首歌給妳聽吧。我很喜歡這個樂隊，Beyond的〈再見理想〉。」

四下無人的長街，異鄉冬夜的街頭，陌生人一聲綿軟的姊姊，終於讓她淚如雨下。

「獨坐在路邊街角，冷風吹醒／默默地伴著我的孤影／只想將吉他緊抱訴出辛酸／就在這刻想起往事。

「幾許將烈酒斟滿，那空杯中／藉著那酒洗去悲傷／舊日的知心好友何日再會／但願共聚互訴往事。」

她大哭起來，哭人生怎麼還沒開始，就結束了。

誰知道，邵華就來找她了。

後來的小輩都不太知道這段往事。他們只知道鄭津當年是跑到歐洲大陸去把晉寧追回來的，卻因為郁東歌羞於提起自己年輕犯傻的經歷，而對他們的青春一無所知。

邵華這一找，還比鄭津難多了。當年鄭津找晉寧雖說是異國他鄉，但是有位址有電話，落了地就和當事人聯繫上了。邵華呢，卻從北向南摸索，大部分時間都像個無頭蒼蠅一樣亂撞。

皇天不負有心人，還眞就讓邵華遇見了他們。他雖說平常不太正經，但向來笑瞇瞇的也不生氣。

那一次卻眞的急了。

兩個男人從樓上打到樓下，鬧到圍觀的人站了兩層。旁邊有個水果攤，那男人搶了一把水果刀虛張聲勢的喊：「你再往前一步？你他媽再走一步？」

邵華用食指戳著自己胸口，一字一頓的說：「你有種就往這裡捅！」

最後當然是沒捅。值班的員警接獲報警把他們全抓了起來，郁東歌悄悄的跟在後面，被邵華回頭又怒又心疼的看了一眼。

「妳把行李收拾好，等我接妳回家。」

他難保不被拘留幾天。出來的時候，郁東歌站在警局門口等他，那勾搭她的男人想靠過去，硬是被他狠瞪得不敢近身。

兩人去火車站的時候，路過了那個唱歌的男孩。郁東歌走過去，在他面前放了張二十元的鈔票。他撥了一串和絃，朝她友善的微笑。

火車站人多，他們擠在小角落裡泡了一碗泡麵。郁東歌看著邵華臉上那幾塊青青紫紫，自暴自棄的說：「是我自己做了蠢事，你蹚這渾水幹嘛。」

「我家老太太說了，」邵華呼溜呼溜的吃著麵，「女孩兒難免犯傻，找回來還能娶。」

周圍一下變得很安靜很安靜。

邵華說：「沒什麼抹不開面子的。妳爸爸急病了，這幾天一直是胡同裡幾個街坊幫忙照顧的，妳回去給老人家道個歉。妳不是覺得那幾塊卡帶浪漫嗎？回頭我買一櫃子給妳。」

郁東歌聽見父親生病心裡有點急，急裡又有點氣，她囁嚅著說：「我不是貪圖他的卡帶……」越抹越黑，不說了。

再後來，談戀愛，結婚，生孩子，她也成了個普通的中年婦女。可是當年那廣州街頭歌手爲她唱的歌，她一直沒忘。Beyond的歌一首一首聽下來，從《光輝歲月》到《海闊天空》。黃家駒在日本意外身亡的時候，她哭了好久，哭得邵雪都爬到她膝蓋上，幫自己媽媽擦眼淚。

有什麼好哭的呀，一個連面都沒見過的人。

但那是她的青春啊。

〇三年的Beyond北京工人體育場演唱會，人山人海。

她買了普通席的票，跟著一群比她或大或小的歌迷進了場。她這一趟，邵華不知道，邵雪也不知道。有個一九八幾年生的小孩坐她身邊，和邵雪差不多大，紅腫著一雙眼問她：

「阿姨，妳也是歌迷啊？」

她說：「是啊，是啊。」

她也年輕過啊。

6

立秋那天，孫祁瑞生了場大病。

老頭子抽了五十幾年菸了，只要一變天就呼哧呼哧喘的咳得人心慌，被傅喬木說了幾次也不去醫院查一下。立秋來了一股寒流，他大半夜被一口氣憋醒，自己哆哆嗦嗦的打了電話叫救護車。

檢查結果一出來，慢性支氣管炎，併發冠心病，嚇壞了一群晚輩。

他兒子在國外一時半會趕不回來，傅喬木和竇思遠沒日沒夜的忙了兩天。郁東歌她們一個接一個送水果送牛奶，惹得護士長直誇：「這老人家人緣多好，孫子孫媳都這麼孝順，有福氣。」

傅喬木正好去樓下買飯給竇思遠。女生臉皮薄，否認也不是應下也不是，紅著一張臉跑回了病房。

郁東歌自己父親去世得早，把孫祁瑞當成了親長輩，天天張羅著煲湯熬粥，有時候家裡有事忙不過來，就使喚邵雪東西城兩頭跑，三次有兩次都能碰上鄭素年。

「家有一老如有一寶，」晉寧說，「都替老爺子操心。」

次數多了，兩家乾脆約好了時間。九月底涼意四起，邵雪總是在傍晚時分跳上鄭素年的車子後座，一起晃悠悠的穿越夕陽下的老城。

有一天鄭素年的車半路爆胎了，兩個人去得有點晚。兩個孩子一前一後進了病房，正好看見孫老師傅指點病友下棋。

「下那裡，下那裡聽見了沒？你這是什麼水準啊，走開走開我來——」

「你你你走開。」對方早就不耐煩了，「觀棋不語眞君子，你在這瞎什麼呢。」

孫老師傅怪委屈的。

好在他一回頭就看到了邵雪和鄭素年，便背著手一搖一晃的說：「這個病房的人，智商太低，我們回我的病房。」

竇思遠不在，傅喬木有點無奈的跟在他身後。陪床就是磨人，他們最近日夜班輪替著，把喬木累得一頭烏髮硬是夾雜了幾絲灰白。

「孫叔叔還不回來呀？」

「可不是嗎？」傅喬木揉著太陽穴說，「簽證有點問題，他在那邊也是乾著急。」

「醫生說怎麼樣啊？」

「歲數太大，保守治療。但老人家還不注意著呢——」孫祁瑞回頭瞪她，卻止不住傅喬木一通牢騷，「那天一睡醒，張嘴就叫竇思遠去他家，把他那條捨不得抽的菸拿來。我看您呀當年入錯了行，您不該來做修復，應該去菸廠那大煙囪旁邊上工。」

傅喬木也是被氣急了，賢良淑德了這麼多年，損起人來竟是一連串的。孫祁瑞懨懨的躺回床上哼了一聲，「那麼好的菸，可惜了。」

那天週五，邵雪和鄭素年多待了一會，一是陪著老人聊天解悶，二也是讓傅喬木出去吃點東西休息休息。離開的時候天色已晚，竇思遠硬是要一起把他們送回去。

外面下起了細密的秋雨。

邵雪出來的時候穿少了，摸索著把手放進了鄭素年的口袋。他看了邵雪一眼，抬手叫竇思遠。

「都沒吃飯，」他和竇思遠說，「去吃點東西暖和一下吧。」

宵夜店關得也很晚，看見又來了客人，招呼著把收了一半的東西再擺了出來。

「凍壞了吧，」老闆穿得腫腫的，站在蒸汽裡很是慈祥，「吃什麼？做完你們這一單，我就收攤了。」

也沒剩什麼了，三個人各要了碗湯麵，像刺蝟似的蜷進了店裡。竇思遠把手臂插進袖子裡，若有所思的看著門外的一片漆黑。

「有的時候想走了，就想想這裡的夜色。」

「你想走？」邵雪牽先抓住了重點。

「可不是嗎？」他笑了，「出來三、四年了，也沒混出個人樣來。但要是回家裡，哪有這裡的環境做修復工作呢。」

他也不小了。同學裡有的下海經商，有的去了藥廠做技術顧問，也有專心做學術的，在美國讀博士讀得風生水起。只有他，守著一堆舊東西，好像永遠也沒個盡頭。

「幹這行不就這樣嗎？守得住寂寞，守得住清貧，人家尊敬你，叫你一聲老師，心裡的苦全只有自己知道。」

說者有心，聽者無意。到底還是年紀太小，那些成年人的掙扎與糾結，他們全都看不到。好在看不到。

竇思遠把他們送到家門口，又折回了醫院。按理說他今天是值日班，晚上就輪到傅喬木了。可是他就好像心裡有個什麼地方牽掛著似的，怎麼也放心不下。

孫師傅睡了，傅喬木也睡了。她蜷在病床上小小一團，因爲嫌醫院的被子不乾淨，只蓋了件大衣。

「我爲什麼不走啊。」

他把自己的羽絨衣脫下來，蓋到了傅喬木身上。

「傅喬木，妳說，我爲什麼不走啊。」

睡夢裡的傅喬木什麼都不知道。她皺皺鼻子，把小臉縮進竇思遠的大衣裡。

邵雪升上初三時課業更重了，週五還要熬夜寫考卷。郁東歌倒了杯熱水給她就回了自己房間，哭喪著一張臉對著邵華。

「怎麼了？」

「突然覺得人活著沒意思。」

「妳這又是怎麼了？」邵華一笑，「活了大半輩子，倒覺得沒意思了？」

「可不就是嗎？小時候什麼都不懂，後來就上有老下有小，忙忙碌碌一輩子，終於孩子也長大了，自己也自由了，有錢有時間，人卻老了，病也來了。」

她這番話說得太絕，連邵華都啞然了。兩個人大眼瞪小眼半分多鐘，邵雪那屋忽然傳來一聲大喊：「媽，我新買的外套呢？我明天要穿！」

「討債鬼，」郁東歌一個沒忍住，笑了一下又扯著嗓子喊回去，「妳自己的衣服不知道放哪裡啊？去客廳的衣櫃看看！」

人這一生，大約眞的是很苦吧。

邵華扳過郁東歌的肩膀，替她揉了揉幾個痠痛的關節。

「不過能看著他們長大，倒也不枉此生。」

第3章 一夕之老

1

鄭津五十歲的時候回憶起往事。

他這一生，其實只做了兩件事。

修鐘，愛晉寧。晉寧走後，他的餘生便是在回憶。

回憶裡的二〇〇三兵荒馬亂，她在一個立冬的早晨醒來梳著頭髮。她的頭髮很軟很黑，綿綿密密的垂到腰間，有如《詩經》裡那些顧盼生姿的女子。

然後她說：「我最近老是胸口疼。」

鄭津倒了杯熱水給她，有點不太放在心上，「那下了班，我陪妳去醫院吧。」

晉寧說：「不用，我自己去就好，大概就是年紀大了。」

他有時候希望自己能折十年的壽命換來再過一次那天，反正沒有晉寧的後半生，他也過得渾渾噩噩的。再讓他過一次那天，他就陪著晉寧去醫院，陪著她做檢查，看見醫生臉色不對，就把她支開自己問問，然後像個男人一樣出去摟著她說：「沒事的，天塌下來，有我在呢。」

可是老天爺沒給他這個機會。

所以確診通知單下來的時候，晉寧一個人孤孤單單的接過了報告，一個人在冷風裡坐了兩個小時，然後一個人摸黑回了家。

鄭素年要補課，還沒回家。鄭津坐在檯燈邊上看文獻，她輕飄飄的走進來。

她說：「醫生說，乳腺癌中期。」

元旦過了就是期末。中考前最後一場大考，邵雪的節日過得跟沒過似的，好不容易把化學方程式從頭到尾過了一遍，她才穿上羽絨衣出了家門。

素年家裡還是黑著。他和鄭叔叔自從晉阿姨住院了以後就不太回家了，他們在醫院租了個床位，輪班陪在她身邊。邵雪過生日的時候，張祁和她出門草草吃了碗麻辣燙，兩個人在隆冬的夜色裡沉默了好久。

張祁上了高中，分在競賽班，升上來的都是各個學校的資優生。他元旦也要補課，回家的時候正好碰上邵雪出門透氣。

「你們元旦也不放啊？」邵雪看了看他臃腫的書包，不用想也知道裡面是一週沒洗的髒衣服。

「放啊，只放一天，」他神色有點疲憊，「後天又要去了。」

她點點頭，盯著自己的腳尖看了一會。張祁停了腳步，側過頭問她：

「明天一起去看晉阿姨吧。」

她愣了愣，冰冷的空氣鑽進肺裡，毛細血管像是要爆裂了，一股血腥味在她的口腔裡散開。

「好。」

都是同一區的鄰居，晉寧一病倒，幾戶人跟著操心。偏偏鄭叔叔是個悶葫蘆，多大的困難都自己都悶在心裡，旁人急得有心無力。

「你說說這鄭津，」郁東歌一邊收拾第二天要讓邵雪帶的牛奶和水果，一邊發牢騷，「我早就跟他說有事提一句，咱們做鄰居這麼多年了，能幫一點是一點。」

邵華和他在同一個辦公室坐了二十年，這時候也只能長嘆一口氣。

「他也難受啊。」

難受啊。人真的難受的時候，說不出，也不想說。明明是從心裡到身體都撐不住了，還要打起精神硬撐著。

父子倆，一個比一個能撐。

邵雪和張祁進醫院的時候，正好看到有個女人得知確診的場景，大約是惡性腫瘤，她抱著親人嚎啕大哭。邵雪看得心裡害怕，再一抬眼，就看見了拿著飯盒下樓的鄭素年。

她差不多兩個月沒見過鄭素年了。他穿的還是校服，頭髮有點長，眼圈青黑。他看見邵雪有點愣住，過了半晌才問：

「你們怎麼來了？」

「送點東西來給阿姨，」張祁急忙說，「四樓嗎？」

「四樓，」他點點頭，「我去外面買點粥，你們先上去吧。」

大冷的天，他連個外套也不穿，一身校服只套著毛衣就走出了醫院大門。邵雪聽見有幾個護士在身後聊天，「這兒子真孝順……就是當媽的命太苦，本來看著多年輕啊。」

「我先上去吧，」張祁拍了一下邵雪，「妳去跟著素年，我看他走路晃晃的。」

醫院出門右轉有幾家飯館，鄭素年卻沒走大路，他沿著條污水橫流的小胡同恍惚的走進一個死胡同，忽然對著牆壁蹲了下來。

風太大，吹得他的校服鼓了起來。嗚咽的風聲裡，邵雪忽然聽到極其輕微的啜泣聲。極低，極壓抑，好像小動物被遺棄的聲音。

邵雪今年十五歲，認識素年十五年，沒見過他哭。他是那種骨子裡很溫和的人，不喜歡爭執，也不容易受挫，從小為人處世被幾個老師傅提點過，什麼都雲淡風輕的，不熟的人總覺得他沒什麼個性。

晉寧都說他什麼事都不說，什麼都藏心裡。

這種人，連崩潰的時候都是悄無聲息。

她走了過去。她知道自己有腳步聲，知道鄭素年聽見她跟來了。她把手放到他肩膀上，喉嚨酸得一句話都說不出來。

風好大啊。

他說：

「我媽那麼好的人……憑什麼啊？

「為什麼是她啊？」

邵雪的期末考試考得一塌糊塗。

她所有心思都不在上面，草草交了考卷，騎上自行車便去了醫院。鄭素年也是這幾天期末考，卻起早貪黑了半個月，她都不敢想他是怎麼熬過來。

鄭叔叔大約實在撐不住了，躺在陪床上睡了過去。邵雪進門的時候，剛好晉寧清醒過來，看見她，做了個噤聲的手勢。

她以肉眼可見的速度消瘦下來。

消毒水的味道刺鼻，邵雪坐在她身邊，格外專注的望著她的眼睛。晉寧五官都長得好看，只是暴瘦讓她的顴骨凸了出來，皮膚掛在骨頭上，只剩一雙眼睛不減當年風韻。

她說話的時候還是往日那副嬌俏的語氣。

「妳總算來了，我有好多事想告訴妳哪。」

其實邵雪來了好多次了，只是總是碰到她昏睡的時候。素年累得說不出話，她便跑上跑下的拿藥、買飯，能做一點是一點。晉阿姨拉著她的手，費了好大的力氣說：

「我那個箱子裡的東西，都送給妳。

「書啊，卡帶啊，還有什麼音樂盒，都送給妳。小雪，我真的最喜歡妳了，看見妳，就好像看見我年輕的時候。這個世界可大了，妳有心高飛，天南海北任妳闖蕩……」

「阿姨，」她強忍著哽咽，「我不要妳的東西，妳快點好過來，那些書沒有妳，我看不懂。」

「我總會不在的呀，」她輕聲細語，像是在說別人的事，「我這半輩子過得太順了，老天爺看不下去，就要讓我回去了。」

她怕邵雪哭出來，湊到她耳朵邊小聲說：「我想吃口蛋糕，妳能不能幫我買一份？」

「醫生說可以吃嗎？」她抽抽噎噎的說。

「可以，」她笑眯眯的，「好不容易我有胃口，妳鄭伯伯卻睡著了。」

邵雪用袖子胡亂擦乾眼淚，三步併作兩步跑下了樓。附近沒有賣糕點的店，她頂著寒風騎了三站才找到一個小店，天剛黑就要收攤，被她哭著求著又做了一份。

店老闆看著她急匆匆走掉的身影，和旁邊的店員長嘆了口氣，「可能也是碰見難事了。」

可是，等她再走進病房的時候，晉寧已經又一次陷入了昏睡。

康莫水也來了。她爲晉寧做了點燉湯放在床頭，帶著邵雪走出了醫院。一個女人一個女孩，都一臉哀切的站在路邊。

「康阿姨，」邵雪低著頭問，「晉阿姨能好嗎？」

康莫水幽幽嘆了口氣，什麼都沒說。

正月十四，第二天就是元宵，晉寧進了重症病房。

她一輩子不信命，到了臨終反倒看開了。鄭叔叔把半輩子的存款拿出來，一直要她別操心錢的事。

「人固有一死，」她清醒的時候說，「素年以後用錢的地方還多的呢，你一天天的用錢買我的命，有什麼用呀？」

她再醒的時候，就是在重症病房裡了。

鄭素年就是從那個時候開始憎恨醫院的消毒水氣味和白色的。他不知道爲什麼有人在親人生病之後會決定從醫，但他只有滿心的抗拒。重症病房探視的時段有限，他大部分時間只能隔著病房的監護電視看著晉寧。晉寧偶爾清醒，但腦子也有些糊塗，寬慰他們久了，她也會怪委屈的說：「什麼都不讓我吃。我想吃草莓，想吃甜的……」

鄭素年聽不下去，回頭問鄭津：「爸，讓媽出來吧。」

鄭津搖了搖頭。

他想要她活下去。

只要醫生說還有一絲希望，他就不願意放棄。重症病房一天的床位就要幾千塊，把他耗得心力交瘁。饒是如此，他進去的時候仍會強顏歡笑。

晉寧一天只能見他這麼一會兒，強撐著意識保持清醒。

「你看你，」她笑著說，「以前什麼都是我來做。交水費交電費，你能不做這些手續就躲。現在怎麼啦，全輪到你了吧？」

「以後都我做，」他說，「等妳好了，交水費交電費，複印材料寫報告，全都我來。」

「你說話算數啊。」

「絕對。」

過了半晌，晉寧有點睏了。她半閉上眼睛，恍恍惚惚的說：

「鄭津，我真的很愛你。」

老一輩人不隨口說愛，鄭津的眼淚差點就這樣掉下來了。他摸摸晉寧的臉自嘲：「妳年輕的時候那麼漂亮，去過那麼多地方，後半輩子就跟我窩在這裡，多虧呀。」

「不虧，」她有點撐不住了，含含糊糊的說，「一點都沒後悔。」

那是晉寧留給他的最後一句話。

2

立春這麼久，總算有點春天的意思，雀上枝頭嘰喳叫，把天空的顏色也叫得鮮亮了些。

邵雪家這個胡同離許多景點都太近，常有觀光客誤入。有個學生站在胡同口小心的朝裡頭看，看見了鄭素年家門口的花圈，然後跟自己同學說：「這家好像有人去世了。」

邵雪騎著自行車從他們身後穿過，眉頭不自覺的一皺。

晉阿姨的葬禮在八寶山公墓。人活了四十年，原來燒成灰也就一瞬間的事。幾個同事都來了，哭得最凶的竟然是晉寧的師父羅懷瑾。老人已六十多歲，白髮人送黑髮人，幾個同事怎麼扶都扶不起來。

鄭素年穿了一身黑，有點僵硬的迎送著來來往往的人。郁東歌看不過去，走過去扶著鄭素年，「孩子，你都幾天沒闔眼了，去歇一會吧。」

他抬起眼睛，那張酷似晉寧的臉有些青白。

「不用了，阿姨。我沒事。」

大風吹得凜冽飛揚，這裡的春天好像來得比別處都晚。邵雪和張祁坐得遠遠的，她抱著腿除了哭，什麼都說不出來。

「妳哭完了再回去，別讓素年看見。」

她有點咳嗽，眼淚鼻涕全擦在袖子上，小臉被風吹得發紅。

「真好，還能哭出來，」張祁搖搖頭，「要是素年也能哭出來就好了。」

晉阿姨去世了三天，鄭素年一滴眼淚都沒掉。他這幾天沒上課，幫著鄭津張羅後事，壓根就沒怎麼睡。

人間最難過的大約不是哭，是連哭都沒了力氣。

她和張祁第二天還有課，被幾個大人趕回家，正好碰到胡同口那隻被他們餵大的黑貓蹲在巷口淒叫得撕心裂肺。

這隻貓剛出生的時候瘦骨嶙峋，是被幾個孩子救活的。晉寧也很喜歡牠，幫牠取了個名字叫

「烏雲踏雪」，還替幾個孩子成立了一個烏雲踏雪餐飲基金，大家有了零錢就存到她那裡。

邵雪蹲下來摸摸牠的頭，小小聲的說：

「你也想她吧。」

牠像是什麼都懂了，懨懨的垂下頭，倒在她的手心裡。

全世界最好的晉阿姨啊，眞的走了。

這個世界癒合悲傷的能力似乎比邵雪想像的快了許多。晉阿姨的離去把每個人的人生都撕出一道大口子，但日子照常過去，慢慢的，這道傷痕對大多人而言也就如同揭開ＯＫ繃的傷口一樣，只留下了一道淡淡的紅印。

天氣一下子就熱了起來，分明昨天還穿著羽絨衣、站在寒風裡，今天就得仰著臉面對春暖花開。邵雪的反應慢，過了三月中旬才發現自己走在馬路上大汗淋漓，脫了厚重的外套，站在原地發呆。

春暖花開，萬物生長。

邵華經過瓷器修復室的時候，剛好看到竇思遠在種樹。

「看看我們這個大學生，」他端著茶缸子站在門口，「二十來歲就開始養花種樹了，心態眞夠蒼老的。」

「邵老師，哪有您這麼說話的呀，」竇思遠很委屈，「古話說前人栽樹後人乘涼嘛，我想種棵樹見證一下我的工作生涯。」

「有想法，」邵華喝了口茶，「這院裡的樹不是宮女種的就是太監種的，如今你和他們也算並駕齊驅，一同爲古蹟增光。」

孫祁瑞聽不下去，撂了工具踏出門。

「你怎麼這麼討人厭呢？」他嚷嚷，「我徒弟種棵樹，你唧唧歪歪的，一把歲數了這麼貧嘴。」

他白了邵華一眼，又想起了什麼。

「對，你們鐘錶組說要招人，到底招到了沒啊？」

「哪有那麼好找的，」邵華嘆了口氣，「做鐘錶修復的得懂點理工，正經學機械的，誰願意來做這個。」

「時代變嘍。我們那時候，都希望學一門手藝餓不死自己，現在誰還稀罕這個。」

一老一少沉默了一會，孫祁瑞終是忍不住問：

「小鄭怎麼樣了？」

「還是那樣，」邵華搖搖頭，「整天光知道修鐘。本來話就少，現在差不多已成啞巴了，也不太吃飯，瘦得一把骨頭。」

「可憐素年那孩子了。」

「可不是嗎？正是高二，眼看還有兩個月要升高三，也不知道有什麼打算。」

「怎麼了？他不是成績一直很好嗎，我以前還聽晉寧說他想考北航大學學材料？」

「還學什麼呀，老師特意家訪，說是成績掉了三百多名。你說這能怪他嗎？這有辦法嗎？」

直到邵華走了半天，孫祁瑞都還沒回過神來。要說全故宮職員的孩子，他還眞是最喜歡素年。他自己琢磨半天，端著茶水悠悠的去了書畫臨摹組。

「師父，您幹嘛去？」竇思遠抬頭問。

「你別管。」

臨摹組晉寧那個師父叫羅懷瑾，跟孫祁瑞同年進故宮，兩人較了半輩子勁。現在歲數大了，也懶得折騰了，但看見他站門口鬼鬼祟祟往裡看，還是氣不打一處來。

「你幹什麼呢你？」

「我有事，」屋子裡沒人，他把杯子在玻璃桌上一擱，就聽得一聲脆響，「素年那孩子的事。」

那年春天，鄭素年大把時間花在了一個修復室附近一個廢棄不用的院子裡。

他也不幹什麼，就是發呆。想小時候，想晉寧，也想未來。他成績掉得快，幾科老師輪流找他談話，但人眞坐到跟前又說不出什麼來。他不喜歡老師們關心的眼神，那眼神落在他身上一次，他就能想起晉寧一次。

他覺得自己有點病了，覺得這個世界欠他一筆巨債。邵雪和張祁想陪他，都被他幾句話躲了過去。他不想聽別人勸，他甚至覺得，你們的父母都健在，怎麼能懂我呢？

所以羅懷瑾走進來的時候，他有些不知所措。

晉寧是很尊敬羅懷瑾的。他媽媽看上去好相處，其實骨子裡很傲，看得上眼的不過寥寥。但對於羅懷瑾，哪怕是私底下也沒說過一個不敬的字。

他問：「幹什麼呢？」

鄭素年站起來，有點結巴。

「沒幹什麼，看看樹。」

「看樹，」羅懷瑾笑得很慈祥，「年紀輕輕，大好光陰，就待在這個破院子裡看樹。」

他啞口無言。

「走吧，我帶你去看點你該看的。」

朱紅宮牆高得頂起樹杈，他們從綠蔭下穿行而過。鄭素年抬起頭愣了愣——樹是什麼時候變綠的？

晉寧的臨摹組位置偏遠些，素年很少來。羅懷瑾把他領進臨摹組的修復室，遞給他一個卷軸。泛黃的紙慢慢鋪展開，是一幅潑墨的山水。嶙峋的山，曲折的水，柔軟的雲煙。好一副山水圖啊。起筆果斷，落筆纏綿，畫家的心裡藏了萬水千山。晉寧臨摹得真好，走筆之間有著不輸百年前畫者的遼闊心胸。

但是下面三分之一的地方只是描了線，留下大片的空白，可見只臨到一半……人就走了吧。

鄭素年覺得渾身力氣都被抽空了。他伸出手觸摸著殘破的畫卷，只聽到身後的羅懷瑾徐徐開了口：

「人活一輩子，總是要走的，或早或晚。文物沒有生命，但當你為它傾注心血，人就和東西融成了一體。人來這世間走一遭，留下些什麼，總是好的。只要東西還在，人也還在。」

鄭素年覺得眼眶鼻子酸了起來。手指觸碰著宣紙細密的紋路，彷彿隔著時光，感受到晉寧握筆的力度。

逝者長已矣，生者如斯夫。

老人家把手掌壓在他頭頂上，語氣裡是古稀之人才有的慈悲。

「你才十七歲，想哭就哭吧，不丟臉。」

「痛痛快快哭一場，替你媽好好活下來，這才是晉寧想看見的。」

最後衝刺月，初三的美術和體育課全取消了。

數學老師也心煩，對著幾個面露不滿的學生吼：「你們當我愛佔用你們體育課啊，也不看看自己的分數。全年級只有你們班數學最差，我在你們身上下了多少工夫啊？」

「誰稀罕她，」趙欣然跟在邵雪旁邊嘀咕，「更年期多作怪。」

她抿了抿嘴沒說話，後門突然有人喊。

「邵雪，校門口有人找妳！」

這下子撞槍口上了，邵雪硬著頭皮去講臺上請假，被老師狠狠瞪了一眼。

出門就碰見了鄭素年。

她有點愣住，「你們學校不上課嗎？」

夏天來了，鄭素年也回了點魂，臉上沒有冬天那種過分的青白，人也不是瘦得脫形的樣子了。

「我轉念藝術了。」

「鄭叔叔同意嗎？」

「同意。」

「那你們學校老師沒說什麼？」

「說了，我還是想轉。」

「你是怎麼想的？」

「學藝術，然後去做古畫臨摹。」

「高二才轉，考得上嗎？」

「妳不信我？」

「我當然信你了。」

他笑起來，看得邵雪又是一愣。半年了吧，沒見他笑過。

「還真要當個匠人了？」

「嗯，幫我媽把她沒做完的事做完。」

「做吧，」邵雪比他還高興，伸出手拍了拍他的頭，「你覺得對的事，做就得了。」

他壓抑了一天的心情忽然就好起來了。學校旁邊種了一排白樺樹，陽光透過樹葉縫隙打在邵雪的頭髮上，映得她的髮色變得金黃。她的頭髮又厚又多，被風吹得高高揚起，瞳孔透著淺棕光澤，包裹著北京城無邊的初夏風光。

鄭素年雖說後來念了藝術，卻終究是理工出身，不太看得上那些文縐縐的形容詞。但有一次，他有個學藝術理論的同學指著一幅畫說：「這張畫，畫得有種歲月靜好的感覺。」

他忽然滿腦子都是那個下午的畫面。

邵雪的長髮飄在風中，髮香浮在鼻息，如歌往事湧動在二〇〇四年春天的歲月裡。

3

竇思遠大部分時候是個滿不解風情的人．

比如那天下班的時候，傅喬木跟他說：「明天五月二十號。」

他覺得這件事要怪師父，老頭一聽這話，抬頭說了一句「呵，都小滿了」就走了，但是這個說法成功的把他的注意力帶偏了。

他說：「小滿？天氣熱了，喬木，妳明天可以穿裙子。」

傅喬木看了他半天，一臉看智障的表情，然後開了自行車鎖就走了。

結果第二天吃午飯的時候，他老遠就聽見郁東歌大呼小叫的：「哎呀，你們看見人家送喬木那束玫瑰花了沒？那麼一大捧，要多少錢啊，現在年輕人真會——」

傅喬木紅著一張臉從門口擠進來，手中抱著的玫瑰花快把臉遮沒了。

她看都沒看竇思遠一眼，放下花又出了修復室的門。康莫水的聲音小了一點，但是他這邊也聽得莫名清晰。

「我那裡有個插花的玻璃花盆，這幾天空著，正好放這種沒根的，妳跟我去院子裡——」

竇思遠耳朵伸得老長，忽然後腦杓一涼，捂著頭「嗷」一嗓子叫出來。

「沒出息，」孫祁瑞氣得滿臉通紅，「近水樓臺都得不了月。」

「這能怪我嗎，」他直喊冤，「又是她那個油畫系學長吧？那個人不可靠，我早就看出來了，平白無故的送什麼玫瑰花啊？」

「怎麼平白無故了？」孫祁瑞大怒，「榆木疙瘩不開竅，我都聽見了，人家年輕人都說今天是五二零，諧音那個，那個嘛！」

他捂著頭恍然大悟，繼而悶悶不樂的轉向了手裡的瓷器。

竇思遠算是冥思苦想了一下午，一下班就溜了。傅喬木抬眼看他的背影，鼻子裡哼了一聲。

第二天一上班，她發現桌子上擺了一個綠色塑膠瓶。那飲料瓶剪了一半，裡頭種了一團綠糊糊的東西。

她把修復室的燈一打開，湊近了一看——

一坨仙人掌。

她也不想用這個量詞，但她活了這麼大，還真沒見過這麼慫這麼黑的仙人掌球。竇思遠從外頭裝了杯水回來，笑得跟朵花似的湊到傅喬木跟前。

「我送的。」

她忍住沒翻白眼，「看出來了，不可能是別人。」

「我特意去花鳥市場買的，那店長說這個最好養活了，而且活得特別久。」竇思遠抓抓頭，好像放下一樁心事，「喜歡嗎？」

她看著竇思遠那一臉真誠的笑，突然就有點不忍心。

「還可以，放著吧。」

紡織品修復組裡，康莫水拿著噴頭給那束玫瑰花噴了點水。

「咦，喬木不要這些花了？」郁東歌上班時看見了問她。

「她說放我們這裡就好。」

「這孩子，人家送的花也不自己收著。」

「不就是對那男的沒意思嘛。」

「我也不喜歡，油頭粉面的，不如思遠。」

「就是啊。」

4

邵雪大考前三天，學校放了假。

鄭素年的文化課一點問題也沒有，早早報了藝考的集訓，現在正在五環外一個畫室起早貪黑的練基本功。放假那天，他趁著午休打了個電話給邵雪。

「我們明天要出門寫生，妳大考的時候，我可能回不去了。」

「沒關係，你回來不也就是見一面，能有什麼用啊。」

「嘿，」電話那邊傳來笑聲，「妳把我的作用說得這麼微不足道。」

邵雪也笑了出來。

「你們啊，就當我去參加一個模擬考，這樣心態比較平和。」

「好啊，那模擬考加油。」

掛了電話，旁邊的室友催著他趕快整理行李。鄭素年把幾件換洗衣服丟進背包，忽然抬頭問：「我們寫生那地方旁邊就是潭柘寺吧？」

「是啊，不過沒說要過去。」

他點了點頭，把畫具也裝好放了進去。

鄭素年家旁邊其實就有畫室，他報名這個純粹就是圖個清淨。校區偏僻，住了不少外地過來的考生，裡面甚至有幾個二十多歲的。

一問，考美術學院好幾年了，還在考。

他小時候學過素描，後來就沒再正經學過美術。大約是因為從小到大，十幾年接觸的都是做這行的人，許多東西一點就通透，過了基礎關卡後，畫的東西自帶靈性。帶他的老師做這類培訓七、八年了，拿著他的畫，抬眼看他。

「想考美術學院？」

他覺得招搖，低聲應了一句。老師拍拍他的肩，語重心長的說：「後半年掉層皮，還有戲看。」

看他苦笑，老師搖搖頭，「別笑，有的人掉了兩層皮也未必能上。」

夏天草木茂盛，老師看了幾個地方，便安排他們去山裡做兩天寫生，住宿在山上一處農家，女孩子半夜一開燈看見屋頂趴了隻壁虎，尖叫得半個房子都醒了過來。

這一番動靜下來，大家也不睡了，聚在一個大點的房裡打了通宵的牌。那個二十來歲的考生點了根菸遞給素年，被他擺手拒絕了。

「你多大？」

「十七。」

「那算了，」他笑笑，有點落寞，「歲數眞小，羨慕呀。」

「杜哥，」跟他一起的男生問，「你一定要考美術學院啊？換個學校吧。」

「再考一年，」他說，「考不上，我就回家幫我爸開飯館。」

「別這樣，當不了專業，當個興趣也行啊。」

「不是啊，」杜哥長嘆一口氣，「你眞的喜歡一件事的時候，把它當愛好只會陷入求而不得的痛苦。這就好像一個女人，你娶不到她做老婆，還成天想著她，早晚會出事。」

幾個男生都心知肚明的笑出來。

人間百態，多少求而不得與艱辛。

到了下半夜，有幾個人睡了。鄭素年收拾了東西，看看外面天色，悄悄出了門。

他拾級而上，遠處傳來隱約的鐘聲。

這地方很古老，連山石老松都被古書記載在冊。山路崎嶇，許是清晨風涼，素年也爬出了一身薄汗。

天還沒全亮，天光把山巒勾出模糊的輪廓。早起的鳥雀被他的腳步聲驚動，「呼啦」一下飛上了天。鄭素年在撲撲的飛翔聲裡爬上了潭柘山麓的頂端，垂下眼，只看到錦繡山河連綿不絕。

一棵古松盤亙山的最高處。

眞的老。樹皮發黑，枝幹扭曲。古松被年月滋養得高聳入雲，針葉最深處幾乎照不進陽光。松樹上掛著無數木牌，承載著千千萬萬的祈願。

鄭素年覺得自己也滿傻的。

他把自己之前做好的願牌掛在古松一處不明顯的枝杈上，緊緊打了個結。

傳說潭柘山上有神仙，化身古松盤亙於此，承載世人景願。他的木牌上只寫了七個字：

「保佑她，大考順利。」

三十公里之外，邵雪搭了最早的一班地鐵下車。

她第二次來這個地方，不太熟悉。沿街問了幾個早起晨練的老頭，總算拐進了那條馬路。

辦事員看她一個年輕女孩沒太難爲她，沒看證件就放她進去了。晉阿姨的骨灰放在地下一層的懷思閣，骨灰罈前刻著生辰年月，上頭的黑白照片仍能看得出生前的貌美。

此刻太早，偌大的安置室裡面只有她一個人，她卻出乎意料的不害怕。保全站在門口抽菸等她，零星的聊天聲空蕩蕩的傳過來，彷彿有回音。

「晉阿姨，我後天要考試了，」她把一早買的花放了下去，輕聲說，「我好想妳啊。

「我的模擬考數學考得特別好，就算考不上素年哥的學校，也能上個不錯的高中。

「妳送我的書我都翻了翻，放了假我就會看。我的英語很穩定，要不是作文被扣都快滿分了。

「有個喜歡喬木姊的男生送了她一束玫瑰花，可是她把花放在我媽那裡，反倒把思遠哥的仙人掌放在桌上。我媽說，她一定喜歡思遠哥，我爸還不信呢。

「思遠哥在他們院子裡種了棵杏樹，他說等我上了大學，樹上結的果子就能吃了。好遠啊，也不知道什麼時候才能上大學。不過，我爸說奧運也是一眨眼的事，考大學應該也很快吧。

「對了晉阿姨，素年哥說他要學藝術了，他想考美術學院，把妳沒摹完的畫都臨摹完。

「滿難的，不過我覺得他肯定辦得到。妳在那邊，也要保佑他。

「保佑他，藝考順利。」

第4章 我們能給這個世界留下什麼

1

邵雪走出院子的時候，一陣秋風嗖的刮了過來。她打了個哆嗦，趕緊拉拉衣角回了房間。

郁東歌正在削梨子給她。她削皮的手藝之精，放到天橋上也會有人看，從頭到尾薄薄一層從不斷，臨到最後手腕一抖，完美收場。

邵華看得忍不住叫了聲好。

「有病啊？」她看都沒看自己老公一眼，撕了片保鮮膜把梨子包好了塞到邵雪口袋裡。邵華眼巴巴的看了半天，發現自己的梨子在水龍頭底下沖了一下就被扔進包裡了。

「哎，為什麼我的梨子沒削皮啊？」

「想吃沒皮的自己削。」

邵雪口中的牙膏泡沫剛吐乾淨，笑得差點把漱口水喝下去。邵華憤憤不平的把包包夾在腋下，很有志氣的說：

「我喜歡吃帶皮的。」

然後比郁東歌先走一步，騎著自行車出去了。

邵雪把頭髮紮起來，然後把自己那份豆漿和肉夾饃都放進了書包側袋。郁東歌看了，又開始嘮叨：「妳全放在那裡頭，一會兒騎車掉出來。」

「掉不出來的。」

「上課跟得上？」

「跟得上，妳女兒成績可好了。」

她匆匆忙忙的出了門，連拖帶拉的開了車鎖，一溜煙騎了個沒影。

郁東歌看了看錶，把桌子上的碗筷收拾了，忽然抬頭一笑。

「高中生嘍。」

邵雪考上的學校離家不遠，不算頂尖，說出去倒也不丟人。成績出來那天，張祁和素年兩個大忙人陪著她到了學校，一路跟在後面，就怕她想不開。

「有必要嗎？」她發牢騷，「我在你們眼裡就這麼脆弱？」

「邵雪，是這樣的，」張祁一本正經的說，「不是妳智商低，而是我們太優秀。考不上最好的幾所，也不怕，妳回頭找個數學好的嫁了，基因還能改善。」

「當然，我不是說我，我可以把我那幾個同學介紹給妳。」

邵雪抬腳蹬了他的車軸一下，張祁歪歪扭扭飛了三公尺遠，差點撞上馬路。

行爲雖粗暴，邵雪心裡還是挺感動的。張祁的競賽考試就在十月份，每天高強度腦力勞動，卻爲了她特意回來一趟，可以說十分講義氣了。

鄭素年則是忙著藝考複習。他的基本功不比別人紮實，培訓的時候天不亮就起床去畫室，回來時人都瘦了兩圈。兩個人都急著下午回學校，邵雪沒轍，只能一大早起來去看成績，用她的話說就是「考得不怎樣，趕得倒挺急」。

朝陽中的馬路平坦寬闊，他們的自行車輕快地像是劃過無垠的水面。公園裡的鴿子振翅飛過天空，替他們無限可能的未來做了一首伴奏樂章。

那一年，夜市還沒被整頓。邵雪家附近出了地鐵一帶，擺攤賣貨的小販起碼蹲了一公里。國慶放假的時候，她研究了幾天地形，第三天就和鄭素年搬著舊書舊雜誌，佔據了一塊空地。

日子是一天比一天冷起來，風刮得大，吹得她頭髮像金庸小說裡的梅超風似的漫天飛舞揚。鄭素年把書擺好，有點猶豫的拿起一本花花綠綠的言情小說。

「邵雪，妳以前還看這種東西啊……」

好歹是高中生了，邵雪瞥了一眼那些花花綠綠的封面和讓人害羞的書名，一股羞恥感也莫名湧上心頭。她找了本練習簿把那疊書的封面蓋住一半，死鴨子嘴硬的說：「我們班女生都看，又不是只有我。」

這件事的起因是上個月郁東歌在家裡大掃除。邵雪的臥室不大，東西卻從床底下擺到了天花板，雜誌、圖書、卡帶、光碟，以及沒用過的筆記本塞了一整個抽屜。郁東歌氣得罵人，邵雪急忙表示自己這些舊東西整理整理都能拿去賣錢。

不整理不知道，一整理起來，連邵雪自己都嚇了一跳。她還跟隔壁借了輛三輪車，光賣廢棄品就跑了三趟。她不太會騎三輪車，連從自家到胡同口那段都恨不得十公尺就騎上一次牆，更別說騎到地鐵站那邊去了。

鄭素年那天從畫室回來得早，跨在自行車上看著她渾身使盡吃奶力氣，鎖上車就過來幫忙。

邵雪如臨大赦，站在三輪車後面邊推邊問：「你今天不去畫室了？」

鄭素年賣力踩著車，「看妳可憐，幫幫妳。」

周圍的小販都是賣生活用品和水果的，他倆學生模樣賣賣書倒也顯眼。路過的人過來翻幾頁，碰見適合的大多願意掏錢。

過了一會，鄭素年又不死心，伸手抽出一本言情小說，蹲在邵雪身邊聲情並茂的唸：「哀傷在他黑曜石一般的眼睛裡湧動，我踮起腳——」

「呀！」邵雪把書一把搶過來，「你現在怎麼這麼煩啊！」

話音剛落，她又湊到鄭素年耳邊低聲問：「你看那個阿姨，是不是有話要說？」

遠處有個收廢棄品的女人，來來回回走了好幾次，附近垃圾桶的瓶子都掏空了也不走。

「我們這邊又不當廢棄品賣。」

「不是，」邵雪搖搖頭，「我看她不是要收廢品。」

鄭素年扔下邵雪的書，觀察了一會兒，也覺得有問題，從背包裡掏出礦泉水瓶一飲而盡。

「阿姨，」他站起來朝那女人走了幾步，「這瓶子給妳吧。」

她卻像是得了機會，一下子跑到素年面前接過瓶子。鄭素年不走，她也不走，目光在邵雪的書攤上游移了許久，終於小心翼翼的問：

「同學，這本參考書怎麼賣？」

風一吹，她鬆散紮起的頭髮就隨風飄揚，黑的夾雜著幾縷白，莫名透出一股滄桑。邵雪有點不知所措，猶豫的說：「阿姨，我們的東西不賣廢棄品……」

「我知道，」她急忙解釋，「我要買給我的孩子用的。他要上初中了，那天他想買幾本練習簿，我嫌貴沒買給他。」

邵雪立刻反應過來。剛才來往的人多是拿小說和雜誌，她那箱子參考書還沒被打開過。邵雪屬於那種常常立定目標的人，補充教材買了不少，但每到學期末的時候就會發現大多數只寫了第一章。她用膠帶把紙箱子打了包，全部推到阿姨面前。

「這麼多啊，」那阿姨急忙說，「用不了，我只要買國語數英——」

「沒關係，」邵雪笑笑，「一塊錢就好。」

那女人愣了一下，連連擺手，「這怎麼可以啊，這些書送回收都不止這麼多。」

「那就按回收的價格吧，」邵雪叫來鄭素年，兩個人一起把那箱子書抬上了阿姨的三輪車，「阿姨看著給吧。」

秤書花了不少時間，天色就徹底黑了。邵雪看著那位阿姨騎著車搖搖晃晃的走遠了，長長嘆了口氣。

「妳傷春悲秋的，」鄭素年看著她一笑，「東西收收吧，該回去了。」

她搖搖頭，回神把沒賣出去的書搬上三輪車，「爲人父母，眞難。」

回家路上有下坡，鄭素年騎得毫不費力，邵雪就往三輪車上一跳，興高采烈的樣子彷彿一名坐在豐收麥子山上的農婦。

這個時間氣溫已低，胡同裡沒什麼人。鄭素年穿了一件淺色襯衫，邵雪靠過去，覺得他身上的味道淺淺淡淡的，好像一株只長葉子不開花的老植物。

胡同裡種的楊樹到了落葉的季節。邵雪頭頂上有南飛雁過，身邊是飛馳而過的人家，一片楊樹葉子落進她懷裡，她拿了去搔鄭素年的耳朵。

「素年哥，」她往他身邊一靠，「你在這片葉子上寫幾個字給我吧。」

鄭素年回頭掃了她一眼，「幹嘛要我寫？」

「你不是最近在練書法嗎？」她說，「你用毛筆寫，我拿回去壓在字典裡，乾了可以當書籤。」

「妳倒是愛搞怪，」家門就在眼前，他放慢了車速，「那先去我家吧，正好我有東西要給妳。」

鄭津出門去辦事了，家裡沒開燈，邵雪一進去就覺得冷。原來只差一個人，家裡的氣氛就會差這麼多。她跟在鄭素年後面進了屋子，看到他的床旁邊放了一個裝電視機用的那種箱子。

她好像忽然知道那是什麼了。

「我媽說好要給妳的，」他的嘴角帶著點笑意，臉上是一副努力釋然的表情，「我拖著一直沒整理，前兩天剛弄好。」

邵雪慢慢走過去。箱子裡雜七雜八什麼都有，都是晉寧的風格，連一個耳墜都精緻漂亮，透露著主人的品味高雅。

最多的還是書。

有小說，也有攝影集。一箱子書打開來，彷彿一個鮮活的人就朝她款款走來。有時候也不是他們故意一直記著晉寧，只是這個女人活得太精彩，哪怕人走了，留下的東西也都是她獨有的味道。

邵雪蹲在地上把那箱子闔起來。

素年俯過身，伸出手輕輕揉著她的頭髮。他低聲說：「我真的是費了好大的力氣，才能像現在這樣提起她，妳也慢慢接受，好不好？」

邵雪用力咬了咬嘴唇，半晌過後才把頭抬起來。

她知道有的話不能說、不該說。晉寧是鄭素年的媽媽，她有多難過，在鄭素年身上只會是十倍百倍。她忍了很久，最後只能說：

「我很想她。」

「我也是。」

他從邵雪手裡拿過那片楊樹葉站了起來。

「妳想要我寫什麼？」

她想了很久很久，然後搖了搖頭。

「我不知道，你想寫什麼？」

鄭素年在桌子前面坐定，把乾了的硯臺倒了些水，慢慢磨開墨。他以前也沒正經八百的學過書法，只不過是藝考要考，他就跟羅懷瑾介紹給他的老師學了一個多月。他練字的時候，那老人就在一邊隨手寫幾個字打發時間，有次被他看見了老師的練筆。

那是一句他沒聽過的話，卻很有意思。

「嘆。隙中駒。石中火。夢中身。」

楊樹葉子夠大，寫這些字也不顯得擠。邵雪站在一邊看見了，輕輕嘆了口氣。

人這一輩子，原來是這麼短啊。

2

張祁的奧賽保送結果出來的時候，轟動了整條胡同。和他一起長大的同齡玩伴剛剛才接受張祁已經成爲「隔壁家的好孩子」，沒多久，又愕然得知他取得了更輝煌的成就——數學奧賽一等獎，保送P大。

全國數一數二的大學，家長們對這件事的震撼，顯然遠遠超出了邵雪可以的承受範圍。她連續三天聽郁東歌誇讚張祁並同時貶低自己後，一見到張祁就不冷不熱的說一句：

「呦，P大之光。」

P大之光之母，韓阿姨，扛不住胡同裡人人見她都提問自己兒子的壓力，終於在保送通知下來之後，決定請客吃飯。

邵雪和鄭素年頂著寒風到餐廳的時候，正好看見張祁一臉悲憤的站在冬風裡，眺望四面八方來客。她過去拍了拍張祁的肩膀，圍巾裹著小臉，含含糊糊的問：

「你怎麼不進去啊？」

「妳說呢，我媽叫我在外頭等客人。」他抽了抽鼻子，「你不都快藝考了嗎？還過來幹嘛。」

「你弄得光宗耀祖的，我也不好意思不來啊？」鄭素年說。

「你們都別糗我了，」張祁反應劇烈的揮了揮手，「這幾天我家有三個小親戚要我去輔導功課，我現在眞心覺得平凡有多麼難能可貴。」

「張祁，你這種話就好像那些家財萬貫的富豪，感慨自己最幸福的是一無所有的時候一樣，讓人很想打下去。」

這家餐廳做的是粵菜，口碑極好。此刻正是吃飯時間，門庭若市，邵雪見縫插針擠到最裡面的圓桌，第一眼就看見了臉色不好的竇思遠和傅喬木。

兩個人大概是礙著全是長輩的面子正在努力克制，但低氣壓還是不自覺籠罩那一方小天地。和幾個長輩問過好，邵雪急忙湊到了傅喬木耳朵邊。

「喬木姊，妳怎麼了？」

「我怎麼了？」傅喬木明顯負氣的看了竇思遠一眼，「你問問他，我怎麼了。」

竇思遠的臉色也不好看。平常他對傅喬木言聽計從，這個時候卻轉過頭一言不發，人來齊了便自己開動了。長輩們聊些家長裡短，冷不防的就提起了竇思遠。

「我記得喬木說要介紹個工作給你，怎麼樣了？」

竇思遠一愣，看來很不高興傅喬木跟別人說這件事，「哦，我沒去。」

「去什麼呀，」孫祁瑞也有點不樂意了，「在這裡做得好好的，走什麼呀？」

「現在年輕人不一樣嘛，」韓阿姨勸著，「誰不想往更好的地方去啊。我們思遠學校好，專業好，去大公司待個幾年，賺的錢可就不是死薪水了。」

傅喬木把筷子放下，情緒明顯不對了，「就是啊，我托了幾個同學才找給他的工作機會，他說不去就不去了。」

竇思遠忽然站了起來。

在座的人都是一愣。他冷靜了一下情緒，拿起外套站到了椅子後面。

「各位老師，我家裡還有點事，我先回去了。」

邵雪側過臉，看見傅喬木的眼圈一下子紅了。

邵雪不好意思再問。思遠走了沒多久喬木也走了，鄭素年看了看時間，說是要回畫室一趟。

但他出去還沒三分鐘，又走了回來。

接著他抓起邵雪就往外走。邵雪一陣莫名其妙，剛要把他甩開——

「妳喬木姊在外頭哭呢。」

邵雪立刻一個箭步衝出餐廳大門。

外面也滿冷的，鄭素年和邵雪一人蹲一邊，中間的傅喬木拿了張紙巾捂著臉不停哭。怕她眼淚結了冰刺得臉生疼，邵雪總算問出了口：

「喬木姊，妳爲什麼哭啊？」

「我爲什麼哭，」傅喬木平靜了半天才接著說，「還不是竇思遠氣的。

「秋天的時候他有個同學會，非要帶我去。吃飯時有幾個在公司上班的同學聊天，還有兩個出國留學的。他當時也不說話，我看出來他很羨慕人家。我就想，他是不是不願意再做這份工作了，是不是覺得在這裡沒發展？我就透過同學的關係介紹了個技術性質的工作給他，然後呢，他完全不領情，後來被我催了很久才去面試，結果呢？我同學打電話來埋怨我，說他對人家態度冷淡，讓我同學很難堪。」

鄭素年站在竇思遠那邊，「思遠哥一個大男人，妳硬是介紹工作給他，他多下不了臺。」

「是是是，」傅喬木氣得把紙巾揉成一團，「是我自作多情，多此一舉。現在好了，裡外不是人。」

「妳不也是爲他好？思遠這小子又欠揍了。」

三個人聞聲一起回頭，只見孫祁瑞叼著根菸，站在了他們身後。

老人家挺著肚子往前走，招來了一輛計程車。三個小的被串成一串、轟進車後座，孫祁瑞坐到了副駕駛座的位置。

「您怎麼出來了？」

「那裡悶，想回家了。」

「哼，」傅喬木眼圈紅著，嘴巴還不停，「我看您是菸癮犯了，但人家店裡不讓您抽。」

孫祁瑞從鼻子裡發出了一聲長長的嘆息，覺得自己這個師父當得毫無威嚴。

三個人都去過他家，熟門熟路的上了樓，門上貼的對聯和福字都是老爺子自己寫的。傅喬木倒是不見外，自己倒了杯水就坐在沙發上喝起來。

孫祁瑞開門見山，「妳是不是喜歡竇思遠那臭小子？」

「沒有。」傅喬木義正辭嚴。

「虛僞，」邵雪鄙夷，「喬木姊，除了鄭叔叔之外，還有誰看不出來你們倆不對勁？」

鄭素年插嘴：「你們對我爸是不是有些偏見……」

孫祁瑞息事寧人，「行啦，喬木，妳能不能告訴師父，妳喜歡思遠什麼呀？」

這一問，把傅喬木問懵了。

她喜歡他什麼呀？竇思遠不浪漫，一根筋，長的倒是挺順眼，但離帥氣還差了個十萬八千里。現代人談戀愛都說要找個績優股，竇思遠哪裡有升值的跡象？

於是傅喬木誠懇的搖搖頭，「我不知道。」

「不知道就對了，」孫祁瑞一笑，「能一二三四列出來的，那是做買賣。」

眼前坐著三個不懂人生的孩子，孫祁瑞往沙發上一靠，回憶起往昔崢嶸歲月了。

「現在的世道啊，太功利。不過也沒轍，天大地大有錢最大，哪像我們年輕的時候，還講講理想，講講感情。

「你們別看我一天到晚罵思遠，我其實挺喜歡他的。這小子像我年輕的時候，有股韌勁，認準了什麼就不回頭，也不玩那些有的沒的。」

孫祁瑞指了指書架，「素年，你去幫我把那本相簿拿過來。」

鄭素年應了一聲，從書架上拿下一本硬殼相簿。藍色封面，前面的照片都是黑白的，到後面才有零星幾張彩色的全家福。

孫祁瑞打開一頁，指著一個站在他身邊的女人說：「這是我老伴。」

三個人聽得都是一愣。

孫祁瑞的妻子死得早，那時候邵雪還沒出生。老人家不太願意提，這些年輕人就更不好問。外面下著雪，孫祁瑞摸了摸照片上女人的臉，無悲無喜的說：

「那時候有個拍賣行來找我，開高價做文物鑑定，我就回家問她。我說老婆啊，妳希望我做什麼呀？

「當時我兒子要出國，家裡正在湊學費給他，真是一分錢難倒英雄漢。但她就跟我說，你做你覺得有價值的事。

「我覺得什麼有價值？去拍賣行做鑑定，賺得多，但這輩子眼界也就到頂了。可是留在修復室，我能給這個世界留下點什麼。」

這句話一出來，三個年輕人又是一愣。

這是老匠人活了一輩子的人生信仰，是幾十年才琢磨出來的一句話。

現代人講效率，講錢權名利，誰跟他們說過：你們要給這個世界留下點什麼？

「現在這個世道，比我們那時候功利太多了，到處都是誘惑，把錢看得比什麼都重。思遠年紀輕，看見別人賺大錢開好車，難免心裡不平衡。妳喜歡他，介紹工作給他，也是好心。

「可是，那真的就是思遠想要的嗎？

「他年輕氣盛，未必不渴求金錢和權力，但是權衡之下，他仍然覺得這些東西比不上他手中的瓷器來得珍貴。

「妳看上的，就是思遠骨子裡這股傲氣。

「喬木，他要是沒有這股子傲氣，妳還未必喜歡他呀。」

傅喬木怔怔的聽了半晌，終於絕望的扶住了額頭。

「師父，您說我這眼光，怎麼就看上了個傻子？」

「思遠可不傻，」孫祁瑞笑了笑，「他是大智若愚。」

三個人又聊了一會兒，孫祁瑞便把他們送走了。兒孫自有兒孫福，他說得再多，後面也得靠他們自己領悟。

相簿仍舊攤開在桌子上。孫祁瑞坐下來，又細細的看了一會方才那個女孩兒的面容，終於不捨的把那一頁闔上了。

她走了，也有二十年了吧。

三人出來的時候，天色全黑了，傅喬木站在風口打電話，「竇思遠，我要回家。」

那邊還沒緩過勁來，「回唄。」

邵雪恨鐵不成鋼，尖著嗓子站在一邊喊：「素年哥送我回去，沒人陪喬木姊！」

收音效果滿好的，竇思遠那邊聽得一清二楚。他「哦哦哦」了一長串，馬上表忠心，「我去接妳，妳在哪？」

邵雪這才和鄭素年一起走了。這麼一個人，難怪傅喬木一天到晚生悶氣。

兩個人沿著馬路往回溜達，路燈把街邊擺攤的小販面目都照得格外生動。店裡騰騰的熱氣冒出來，身邊突然一個不要命的年輕人騎著自行車呼嘯而過。

素年忽然開了口，「妳聽到孫師傅那句話了嗎？」

「哪一句？」邵雪沒個正經，「他說了那麼多句呢。」

「給這個世界留下點什麼，」他輕聲說，「妳有沒有想過，妳想給世界留下點什麼？」

她誠實的搖搖頭。

「我媽剛走的時候，羅師傅給我看了我媽沒補完的畫。我那時候我以爲我學美術，是爲了把她沒做完的事做完。」鄭素年繼續說，「可是我現在突然覺得，不是這樣的。

「我也想給這個世界留下點什麼，」他的聲音逐漸堅定起來，「我想做點有意義的事，能讓這個世界記住我的事。我想做點……除了謀生之外的事。」

十八歲的少年人，眼睛在路燈下閃閃發亮，好像此生第一次觸碰到了生命的意義。

邵雪突然很佩服他。

那是一種很微妙的感情。不僅是出於少女懵懂的心事，也不僅是基於共同度過的漫長歲月。

好像有什麼浩大的夢想在眼前的男生身後舒展開來，讓他的面容在夜色裡熠熠生輝。

邵雪後來也見過許多優秀的男生，才華橫溢者有之，年少得志者有之。

卻再沒有一個人能有鄭素年那一晚眼裡的光。

3

二〇〇五年那場春寒猝不及防，前幾天氣溫還持續穩定上升，三月第一天就來了個九十度大轉彎，一下子跌回冰點。

邵雪瑟縮著從床上爬起來，叫了半天媽媽，才想起郁東歌和邵華出門拜訪親戚了。

剛開學沒多久，她的生理時鐘還反應遲緩的停留在寒假。正好是週末，邵雪在浴室裡慢慢的洗了個頭，出門一插電，才發現吹風機壞了。

幾條毛巾都沾了水，頭髮怎麼擦也擦不乾。她挺得脖子都酸了也沒修好吹風機，反倒把身上衣服弄濕了。邵雪沒辦法，只好找了件衣服把頭一裹，濕答答的跑去了鄭素年家。

鄭津一開門嚇了一跳。邵雪托著脖子歪著頭，努力顯得有禮貌些，「鄭叔叔，我能不能借一下你們家的吹風機？」

鄭津平常不用這種東西，在茶几書櫃上下找了一通，最後還是對著浴室喊：「素年，我們家的吹風機在哪兒呢？」

浴室裡嗡嗡嗡的，好像是刮鬍刀的震動聲。鄭素年拿著毛巾邊擦頭髮邊走出來，從抽屜裡把吹風機拿了出來。

眼見邵雪要回去，鄭素年拎著她的衣領，把她拉回自家客廳鏡子前面。

「妳幹嘛？外面那麼冷，就在我們家吹吧。」

轟隆隆的吹髮聲裡，邵雪聽見鄭津說：「那我去買早點了啊，帶回來你和小雪一起吃。」

素年他們家那個吹風機馬力強，吹得邵雪一頭長髮飛舞。鄭素年在旁邊看了一會，終於忍不住接過手。

「哪有女生像妳這樣吹頭髮啊？」

她鬆了手，感覺頭髮被往後一挽，一股熱風便慢慢沿著脖子底部拂了上來。

「不錯耶，」她歪過頭說，「值二十塊錢的美容美髮手感。」

鄭素年沒理她。邵雪頭髮厚重，一吹就蓬鬆開來，握在手裡沉甸甸的。他吹得差不多乾了，關了吹風機問：「妳這是什麼洗髮精？」

她想了想，半天沒想起來。

「很香吧，我等一下回去拿給你看看。」

「不用了，」鄭素年轉過身，「我隨便問問。」

過兩天就是藝考，他最近連畫室也不去了，天天悶在家裡畫素描，廢紙積了半個麻袋，越畫心裡越沒底。

這跟以前上課不一樣。一道題目做出來就是做出來了，一個知識背下來就是背下來了。他半路出家，心裡難免七上八下。邵雪拿著他的素描看得新奇，躺到了沙發上。

「素年哥，你們藝考都考什麼呀？」

「書法，速寫，還有一個，半身素描。」

「你哪個比較強？」

「哪個都不強。」

邵雪看著一臉頹喪的鄭素年，十分不滿意，「那你哪個比較差？」

「差啊，半身素描最差。」

她低頭看了看鄭素年的素描畫。到底是外行，看了半天看不出個所以然，只覺得鼻子眉毛都挺立體，陰影也到位。

「素年哥素年哥，」她鍥而不捨的打擾鄭素年，「那你今天要畫什麼啊？」

他搖搖頭，「還沒想好，什麼都不想畫。」

「那你……」她仰起臉，有點期待又有點不確定，「要不要畫我呀？」

他一愣，眼睛轉向了邵雪。

剛吹好的頭髮蓬鬆著，她整個人就像塊晾乾的羊毛毯，軟綿綿熱呵呵的。早春三月的陽光落在她彎彎的眉眼上，鄭素年的臉忽然就燙了起來。

上次他這樣時，是邵雪穿旗袍那天。小丫頭片子剛剛發育不久，卻偏偏有著成熟女人才有的嫵媚。而這一刻的邵雪，又好像一點攻擊性都沒有，只想讓人把她圈成一團揉一揉。

於是他說：「那……就畫唄。」

這一畫就是三個小時。

鄭津買了早餐回來的時候，正好看見邵雪正襟危坐，便悄悄把東西放到一旁的桌上。他有些雜七雜八的費用要去繳，知會了素年一聲便出了門。

於是房子裡就靜悄悄的，只有鉛筆摩擦紙張的聲音，唰唰唰，唰唰唰。

那是二〇〇五年三月一日。春水初生，春林初盛。鄭素年不知道未來是什麼樣的，也不知道自己能不能考上。

但他在畫邵雪。

眉毛，眼睛，鼻子。

他覺得這樣就很好。

4

鄭素年的錄取通知下來的時候，大家都鬆了口氣。

他跟鄭津說要買點水果去送給羅懷瑾。邵雪放了假，牛皮糖似的跟在人家後面。兩人站在水果攤前，對著一排進口水果發呆。

「阿姨，你們現在走高檔路線了啊，」邵雪說，「以前不就只賣蘋果和梨子嗎？」

「這算什麼高檔呀，」賣水果的阿姨笑吟吟的，「現在送人都送這些，拿得出手。」

「素年哥，你看這個車厘子，」邵雪拉拉他的袖子，「怎麼這麼貴呀，不就是大顆的櫻桃嗎？」

鄭素年蹲下看了一圈，抬頭問：「妳沒吃過這個？」

「沒有，我媽又勤儉又節約，我還是第一次見到它。」

「阿姨，請給我一個鮮果禮盒，然後秤點車厘子。」

一秤完，總共二百三十元。

「還不如吃錢呢，」邵雪咋舌，「不要買這車厘子了，太貴。」

「妳摳門什麼呀，」鄭素年倒是不心疼，「我買給妳的。前陣子我不是去輔導國中生功課嗎？賺了不少。」

一放假，他們這些職員子女就成了自由人。張祁保送以後，本來還有點繼續探索數學之美的雄心壯志，誰知那年趕上超級女聲爆紅，他瘋狂迷上了李宇春。

所以他球也不打了，零食也不吃了，人生所有精力都投入在拉票上，還當起某個不知名組織的站長。邵雪有時候試探性的問：

「張祁，去吃燒烤吧。」

「沒錢。」

「看電影？」

「沒錢。」

「你的錢都花哪去了？」

他抬起下巴指了指電視，「投票。」

兩個人痛心疾首的看著張祁，然後又看向鄭素年家的高畫質電視螢幕。這個電視也是他來鄭素年家的原因，用他的話說：「只有這種巨大的高畫質螢幕，才能讓我看清楚春春的臉。」

邵雪說：「P大到底爲什麼要你啊？我覺得你就是P大之恥。」

張祁當著韓阿姨的面還算收斂，不敢熬夜追星，只能把熱情壓抑到第二天下午去鄭素年家裡看重播。邵雪的班上也有人追星，她瞇著眼看了半天，猶猶豫豫的伸出了手。

「這個是黃雅莉吧？」

「妳這什麼眼睛啊，那是周筆暢。」

「哦，」她恍然，「我喜歡她。」

張祁一下子急了，「妳有沒有品味啊？邵雪，我告訴妳，妳喜歡歸喜歡，不准投票給她，不然我們就恩斷義絕。」

她跟張祁互相對著來了這麼多年，這一次存心氣他，「幹嘛不投，我就要投給她，投十票。」

「妳腦子有問題啊？才剛知道人家叫什麼名字就投票？」

「我一見鍾情。」

「哪有女的對女的一見鍾情！」

「哪有男的追星跟你一樣的！」

十六年的交情，情斷於此。

那段時間康莫水也愛叫邵雪去她家吃飯。她不是正式員工，上班時間和郁東歌他們不太一樣。午飯做得多了，她就打個電話把邵雪叫過來。

江浙菜的分量都小小的，卻十分精緻。邵雪莫名喜歡康莫水，她總覺得，康莫水雖然和晉寧是個性全然相反的女人，但是身上卻有著同樣的氣質。

她也說不清是什麼，但她很肯定。

那邊的女人似乎天生就懂得什麼是美。有一次邵雪看她刺繡，忽然發現工作臺下放的化妝品。她平素不化妝，但是懂得化妝。有時候郁東歌要參加什麼活動，她就把自己的瓶瓶罐罐帶來幫她打扮。看到了邵雪的眼神，康莫水笑了。

「我幫妳化個妝？」

不是什麼名牌。國產牌子，好在都是正經貨。康莫水把她帶到梳妝檯前，把她的頭髮攏到腦後。

「妳的頭髮可真多。」

她自己的頭髮細細軟軟的，紮起來細長細長的一綹。但邵雪這頭長髮，好像她年輕時喜歡過的影星鐘楚紅。

「這麼好的底子，也不見妳常打扮。」

邵雪吐了吐舌頭，「我媽要是看見一點點我臭美的跡象，就如臨大敵。」

那是邵雪第一次化妝。日後想起時，她總覺得神奇，少女時代有幸取得的所有關於美的啟蒙，都是晉寧和康莫水帶給她的。

眉眼細細描好，上了個口紅，她的五官在一瞬間變得濃豔起來。女孩的心理多難以捉摸，但好像上了這層妝，就有了與世界對抗的勇氣。

回家前她把妝容洗乾淨，腳步輕盈的走出了康莫水的公寓。清風拂面，郁東歌在家裡等著她吃晚飯。那是晉寧離開後的第一個夏天，鄭素年拿到了錄取通知，張祁保送到了P大。天氣一如既往炎熱，李宇春在萬眾期待中拿到了超女冠軍。每個人都在繼續生活，嘻嘻哈哈，打打鬧鬧，一切看似都恢復了正常。

只是終究還是有些東西不再了。

第5章　萬家燈火

1

鄭津是在書櫃深處翻出那個音樂盒的。

十幾年沒拿出來的東西，落了灰，蒙了塵，上弦時發出的聲音叫人牙酸。不過都是齒輪工藝品，他熟門熟路的把螺絲卸下來，幫轉軸上油。

再一轉，滴滴答答，曲調悅耳動聽，把他帶回了十多年前那個春天。

那時候晉寧才二十出頭，黑衣黑褲黑長髮，偏偏一張臉豔麗動人。初見的時候，她耳朵後面別了個櫻桃髮夾，站在琉璃瓦下明媚得像春光乍現。

他們那一代人不像如今的人，情情愛愛全埋在心裡。就算是後半輩子在一起了，也愛得波瀾不驚的，連個戒指都沒送過。

這音樂盒是晉寧找他修理的。臺座上面是個拎著裙襬的小女孩，臺座底下卻是一行外文，蝌蚪似的字凹了進去，他難得好奇發問：「這是什麼意思？」

晉寧隨口解釋，「*Eternitá*，義大利語，永恆不朽。」

他做了這麼多年文物修復，對這種詞彙天生就有好感。人的一生太多無常，唯有古物亙遠不朽。

這些年，他老了，素年長大了，修復組人事變遷，老師傅走了一大半。他替音樂盒上了很久的弦，躺在沙發上，聽著弦聲滴滴答答，轉過臉輕聲說：

「晉寧啊，素年考上美術學院了。

「學國畫，跟妳一樣。

「張祁那孩子也爭氣，競賽保送到P大數學系，韓老師高興極了。

「妳說，我們這幫人都越過越好了，妳怎麼就不在呢？

「妳怎麼不在了呢。」

鄭素年開學當天才離家。

學校離家不過一個小時車程，他也沒什麼離鄉背井的憂愁。邵雪和張祁中午跟他出去吃了頓飯，隨便倒點果汁便算是爲他送行。

「人家千里求學，我差不多是出個門左轉就到了，有必要還送行嗎？」

「不一樣，」張祁說，「你這是踏上一段新的人生旅程。這不是物理意義上的，是精神層面的，必須送一送。」

「不錯嘛，」邵雪不冷不熱的說了一句，「保送了P大就是不一樣。」

「妳能別再虧我了嗎？」

「不敢，你是P大之光，哪裡輪得到我來虧。」

張祁：「……」

那天鄭津還得上班，回到家的時候，鄭素年已經把行李打包好了。他也不急著走，零碎整理著家裡的東西，把書房的瓶瓶罐罐都放進了箱子。

爲兒子收拾行李，怎麼想都是做母親的活。他有點尷尬的打量了一陣素年的行李箱，絞盡腦汁問了句：

「厚衣服帶了沒？」

「爸，」鄭素年哭笑不得，「離入秋還有些日子呢。」

父子倆陷入了短暫的沉默。

他把畫具單獨放進一個盒子裡，最後看了一眼自己的臥室。

「我走了啊，爸。」

分明是去開始一段新的人生，他的口吻卻輕描淡寫。鄭津實在不善表達感情，有點惆悵的靠在門邊望著他。

「坐個車去吧。」

「不用了，公車就好。」

他又想起什麼似的，「爸，我大學住宿後，回來一趟有點麻煩。你要注意身體，不想煮飯就去餐廳吃，不差那一點錢。」然後就頭也不回的走出了胡同。

鄭津揉了揉頭髮，忽然感覺自己老了，是那種內心深處的力不從心。

新開學，門口站了不少第一次到校的學生。家長拉著孩子在門前照相，鄭素年小心翼翼的躲過各個鏡頭。進宿舍的時候，靠門那個床位已被佔了，有個男生背對著素年收拾東西，聽見腳步聲，目光移了過來。他好像想打招呼，但又不知道說什麼，最後手裡東西一扔，把鄭素年手裡的行李接了過來。

「柏昀生。」他抬手就把鄭素年的行李放到了對面上鋪。

一方水土養一方人，柏雲生說話輕輕的，帶著一股水鄉的綿軟。鄭素年幫了一把，笑著反問：「南方人？」

他頷首，「蘇州人。」

「下有蘇杭，好地方。」他拉開箱子，把裡面的被褥也扔到床舖上，「我叫鄭素年。」

他們宿舍是二樓最後一間，四個床位有一個沒人，餘下的塞了三個主修不同的新生。柏昀生學首飾設計，他則是中國畫，還有一個叫裴書的是河北石家莊人，在設計學院學數位多媒體，快吃晚飯的時候才到。

「這一床沒人啊，」他把行李往上一扔，「麻煩幫個手。我叫裴書，各位日後多照顧。」

鄭素年和柏昀生顯然是同一類人，不太能說話，氣氛全靠裴書活絡。晚上時宿舍電話響了，柏昀生一個箭步躥過去接了起來。

邵雪以前形容竇思遠跟喬木姊說話，「溫柔得都快掐出水了」，素年一直沒弄懂那是怎麼回事。這次聽見柏昀生開口，吳儂軟語，大概就明白了。

「我不是說我打給妳嗎？

「吃過了，宿舍有三個人。還沒上課呢，明天開班會。」

再往後就聽不太懂了，蘇州話說快了跟外文一樣。等柏昀生掛了電話，裴書往後踢了一下椅子，一臉八卦的問：

「女朋友？」

柏昀生有點臉紅，半天沒說出個所以然。

兩個男生心知肚明的大笑起來。

年輕人愛插科打諢，玩玩籃球遊戲，關了燈聊聊女孩子，講講未來，一段時間後關係也就融洽了。柏昀生軍訓完了去學生會面試，一個學姊看上了他，硬是要把他從宣傳部拉進公關部。

裴書一臉忍辱負重，「你要是顧忌你那未來的小女友，我願意獻身於學姊。」

鄭素年說：「得了吧，我覺得青年協會那位副部長對你也虎視眈眈，你別到時候應付不過來。」

柏昀生問：「素年，你怎麼什麼都不報？」

鄭素年說：「都是一群壓榨新生勞動力的組織，我只是比你們這些淳樸的少年多了點看透事物的本質。」

話音剛完，樓底下就有個男生喊：「鄭素年！有人找！」

鄭素年打開窗戶往下一看。邵雪穿著高中校服，立著右腳腳尖，就站在宿舍門口。他從衣櫃裡扯出一件長袖襯衫套在外面，一步三臺階跳下去了。裴書伸長脖子目送鄭素年陪著邵雪朝校門外走去，回頭深深凝視了一眼同樣伸著脖子的柏昀生。

「你說那些一開學就暗送秋波給你的女生，要是看見你這幅八卦的嘴臉，會怎麼想？」

柏昀生摸摸後腦杓，有點尷尬。

「帥跟八卦又不衝突。」

學校外面的街道，邵雪和鄭素年站在烤冷麵的攤子前面晃了幾圈。

「這個時候就要分文科或理科，」鄭素年一愣，「你們學校有病吧？」

「是不是！開學一個月內就要填好，我們上一屆也沒有這樣。」

他給了烤冷麵的攤老闆一張五塊，把東西遞給她，「整天就喜歡吃這種東西，我說請妳吃點好的還不肯。」

她吃了一嘴麵，含糊不清的抱怨，「我們學校的文科眞的差，去年才幾個人上了重點學校啊。可是報理科——我的天，你說我的數學能考到三十分嗎？」

「妳爸媽怎麼說？」

「我媽想讓我讀理科，她覺得文科不好找工作。我爸是說愛讀什麼就讀什麼。」

鄭素年蹲在馬路邊和她琢磨了一會，忽然福靈心至。

「妳覺得，小語種（注）好不好？」

邵雪苦讀了這麼多年，第一次聽到這個詞。

「我們那屆就有個女生唸小語種，我不太瞭解，只知道有這麼一回事。」

她想了想問：「小語種，學什麼？」

「那就看妳了。法語德語西班牙語，學成出來再不濟也能當個翻譯。」

「……翻譯怎麼了，翻譯滿好的。」

「……就是，最不濟，也滿好的。」

那天風很大，邵雪頂著風回了家，邵華和郁東歌還沒下班。她翻箱倒櫃找出了晉阿姨送她的那個箱子，把書一本本全拿了出來。

《雙城記》放在最上面，再下面是些電影雜誌。這些日子她把英文小說看了個七七八八，剩下的幾本單詞拼寫像是鬼畫符，這麼長時間她翻都沒被翻開過。

她對著電腦螢幕一點一點敲出其中一本書的題目。

Va' dove ti porta il cuore。

義大利文——凡心所向。

人們成長的大部分時候總會被告知，你的未來是由自己決定的，你是爲自己而活。

其實不是的。

這世上的大部分人的未來，都是被生命中出現的無數人影響的。這種影響潛移默化，卻深入生命的每一條脈絡中。最初爲父母所孕育的單純胎體落入人世，最後成長出意想不到的模樣。

而那個能夠影響別人的人亦是幸運的。她放棄的夢想被銘記她的人實現，她未完成的事業被深愛她的人繼續，她原本平淡的一生被無限延長。

她死後方生。

電話是熄燈前響起來的。柏昀生眼疾手快的拿起話筒，對面有點疑惑的「喂」了一聲。

他連忙扔給了鄭素年。

「我想好了，」鄭素年叼著牙刷、蹲在地上，聽著邵雪的聲音隔著電話線清晰、堅定的傳過

注　一般指相對英語這類世界通用語言之外，只在少數國家使用的外語語種。另一種定義是指除聯合國通用語種（英語、法語、俄語、西班牙語、阿拉伯語、漢語）外的所有語種（該定義被多國教育機構採用）。

來，「我要學小語種，我要學義大利語。」

2

「我眞是受不了你們，」裴書抱著手，站在店門口，原本玉樹臨風的青年被凍得彎腰駝背，「本來今天我們班有個女生約我出去，你們非要來這裡。」

「你有點義氣好嗎？」鄭素年吸了吸鼻子，淡定的反駁，「昀生要幫他未來的小女友買點禮物，我們當然得來了。」

「奇怪了，他這麼大一個人是沒手還是沒腦袋，非要我們跟著來。」

「他才來北京幾個月，好不容易出一趟學校，我得略盡地主之誼，帶著他逛逛。」

「那我呢？你們爲什麼拖著我來？」

「兩個大男人單獨來這種地方，多尷尬。」

「哦。」

學校大柵欄前門外頭有一條商業街。本來鄭素年說了：「那個地方已經過度商業化，沒什麼好去的。」

但是柏昀生說：「我要買綢布，高級一點的。」

鄭素年說：「噢，那還是得去瑞蚨祥綢布店。」

這大概就是老字號存在的意義。老字號有招牌，幾百年積累下來的名聲，糊弄顧客就是自己砸自己招牌。樓宇可以推倒重建，但招牌不會倒。

買綢布也是爲了柏昀生那個未來小女友。他跟裴書都愛這麼叫她，哪怕後來知道人家的名字是顧雲錦也改不過來。這女孩的名字聽起來就像跟針線過不去的，一打聽還眞是蘇州做旗袍的手藝人。顧雲錦自小住在柏昀生家隔壁，青梅竹馬，兩小無猜，和柏昀生曖昧了七、八年了，也沒曖昧出個結果來。

柏昀生家裡是做珠寶生意的，自己有基礎，來了學校就開始接外面的設計案賺生活費。前段時間有個案子給了他三千五百元的鉅款，他拉著兩個室友就要去買聖誕禮物給顧雲錦。正巧顧雲錦打電話給他的時候，無心提了一句北京的好布料，他就一天照三餐催鄭素年帶他去找家高檔店鋪。

等了幾天，三個人終於一天都沒課，大清早就出了門。

兩人又凍了一會，鄭素年也不耐煩了。

「你說說，現在的年輕人一個個崇洋媚外，那麼多傳統節日不過，湊這個聖誕節的熱鬧。這算什麼，都是商家促銷的手段。」

店裡跑出了個女孩兒，十三、四歲，穿著瑞蚨祥的旗袍，站在馬路邊上顧盼生姿。她媽媽跟在後面追出來訓她：「讓妳看看穿上冷不冷，妳跑出來幹嘛？」

「當然要出來啊，」女孩嘟嘟囔囔的被拉了回去，「室內暖氣那麼大，能試出什麼呀。」

往事隔山隔海，忽然就在這個寒冷乾燥的冬天洶湧而來。鄭素年這些年不太回憶往事，好像這樣就能與那些回憶割裂開來。

可是邵雪好像是例外。

只要一句話，一個場景，他就能把那些有關她的事全都想起來。她穿著晉寧的旗袍，抬頭朝他笑；她站在校門外，長長的頭髮被風吹得揚了起來。

柏昀生買好了東西走出來。

「我買好了，」他揚揚自己手裡的袋子，「你們要買嗎？」

裴書「不」的嘴型剛擺好，鄭素年忽然指向遠處一家木梳店。

「我去買個梳子。」

往前走了兩步，他又回過身。

「你們還沒去過故宮吧？現在回學校太早，我一會兒帶你們去看看。」

天氣太冷，又是淡季的工作日，故宮門前十幾個售票口零零散散排著隊。三個人跟著人流進了故宮，沒見過世面的柏昀生率先發出了一聲感嘆。

太和殿廣場三萬平方公尺，遊客全擠在中軸一線。鄭素年盡著導遊的職責介紹了幾處樓宇，轉頭就把他們帶著往西邊走。

故宮往西都是後宮的景色。三個男生打打鬧鬧走到門口，素年一抬眼就愣住了。

邵雪一時之間也沒反應過來。她像是剛從學校過來，羽絨衣底下是藍色校服外套，圍巾把小臉遮了一半。

但鄭素年還是認了出來。

「妳怎麼過來了？」

「我們學校今天是考場，我們就放假了。你怎麼回事？」

他裝作沒看見裴書轉過來朝他擠眉弄眼的神情，伸出手耙了一下邵雪的頭髮。

「我陪我這兩個兒子來逛逛故宮。」

裴書和柏昀生立刻不爽了。

「鄭素年，你弄清楚啊，是我們兩個陪兒子來看故宮。」

邵雪沒忍住，撲哧一聲笑出來。

「他是你倆的兒子啊？挺前衛的，你們學校的風氣就是開放。」

邵雪那張嘴，從小站在誰身邊，誰就吃不了虧。鄭素年不費一兵一卒，便在這場爸爸兒子的戰役中完勝，邵雪功不可沒。

來都來了，邵雪打了個電話給郁東歌，把鄭素年的兩個同學也都放了進來。邵雪這次是送飯來給郁東歌的，經過鐘錶組的時候，她看了一眼鄭素年，對方有點尷尬的搖搖頭。

「別驚動我爸了。」他輕聲說。

但鄭素年沒想到，麻煩還在後面。

蘇州刺繡天下聞名，絲綢也是一絕。裴書沒這個文化背景，自己跑去看御花園了，柏昀生卻跟在鄭素年他們身後，對參觀紡織品修復工藝一臉期待。開門時的吱軋聲音叫人頭皮一麻，郁東歌率先看見了鄭素年。

「呦，素年來了，」她放下手裡的活趕緊出來，「好幾個月沒見你了，快讓阿姨看看。」

「媽，妳是看不見妳女兒嗎？」

「我又沒瞎，妳有什麼好稀奇的？」

邵雪翻了個白眼，蹭到康莫水旁邊。她看見邵雪的手凍得通紅，急忙把自己裝著熱水的杯子放到她手裡。

「先拿一下，屋裡暖和。」

邵雪心細，耳朵聽著郁東歌對鄭素年噓寒問暖，柏昀生那邊卻靜得怪異。她吞了口口水，有點不明所以的把臉轉了過去。

柏昀生的表情讓她一愣。

這哥哥長得真好看，邵雪剛才一眼就看出來了，此時卻只覺得他的表情無比陰霾。一邊的鄭素年和康莫水都察覺出異常，把目光一起轉向了他。

康莫水握著邵雪的手忽然一僵。

對面的男孩子不到二十歲的年齡，眼裡卻滿是成年人才有的嘲諷和鄙夷。

「康阿姨，真巧啊。」

一九八八年，蘇州。

碰見柏莊和那年，康莫水才十八歲。

柏莊和就是柏昀生的爸爸。他們柏家在蘇州做了幾代人的珠寶，到了柏莊和爸爸那一代才開始衰落。其實柏莊和這一輩，本來還有些許死灰復燃的希望，卻沒想到他既無經商天賦也無設計天分，最關鍵的是，他也不會做人。

本來就苟延殘喘的珠寶舖子一間間倒了，偌大的家業終於成了過去式。

柏莊和也難受，他壓根就不喜歡做珠寶這行。

匠人，說起來是世代傳承的浪漫，卻總會有那麼幾個人難以循規蹈矩。柏莊和想讀書、讀中文系，卻被父親扣在家裡學珠寶設計、學經商。

他不願意，自己找了個本子偷寫詩，被當爹的發現了扔進火爐、燒成了灰。柏莊和後來又和父親吵了幾回架，到最後也就破罐破摔了。

你不是不讓我做我想做的事嗎？你不是權威壓迫嗎？那我就紈絝給你看。

人人都知道柏家長子旁門左道樣樣精通，就是不幹正事。老爺子最後被氣死，他在葬禮上白衣白帽笑了又哭，哭了又笑。

他和他爹不對盤一輩子，到死也沒和解。

於是柏莊和也就不把柏記珠寶的沒落當回事。這禁錮了他半輩子的東西，倒了也就倒了。

柏昀生六歲那年，柏莊和有個在周莊的長輩生了病，他買了東西過去探望那天，正好是七月十五。

七月半，中元節，鎮上熱熱鬧鬧的，招攬了一群人在橋頭放河燈。他站在橋下往上看，一眼便見到了康莫水。

那時候康莫水才多大啊，水靈靈的十八歲，跟著家裡老人學刺繡，從小沒見過男人。柏莊和長了一副好皮囊，幾句話就把她撩撥得春心萌動。

愛上他的時候，她是不知道他有妻有兒的。

她那時候愛看戲，最愛看的又是白蛇傳。白素貞執著許仙的油紙傘，娉娉婷婷從斷橋上走下去，那就是愛情了。

柏莊和是八十年代的文藝青年，對這套東西駕輕就熟。他臨走前從隔壁舖子裡訂了把紙傘給康莫水，拿過去的時候只說了四個字：

「等我回來。」

紙傘定情，康莫水深信不疑。

他開始頻繁的往返蘇州市和周莊。一個雲英未嫁的黃花閨女和陌生男人來往得密切了，終歸是惹起了流言蜚語。康莫水的外婆看不下去，關了門窗私底下罵她：

「妳怎麼這麼不要臉？」

「他未婚我未娶，有什麼不要臉的？」

「他未婚？他來周莊看的就是他的四爺爺，當年他結婚，老人家還是敲鑼打鼓去看的！」

康莫水一愣。

「他說、他說他未婚呀……」

再後來，柏莊和的妻子也來了。

這種女人，沒見過風沒見過雨，丈夫就是天了，碰見這種事不敢大喊大叫，只怕丟了婆家的面子。大雨滂沱那天，她領著兒子站在康莫水的門前，好聲好氣的哀求：

「康小姐，妳和他斷了吧。柏家已經不行了，妳和他在一起還能貪圖什麼呢？這些日子他常常來周莊找妳，忘了家也忘了店裡，柏家的舖子是眞的一間也撐不下去了……」

康莫水說：「我什麼都沒做，我不知道他有妻有兒。」

她垂下眼，就看見那六、七歲的小男孩一臉輕蔑的看著她。

閒言閒語像刀子似的戳她的心，好像柏記珠寶氣數盡了全是因爲她出現在這個節骨眼上。可是，這又和她有什麼關係呢？

可是，她又怎麼脫得了干係呢？

柏莊和來見她，她避不見面，一把紙傘掰斷了扔出院子，只求一個情義兩斷。柏莊和回去就發瘋了，他說：

「我說我不要做生意，你們一個個要我做。我說我不要娶妻，你們一個個要我娶。我想讀書，你們卻不讓我讀。如今我終於碰見一個眞心喜歡的人，你們也不讓我喜歡。我這一輩子，活著幹什麼呢？」

也可惡，也可憐。生也錯，活也難。

他們分開的時候是個雨季，河水被大雨灌得泛濫。他跑出去三天不見蹤影，最後被人在河流下游發現。

這是孽緣。

到後來，柏昀生長大去了美術學院，康莫水也離開了周莊。人們對這兩家指指點點十多年，總算因爲主角群的消失閉了嘴。

流言能殺人。

你要眞問康莫水愛沒愛過，她是愛過的。少女懷春，遇見了一個那麼俊俏又那麼懂自己的人，但她也沒想到這一場初戀，竟毀了一個家，殺了一個人，又把自己捲進流言十多年。

十二年後的老茶館，她說起這段往事也是斷斷續續的，說一會，想一會，最後有些淒然的笑起來。

「是他先招惹我的。」

她那麼淡漠的人，爲了這段沒頭沒尾的愛情在刀山火海走了千里，甚至離開了自己的故鄉。到最後，還是躲不過命。

「跟你們說這個，也是爲了那孩子，」她說，「這件事裡最對不起的就是他。我聽說他這些年過得也不好，你們要是能開導開導他最好。我來這裡也有一段日子了，過了這個冬天，說不定就要回去，臨走前把往事留在這裡，我也要去開始一段新的人生。」

把康阿姨送回家，素年囑咐裴書回宿舍看看柏昀生回去了沒，轉頭跟上了邵雪。

「騎車了嗎？」

「騎了。」

「我載妳吧。」

日落西山黑了天色。鄭素年個子太高，長手長腳跨在邵雪的自行車上沒地方放，歪歪扭扭騎了幾十公尺，讓邵雪笑得肚子痛。

「你下來吧，我載你。」

他面子有點掛不住，硬是不下車，好不容易找了個舒服的姿勢，找麻煩似的說：「妳怎麼比以前重那麼多？」

「這是什麼話，也不看看我長高了多少。」

他這才恍然。

這兩年他過得茫茫然的，狀態剛好了一點兒就去外地上了學，大半年沒好好看過她。冬天的晚風不像春夏，吹得人臉上發痛。邵雪把臉埋進他後背上的帽子裡，悶著嗓子說：

「你都多久沒載過我了。」

他沒說話。

又過了半晌，邵雪悠悠嘆了口氣。

「你說康阿姨算是怎麼回事啊。」

「能怎麼回事。感情的事，誰說得清楚。」他生怕她不開心，隨意找了幾句話安慰，「誰看上了誰，誰又恨了誰，誰對不起了誰，他們自己都不明白。」

「哇，你上了大學就是不一樣啊，道理知識張口就來，是不是天天跟學美術的漂亮姊姊討論感情問題啊？」

「別冤枉我，」鄭素年手中的車把手一晃，「我跟裴書他們不一樣，一心念書，守身如玉。」

「好了好了，你現在怎麼這麼會回嘴啊？還是美術學院風氣開放，去了三個月就原形畢露。」

「妳說話注意一點啊。這間學校不光是我母校，也是喬木姊和羅師傅的母校。」

她吐了吐舌頭，把臉繼續埋進他羽絨衣的帽子裡。

「你那同學呢？」

「他啊，我回宿舍看一眼再說吧。」

今天實在是太晚，都到了家門口，也沒有不進去的道理。他把柏昀生的事先放下，打算今天就在家裡睡一晚。邵雪有點睏，站在門口和他道了別，卻被他一把撈了回來。

「過兩天是耶誕節吧？」

「你現在挺洋派的啊，還過起聖誕了。」

「月底不是妳生日嗎？」他戳戳邵雪的腦袋，「我也是太忙，兩年沒好好給妳過了。剛好上午跟裴書他們出去，這把梳子送給妳吧。」

店員聽說他是送人的，熱情的拿了個紅色盒子打了朵花結，整個風格充滿了老派特色，非常喜慶。

邵雪晃了晃盒子，抬頭對他大大一笑，「你這包裝是要提親呀。」

鄭素年進門的時候，才想起自己今天連爸爸一面都沒見著。門沒鎖，屋子裡只開了一盞檯燈，他小心翼翼的拉了燈繩。

鄭津正靠沙發上看報紙，被突如其來的光線嚇了一跳，朝門邊一看，有些手足無措的站起來。

「爸，」鄭素年側著身進了屋，「我剛送小雪回家，今天住家裡。」

「哎，好，好，」鄭津趕忙丟了報紙，「吃飯了嗎？」

「吃了。你吃了什麼？」

「我隨便吃了點，你要是還餓，我給你下點麵，廚房有雞蛋，可以打個鹵。」

「不用了。你休息吧，我只回來睡一覺。」

鄭津還是跑進了廚房弄了半天，素年聽見他喃喃自語：「哎呀，我這記得家裡有梨子怎麼什麼都沒了……」

他有點無奈的笑笑，走到茶几前倒了杯水。鄭津不愛看電視也不想學電腦，每天的休閒生活也就是看看報紙。他看了看茶几上放了裁成冊子的新聞摘要，然後把它們隨手丟到了日曆旁邊。

他忽然覺得茶几上那日曆有點問題。

他們家的日曆也是張祁給的，色澤不比月曆鮮麗，白紙黑字印著農曆陽曆的日期和節日。唯一的彩頁是俯拍的乾清宮封面，琉璃瓦在夕陽下泛著光澤，映出一片輝煌。

他揉了揉太陽穴，抬頭喊了一句：「爸，你的日曆怎麼不翻頁？」

「啊？」鄭津在廚房回應，「什麼翻頁？」

「今天都十二月二十日了，它怎麼還是十月份的頁數啊？」

鄭津總算找出幾個明顯放久了的蘋果，洗乾淨放在盤子裡端了出來。他看了看素年手裡的日曆，神色有些尷尬。

「啊，忘了嗎？」

「忘記了兩個月。」他搖搖頭，伸手刷刷刷往後翻，一整個秋天倏忽而過，在十二月開頭略作停留，最後總算趕上了今天的日子。

鄭素年拿了個蘋果，站起來要回房間。

「那我先回房間了，明天還得早起回學校。」

「哎，去吧。」

他進屋，關門，開燈，躺床，一氣呵成。房子這麼久沒人住，裡面卻一點灰都沒有，想必爸爸還是常進來打掃。只因爲他是親兒子，他知道，他明白。

他爸爸的生活看似井井有條，其實早就潰不成堤。

他是修鐘錶的，按理說是對時間最敏感的人。只可惜如今的日日夜夜，對他而言都沒了意義。

鄭素年失去了母親。

鄭津失去了整個人生。

鄭素年那天回宿舍的時候，柏昀生不在。裴書自己煮了泡麵，聽見他開門以爲舍監查寢，馬上把外套罩下來蓋住了鍋子。

看清來人的臉之後，裴書痛心疾首的哀叫一聲，然後把領子已經浸在麵湯裡的外套拿開。

「你總算回來了，」裴書說，「昀生那天怎麼了，回來以後一句話也不說，飯都沒吃。」

「今天呢？」鄭素年把隔夜穿的衣服和裴書那件弄髒的丟到一起，從櫃子裡拿出新的換上。

「今天去上課了，還沒回來。」

那段時間也是期末考，趕作業的時候一晝大半夜，閒下來時還得背背那些通識課的重點。後來柏昫生也沒多說什麼，他這個人要面子，大約是覺得家醜外揚，跟鄭素年說起話總有三分彆扭。

元旦放了三天假，作業也交了一大半。鄭素年對這種情況有點煩，晚上回來站在門口臭著一張臉。

「走吧，今晚去簋街，我請你們吃小龍蝦。」

柏昫生抓了抓額前掉下來的頭髮，剛開口「啊」一聲，就被鄭素年打斷了。

「不去就往死裡打。」

男人，幾杯酒下了肚，再難啓齒的話也就說出口了。柏昫生拿一罐啤酒擺在他和鄭素年中間，北京腔從來沒說得這麼字正腔圓過。

「我就是覺得丟臉。

「我家那邊圈子小，人人都知道我爸那些事。敗家、賭博、把店裡老師傅氣走，還有康莫水那件事。她跟你說了多少？」

「她……」鄭素年想了一下，不知道怎麼說，「就講了一點她和你爸……」

「於情於理，我不該恨她，」柏昫生苦笑，「她也是個受害者。但我親眼見過我媽天天失眠，見過我家的店一間一間倒閉，見過我爸甩手就走，最後死在河裡。他倒是死不足惜，就是苦了我媽和我姊。

「所以我上美術學院、讀首飾設計，一心想著什麼時候我能爭口氣，把我們家的珠寶行再做起來，把我們家抵押出去的老房子贖回來，還能讓雲錦過得好一點。

「我來這裡就是想從頭開始。」

「康莫水，她怎麼就這麼陰魂不散呢？」

鄭素年和裴書都沒說話。

柏昀生的人生和他們都不同。家家有本難唸的經沒錯，只是柏昀生這本經太難唸，就好比他們讀的是現代文，柏昀生唸的是梵文八級。

鄭素年咳嗽一聲，替自己和柏昀生又倒了點酒，拿杯子和他的碰了一下，有點猶豫的說：

「我媽……我媽……前年去世了。」

「人生在世，誰沒功課。男人十八、九歲有點抱負的，誰不想讓父母過得輕鬆點，給喜歡的人一個好的未來。

「來都來了，你就大膽往前走。似錦前程，怎麼能被往事拖著？」

半夜的小龍蝦攤位，旁人走得零零散散，只剩幾個年輕男女還在聊著。柏昀生把筷子放下，字正腔圓的說：

「鄭素年、裴書，我們這一回，算是正式認識了。」

對面兩個人氣得把毛豆殼往他臉上丟。

「所以之前三個月，你都在跟我們演戲是吧？」

到了最後，竟然只剩下一個裴書沒醉倒。他拖著扛著把兩個人拉到路邊招車，柏昀生卻突然伸開腿坐在了馬路上。

他喝多了不停說著蘇州話，兩個北方人一個字也聽不懂，無可奈何的看著他發瘋。

然後他就大聲唱了起來。

他唱的是水木清華的〈在他鄉〉。年輕男孩子的聲音回蕩在空曠的馬路上，醉腔混著哭腔，又有些前途未卜的迷茫。

「我多想回到家鄉／再回到她的身旁／看她的溫柔善良／來撫慰我的心傷／就讓我回到家鄉／再回到她的身旁／讓她的溫柔善良／來撫慰我的心傷。

「那年你踏上暮色他鄉／你以爲那裡有你的理想／你看著周圍陌生目光／清晨醒來卻沒人在身旁／那年你一人迷失他鄉／你想的未來還不見模樣／你看著那些冷漠目光／不知道這條路還有多長。」

3

那年年底發生的最大一件事，就是竇思遠跟人打了一架。

眼看著快放假了就要年底了，他一聲不吭被拘留了。這件事還是張祁告訴邵雪，然後邵雪告訴郁東歌的，兩個長輩一聽，全都皺了眉頭。

「這孩子怎麼一直惹事，眼看就要年底了，他還回不回家了？」

他父母都住得遠，郁東歌和他關係近，當仁不讓成了被通知的親屬。她進了派出所先和齊名揚打了個招呼，回過頭就看見他蔫頭耷腦的蹲在地上。

「你這孩子怎麼回事？有什麼事要打架呀？大過年的不嫌觸霉頭？」

竇思遠臉上青一塊紫一塊的，掀著眼皮子說：「還不是那男的纏著喬木不放。」

「哪個男的？」

「就美術學院那個，她學長，送花給她那個。」

「那你打人家幹什麼呀？」

「他騷擾喬木半個月了。今天下了班還叫喬木跟他去把話說清楚，沒說兩句就動手動腳的。」

「哦，原來你還做了件好事？」

「當然。」

郁東歌氣得哼了一聲，回頭就走，走到一半又折回來。

「名揚，過年他還回得了家嗎？」

「年前放出去，」齊名揚說，「車票這麼難買，大概是回不去了。」

「我可以回家拿點吃的來給他嗎？」

「郁阿姨妳走吧，他該移送看守所了，只有幾天，苦不到他的。」

說是苦不著，竇思遠出來的時候還是瘦了兩圈。他回了租屋處，在床上睡了幾個小時，突然被電話鈴聲吵醒。

電話的來電顯示功能壞了，他怕是父母打來的，拿起來立刻掛了。要先想好今年不回家的藉口啊。

電話又響，響得他心煩意亂，乾脆一把將電話線拔了下來。他到廁所打開水龍頭，悶響幾聲後，然後一股滾燙的熱水冒了出來。

接著就是放不完的冷水。

竇思遠有點惱火的罵了一聲，用涼水洗了把臉，然後躺回了床上。

外面天黑了又亮，他醒醒睡睡，模模糊糊的，聽見有人敲門。竇思遠抓開被子，踩著鞋去開門，一股邪火壓在心裡馬上就要爆發。

管他門外頭是誰，他今天要罵人了。

誰知道一開門，看見了傅喬木。

外面的寒氣撲面而來，把竇思遠凍得一抖。傅喬木穿了一件淺粉的羽絨衣，小臉被凍得通紅。她抬頭看了看竇思遠鬍子拉碴的模樣，沒說話，側著身擠進了屋。

「你房間好亂。」

「哦，」竇思遠趕忙湊過去，「剛回來，沒來得及收拾。」

「我看本來就這麼亂。」

他沒話說了，接過傅喬木手裡的塑膠袋。

「我帶了點飯給你，趕快吃掉，我幫你收拾收拾，一會兒跟我出去。」

「去哪裡啊？」

「去我家。」

他一愣，沒反應過來。

「去妳家幹嘛啊？」

傅喬木又好氣又好笑的看著他。

「我媽來看我了，做了年夜飯，叫你去吃。」

一陣風把門吹上，屋子裡漸漸暖和起來，一股熱流沿著竇思遠的四肢散開。外面是萬家燈火，燈連成了線，連成了片，有小孩子跑了過去，手裡拿著煙火。

除夕夜，是回家的時候了。

第6章　故宮的花落了

1

瓷器修復室外頭站了一圈人。

「哎呀，你看看這個花，開得多好。」邵華背著手、仰著頭，目不轉睛看著一樹的杏花。

「嘿嘿，也不知道當初是誰說這裡頭的樹，不是宮女種的就是太監種的。」

「您也太記仇了吧，哪輩子說的話了，還記得這麼清楚。」

孫祁瑞哼了一聲，拿著茶缸子走了。

「邵老師，」竇思遠冒了個頭出來問，「我聽說喬木說，您家裡那片胡同要都更啊？」

「是啊，等今年十月，我跟鄭老師都要搬家啦。」

「那需要幫忙的話，您儘管開口，」竇思遠一笑，「我幫忙開個車、搬個傢俱都沒問題。」

大夥兒的新家定環，住在胡同裡的這幾位現在就著手張羅了。邵雪要高考沒辦法幫忙，鄭素年又不常回來，只剩一個遊手好閒的張祁被使喚來使喚去。

說起邵雪，她那雙眼睛在上高二那年竟然近視了。郁東歌不肯讓她戴隱形眼鏡，她就買了副細圓框的眼鏡，架在鼻梁上的樣子，看起來很像課本上胡適那張半身相。

「邵雪，」張祁又控制不住自己了，「妳知道妳戴上這副眼鏡像什麼嗎？超像我們學校訓導主任，四十多歲更年期提前，燙個小爆炸頭，抓到誰就罵誰。」

邵雪不想理他。她最近要升高三，他們班吊兒郎當慣了，被學校新配了個專門帶畢業班的班導。四十多歲的中年女子，說什麼都聲嘶力竭的，常常站在班門口酊著嗓子吼：

「看看你們這麼懶散，有點高三學生的樣子行不行！」

邵雪看她不順眼，私底下碎碎唸：「不是還有三個月嗎？一天到晚睜眼說瞎話。」

「邵雪，」老師剛從前門走到後門，站到坐最後一排靠門邊的邵雪身邊，「妳怎麼這麼會說話呢？出來跟我聊聊。」

邵雪連著被她針對了幾天，做什麼都提不起精神。三個人走到胡同口，正好碰上張姨要關店。張姨也跟他們住一條胡同，賣了十幾年的肉夾饃。她丈夫早逝，二十五歲就守了寡，一個人開了家小店、拉拔孩子長大，順便養活了半條胡同的雙薪家庭子女。這幾個孩子都是她看著長大的，連誰不愛吃什麼都記得一清二楚。

「阿姨，妳要做什麼嗎？」邵雪有點驚訝，把手搭在櫃檯上。

他們這幫人最近早出晚歸的，好久沒來買東西了。只見店裡傢俱都空了，鍋碗瓢盆已收進袋裡，場景莫名蕭條。

「還做什麼呀，」她一笑，「這裡不是要重新規劃嗎，我得走啦。」

「那妳這是要去哪裡啊，」邵雪一下急了，「妳不是住這裡嗎？」

「回老家唄，」她笑笑，「我丈夫死了十幾年了，我住在老房子裡還能懷念懷念。現在房子沒了，我不走，還能幹什麼呀？」

三個孩子從小就吃她做的燒餅稀飯，一下子難過得說不出話。張姨看他們神色不對，又停下手裡的工作，過來安慰他們。

「我本來想悄悄走的，你們知道就好，別跟家裡人說啊。」

「爲什麼不說啊，」邵雪有點不樂意，「好歹送送妳。」

「送什麼呀，到時候再哭一通像什麼話。尤其是妳媽，就算我不哭，她也會把我弄哭了。」

邵雪覺得張姨說得沒錯，她現在就很想哭，更何況是郁東歌。

張姨看他們還不走，趕緊揮揮手趕人，「快走吧，別在這看著我。現在外面什麼店沒有啊，那些麥當勞、肯德基都比我的燒餅好吃，走吧，走吧。」

大馬路上車來車往，張祁和鄭素年蹲在路邊盯著邵雪。他們從小就怕邵雪哭——她一哭起來誰也攔不住，什麼時候哭累了什麼時候才結束。

「張姨走了妳就哭，我和素年也得搬家，妳怎麼辦？」張祁坐在馬路上盤起腿看她。

「你別再惹她了，」素年買了包紙巾抽出一張遞到她臉上，「快擦一擦，多大了，蹲在大馬路上哭成這樣。」

「我看她也不光哭張姨的事，」張祁皺著眉，「高考壓力大，發洩一下好了。」

「就、就、就是啊，」她抽抽搭搭的說，「我哭一下也不行、行啊，你就是不如人家、人家上P大的。」

「是是是，我是不如張祁，」鄭素年本來滿抑鬱的，被這句話逗笑了，「邵雪，妳不能現在煩惱成績就天天捧張祁啊。他還沒上P大呢，等到九月份一入學，那還得了？」

邵雪冷靜了一下，把哭意壓一壓，總算平靜了。

三月份的太陽照在身上暖洋洋的，街上沒什麼人，邵雪伸直了腿，伸手把髮圈扯了下來。

「喂，你們記得小時候嗎？」張祁突然說，「當時這條街還沒有這麼寬，就是一條小馬路，我們三個從公園走下來就到這裡買飲料，然後站在路邊比誰喝得快。」

「是啊，邵雪每次都最慢，」素年一笑，「然後氣得直哭，你說這有什麼好哭的。」

「你們也好意思說，兩個男的欺負我一個，我還最小，講不講理。」

她站起來，長髮垂到腰間，跟瀑布似的在太陽底下蕩來揚去。

「那間店還在吧？被你說的我又想喝了。」

鄭素年也爬了起來，「還在，我去買。」

玻璃瓶瓶身上印著藍白色北極熊的涼飲，邵雪接過來晃了晃，站在馬路邊上，對著太陽舉起這瓶串起往事的橘子汽水。

「我敬張姨，祝她一路順風。」

「那我也敬，」張祁站直了身子，比邵雪高了一個頭，「敬我們這條胡同，敬胡同裡所有叔叔和阿姨。」

「看看你們，一瓶北冰洋喝出茅臺酒的氣勢了啊，」鄭素年覺得他們幼稚，卻也忍不住把瓶子舉起來，「那我就敬我們的童年，敬所有往事，敬——嘿，邵雪，妳怎麼先喝了！」

她含糊著說了一句「這一次我要贏」就被嗆住了。鄭素年笑得差點掉了瓶子，連忙幫她順順氣。

「都是二氧化碳，妳逞什麼強。」

她咳了半天總算好了點，帶著一嘴泡沫，搖搖晃晃的站起來，再一次舉起了瓶子。

「不行，要乾了。」

「那就乾吧。」

陽春三月的太陽光下，氣泡零星、不斷的浮上水面，在瓶口處發出細小的爆裂聲。他們的笑聲和十多年前那三個孩子追逐打鬧的聲音重疊起來，把時間與空間都模糊了。

2

「邵雪，妳快點行不行？」郁東歌站在胡同口中氣十足的喊，「只等妳一個人了，一大群人在這裡等妳！」

「我要吹頭髮嘛！」邵雪急得直跺腳，拿毛巾隨便擦了擦頭髮，頭還濕著就跑了出去。五月早晨的氣溫頗涼的，她一頭鑽進車裡，緊接著抖了一下。

「妳是我親生媽媽嗎？人家當媽的都怕女兒著涼，就只有妳一直催魂。」

「怪我嗎？」郁東歌瞪她一眼，「婚禮要遲到啦。人家喬木特意挑這個放假日辦婚禮，不就是考慮你們幾個要上學嗎，妳還遲到，像話嗎？」

「哦，我放假妳不放假？我昨天複習到半夜一點多，今天六點妳就把我叫起來了，我邋裡邋遢的去，妳臉上有光啊？」

「妳們別吵啦，」邵華坐在副駕駛座，回頭一人瞪了一眼，「這麼好的日子，吵什麼吵。」好日子，是大好的日子。傅喬木和竇思遠的婚禮辦得叫人猝不及防，收到請帖的時候，大家都是一愣。

「你們年輕人眞是雷厲風行。今年開春才正經談戀愛，五月份就要結婚啦？」

「嗯，」傅喬木有點羞澀，但臉上笑意明媚，「我們都認識多少年了，不在乎這些。況且各位不是都要搬家了嗎，我們想趕在那之前辦好。」

竇思遠的老家住得遠，兩家人都說北京這邊辦一場，新郎那邊辦一場。酒店找的是一家專門做婚慶的，大廳金碧輝煌，遠遠看過去就很高檔。

「你看看人家現代人結婚多講究，」郁東歌嘖嘖感嘆，「我嫁給你的時候有什麼呀，婚紗都是用租的。」

「我們在當時也是高規格了，」邵華不愛聽了，「傢俱電器哪個缺了妳的，矯情。」

傅喬木穿了件大紅的旗袍，站在門口迎賓，紅袍襯得膚白如雪。邵雪一步併作三走上去，拉著她的手傻笑，目光在她那複雜的頭飾上流連了半天。

「別看了，」傅喬木笑著說，「這一身要早上三點多起來梳頭化妝，把我累壞了。」

「眞好看，」邵雪拉了拉她頭側的流蘇，「我什麼時候也能穿這麼一身啊。」

「那還不是一眨眼的事，」她拍拍邵雪的臉，「到時候妳就知道辛苦了，結婚就是受罪。」

「嘿，妳這句話我不同意啊，」竇思遠一下從門後面冒出來，「結婚是多好的事，算哪門子受罪，我怎麼覺得那麼高興呢。」

他側了個身，鄭素年跟在後面也冒了出來。他個子高，穿著西裝襯得肩寬腿長，稱得上一個器宇軒昂。

「思遠哥，你沒選好伴郎耶，」邵雪一臉煩惱的望著他們，「素年哥比你年輕比你帥，你等一下離他遠一點。」

竇思遠氣得一拍手，「我現在才知道，你們就是來找碴的。」

賓客坐了滿滿一層樓，雖說竇思遠家裡的親戚來得比較少，但在這邊認識的同事、長輩都請到了，大學同學也坐了起碼兩桌，場面極爲熱鬧。張祁和鄭素年坐在靠邊邊的一個小桌子上，看見邵雪便揮手把她叫了過來。

「妳來得眞晚，」張祁嫌棄的看著她，「連迎親都沒趕上，直接來宴客廳了。」

「你是不必高考，站著說話不腰疼，昨天幾點睡的呀？」她沒骨頭一樣的癱下去，「素年哥，你不是伴郎嗎，不用準備嗎？」

「有什麼好準備的，一會兒叫我，我再過去就好。」他說著湊近了邵雪，有點意味深長的挑了一下眉毛，「妳看孫師傅，人家才要好好準備。」

她回頭一看，孫祁瑞正拿著個講稿，挺著肚子，在臺下左搖右晃。

「喬木姊請孫師傅當證婚人，老人家緊張死了。一段詞背了一早上，腦袋上急得全是汗。」

「是嗎，那我要期待一下了。」邵雪有點看熱鬧不嫌事大。

婚禮正式開始。司儀是喬木一個在做廣播的高中同學，比婚慶公司的人不知道高明到哪裡去了。邀請證婚人上臺的時候，底下幾個親近的同事都笑了起來。孫師傅挺著肚子，又清了清嗓子，朝臺下揮了揮手，負責音響的員工得到指示，一點頭一動滑鼠，王力宏的〈大城小愛〉就環繞在全場。

這首歌挑得也應景，可不是嗎？這麼大的城市，他們的喜歡多微小又多不顯眼，兜兜轉轉好多年，最後總算沒有錯過。

孫祁瑞又比了個手勢，歌聲漸小，他從懷裡把那張稿紙拿了出來。證詞是他用以前的文言文改的，老人看不慣現在的結婚證詞，三言兩句潦草了事，白話粗俗得讓人不屑誦讀。

他清了清嗓子。

老人穿越了大半個世紀的聲音，在新千禧年的歌曲聲裡悠悠響起。

「韶華美眷，卿本佳人。值此新婚，宴請賓朋。雲集而至，恭賀結鸞。

「兩姓聯姻，一堂締約，良緣永結，匹配同稱。看此日桃花灼灼，宜室宜家，卜他年瓜瓞綿綿，爾昌爾熾。謹以白頭之約，書向鴻箋，好將紅葉之盟，載明鴛譜。此證。」

與此同時，〈大城小愛〉的音樂又一次回蕩在禮堂之上。

「烏黑的髮尾盤成一個圈／纏繞所有對你的眷戀／隔著半透明門簾／嘴裡說的語言／完全沒有欺騙／屋頂灰色瓦片安靜的畫面／燈火是你美麗那張臉／終於找到所有流浪的終點／你的微笑結束了疲倦。」

傅喬木站在臺底下，哭成了個淚人兒。

下午還有宴席，邵雪趕著回去複習功課，就先退席了。孫師傅站在禮堂外頭，自己拿了個保溫杯喝著水。

「孫爺爺，」邵雪看見了過去打招呼，「您怎麼不進去啊？」

老人見她有點慌張，手放進中山裝裡，杯子握在胸前。

「哦，我出來透透氣。妳要幹嘛啊？」

「我回去複習，」邵雪沒多心，邊走邊道別，「那您快點進去吧，喬木姊在找您敬酒呢。」

他「好好好」應了幾聲，眼看著邵雪走了，才伸手扶住了旁邊的大理石柱子。

手裡的膠囊被握得發黏，他拿出了三顆，配著保溫杯裡的水囫圇咽了下去。

大廳裡人聲鼎沸，他捋了捋胸口，長舒了口氣。

3

暑伏天，傍晚的老城區就像被蒸籠倒扣著，樹上還有知了不死心的叫著。

胡同裡的路燈壞得三三兩兩，逐光的蟲子在燈泡底下聚成一攏。要是有人沒注意，大步流星走過來便會迎面撞進飛蟲堆裡，然後噁心得直撥頭髮。

鄭素年從車上跳下來，扶著車窗和坐在裡面的裴書打招呼。

「那謝了啊。」

「不用。還有東西要搬嗎？」

「就剩大件的，到時候找搬家公司，不麻煩你了。」

裴書點了點頭，換擋起步，「那我走了，有事叫我。」

他站在胡同口看著裴書從胡同口把車倒出去，呼了口氣。

張祁從院裡冒了個頭出來，「嘿，鬼鬼祟祟的幹什麼？」

他嘆了口氣，回頭看著張祁，「不是要搬家嗎？我同學借了親戚的車，幫我把幾個小東西先送過去。」

「你們家現在也是你當家作主啊，」張祁靠在牆頭，一轉臉就看見了邵雪，「你看，大熊貓來了。」

邵雪高三這個暑假補課，天天回家都是這個時間。她是胡同這幾個孩子裡唯一一個正經參加高考的人，起早貪黑背課文，還因爲是考小語種，又花了大把時間在補習班的義大利文課上。以至於張祁說她現在是稀有動物，一句重話都不能說，只怕影響她的學習成效。

大熊貓推了推眼鏡，狐疑的看著張祁和鄭素年。

「你們幹嘛？」

「你跟她說，」張祁壓低聲音告訴鄭素年，「她現在看我不順眼，說一想起我今年九月份要保送就生氣。」

郁東歌聽見了說話聲，打開窗戶叫著：「邵雪，快進來吃飯，等妳呢。」

邵雪應了一聲，冷漠的看了一眼張祁，進了門。

「你看見沒有，」張祁痛心疾首，「我什麼都沒說，就做錯事了。」

大熱天的，郁東歌還熬了排骨湯。熱氣讓邵雪的眼鏡蒙上一層白霧，朦朦朧朧裡，她聽見郁東歌說：「小雪，這是康阿姨送妳的。」

眼前一片白茫茫，她摸索著把那禮物拿過來，摘下眼鏡仔細一看，只見手裡有一個荷包，上面繡了白蛇傳中斷橋借傘那一段場面。

荷包大概手掌這麼大，客廳燈偏暗，她看不出這刺繡的針腳有多細密。邵雪把荷包翻了遍，有點茫然的抬頭問郁東歌：

「康阿姨爲什麼送我這個啊？」

「我沒跟妳說嗎？」郁東歌也有點驚訝，「她要走了呀，不在故宮工作了。」

「什麼時候說的？」

「就那天，妳那天回來晚了，我跟妳提了一句妳就去睡了，我以爲妳聽見了呢。」

邵雪急得一跺腳，「我急著睡覺，哪裡聽見什麼啦，她什麼時候走啊？」

「今天，晚上的火車。」

張祁和鄭素年才剛聊完搬家的事，就見到邵雪急急忙忙衝了出來，連校服外套拉鍊也沒拉上，飛也似的跑出了胡同口。

邵雪在學校跑操場常年號稱種子選手，卻在此刻拿出了八百公尺測試的衝勁。她大口喘著氣，奔跑在七月的北京街頭，全身汗水把衣服都浸濕了。

邵雪到了康莫水的公寓下面的時候，她才剛把行李放上車。異鄉十年的人生，一個後車箱便裝滿了。邵雪扶著膝蓋看著她，把康莫水原本無驚無瀾的神色看得難過起來。

「妳幹什麼呀，」她過來扶邵雪，「看看妳這頭汗。」

「阿姨，」她喘勻了氣，好歹問了出來，「妳怎麼要走了啊？」

「我本來就不是正式在這裡上班，」她把邵雪被汗黏著的劉海理順，「要我修復的織品修得差不多了，我也該走了。」

「那妳要去哪裡啊？」

「我當然有地方去了。杭州那邊有個做訂制服裝的店聘請我，我回家休息一些日子，就去他們那裡做事。」

邵雪聽了才有點放下心。

「那妳、那妳家那邊的人……」

「我家那邊還有什麼人呀。」她有點失笑，「那邊的老人搬得搬，走得走，哪有幾個人記得我那些陳芝麻爛穀子的事？在這邊這麼多年，我也想通了，人活在問心無愧，管他們外面說什麼。」

康莫水把邵雪的髮圈拆下來，幫她攏了攏頭髮，又用袖子擦乾她額頭上的汗。

「阿姨走了，等妳長大了，有空可以去那邊看看我。」

她把邵雪緊抓在手裡的荷包拿出來撫平，然後放進她的口袋裡。康姨眞美啊，和晉姨完全不一樣的美，水利萬物而不爭的那種寧美。

邵雪長長吸了口氣，看著她上了計程車，探出身來揮了揮手。公寓牆上的爬山虎已張開了葉子，被晚風吹得輕輕搖擺著向她道別。

社區人少，馬路上前無古人後無來者。邵雪的力氣像是被抽乾了，她往後一倒，坐在了人行道上。

事情總是一環扣著一環，康莫水走了沒多久，鄭素年和邵雪一起站到了醫院大樓底下。

他們兩年多沒來過這裡了。樓下有棵前年種的楊樹，葉子已長了起來，在這個夏天綠意盎然。鄭素年剛從新家整理好東西過來，白短袖上黑一塊黃一塊的。他站在那棵樹的樹蔭下吸了口氣，然後說：「妳上去吧，我在樓下等妳。」

「你不上去啊？」

他「嗯」了一聲，有點爲難的低下頭。

邵雪知道他有心病，沒再多問，逆著人流進了大廳。

孫師傅參加完傅喬木的婚禮就正式退休了。他歲數大了，病來如山倒，一夜之間就病得起不了床。是肺部毛病，他把自己兒子叫回來，也不告訴誰，也不讓誰說，不聲不響的在醫院住了三個月。老人家腦子清楚，趁著還能說話時，把後事安排得一清二楚。孫叔叔還想要他繼續治療，被老人家罵了回去：

「治什麼呀，醫生的病歷單都給我看了，這種病能治好嗎？只能保守治療，我也不想受那份罪。這麼大歲數了，還能逆天而行嗎？」

結果鄭素年這一站，就從天亮站到了天黑。

也眞是奇怪了，三伏天哪來的涼風。邵雪下了樓，低著頭不看他，一雙手沿著他手指的骨節攀上去，最後停在他鎖骨的地方。

血管連著筋脈，跟著心跳上下起伏。邵雪把頭埋進他的肩窩裡，伸手抱住了他的腰。

「走了？」

「走了。」

他站得太久，四肢都麻了，五臟六腑裡頭全都冷得像是結了冰。邵雪小小一團鑽進他懷裡，他忽然就覺得有股暖流沿著四肢百骸緩緩散開。

「我在呢，」他低下頭，下巴抵住她的肩膀，反手把她抱得更緊，好像想讓她快點暖和起來似的，「我在呢。」

十月的時候，各家的行李都整理得差不多了。有些地方已經開始動工，塵土飛揚得滿街都是。郁東歌叫了搬家公司的人把一屋子桌椅傢俱都搬上了車，人卻站在路中間還不願意走。

「走吧，」邵華在後頭勸她，「去了那裡還要整理呢。」

「你讓我再看一眼，」她抹了抹眼淚，「最後一眼。」

張祁他媽媽看不過去，上來撫著她的背勸著：「人都在呢，哭什麼呀。明天一上班，我們不是照樣還能一塊吃飯聊天？」

「那怎麼一樣？」郁東歌捂著嘴上了車，「不看了不看了，走吧。」

邵華嘆了口氣，伸出手摟著郁東歌的肩膀。

「小雪知道在哪裡吧？」她哭著還沒忘了自家女兒。

「知道，告訴她地址了，她下了課就坐公車去新家。」

「那算是什麼新家呀。」郁東歌還不高興著，貨車司機一踩油門，疾馳出了胡同口。

邵雪卻沒早早回去。

她那天有一個沒考試的晚自習，下了課，騎上自行車，晃晃悠悠的先去了修復室。

郁東歌他們請了假，修復室就沒什麼邵雪熟悉的人在了。羅師傅六月退休，康莫水七月回鄉，孫祁瑞八月離世。

房子還是那間房子，木門木窗，琉璃瓦頂，人卻變了。

院子裡的落葉鋪了滿地，還沒來得及掃，正是百花凋零的季節，桃李杏梨都不開了，孫祁瑞早年種的月季也落了一地。

故宮的花落了。

她長大了。

4

鄭素年進宿舍的時候，正好裴書下樓。外面寒冷，他穿了件灰色的羽絨衣，低著頭像隻魚一樣衝下來。

「你去哪裡，」他一把拉住裴書，「誰在後頭追你啊？」

裴書抬起頭，眼球因爲長期對著電腦泛著血絲。他抹了把臉，意味深長的指著樓上，「那間宿舍我待不下去了，你有本事自己待。」

他嗤笑一聲，放開裴書，抱著一副「我不信這個邪」的氣勢上了樓。宿舍門虛掩著，裡面有個女生在笑。鄭素年本來就穿得少，被這聲音膩得一抖，抬手就推開了門。

他見過門裡的女生。薛寧，也是設計學院的，柏昀生家鄉那邊的人，姑蘇女孩子，說起話來嘰嘰喳喳像隻黃鸝。饒是學校裡美女如雲，她的長相在他們這屆也算得上出類拔萃。她坐在柏昀生對面那張空床上，身上披了件柏昀生的外套，更顯得嬌小可愛。

鄭素年倒了杯水，不冷不熱的說了句：「你們幹什麼？」

薛寧見過鄭素年，看他進來的態度冷淡，有點猶豫的站了起來。她拿起書包和素年打了個招呼，然後回頭朝柏昀生笑了笑，「那我先回去了？」

「去吧。有事再來找我。」

她抿了抿嘴角，又用一種鄭素年能聽見的氣聲說：「那你的衣服我洗好了再給你。」

柏昀生沒察覺，把她送到了門口，「沒事，外面冷，妳就穿著吧。」

大冷天，薛寧穿了露腳踝的半跟鞋，踢踢踏踏的下了樓。鄭素年瞥了門外一眼，把杯子往桌子上一放，「穿成那樣，不冷才怪。」

柏昀生被他嘲諷得莫名其妙，「你怎麼今天這麼有刺？」

「我有嗎？」

「你還說，把薛寧嚇跑了。」

他挑起一邊眉毛看著柏昀生，「這裡本來就是男生宿舍，她一個女孩子往這裡跑什麼？你也眞是的，女朋友離得遠就避嫌點，就算戀人未滿也沒你這樣做的。」

入冬的時候，裴書買了一臺電腦。他學數位媒體，天天跑機房不方便，在宿舍拉了網路線做作業，還開拓了柏昀生的異地戀視訊服務。顧雲錦那邊也找了臺電腦，視訊的時候常和路過的鄭素年打招呼。素年對那女孩的印象滿好的，說話溫溫柔柔的，也不做作，問起柏昀生在學校的生活，話裡話外透著關心。素年在一邊聽著，又想起自己偶爾和邵雪通個電話，只有他這邊會噓寒問暖，不由得顧影自憐起來。

柏昀生有點無奈，拉了把椅子坐到他對面，「你覺得我對薛寧有意思？」

「反正你們不清不楚的。」

他嗤笑，搖頭，然後世故的沉下聲，「素年，你知道薛寧她爸爸在蘇州是做什麼的嗎？」

鄭素年一愣。

「做布料生意的。全江蘇數一數二的布料經銷商，每天的流水買賣不知道有多大。」他撤了椅子，意味深長的說，「服裝和珠寶，這一整套產業，分不了家。」

外面風刮得強勁，鄭素年忽然覺得有點冷。

晚上他和裴書吃飯。食堂裡頭人聲嘈雜，裴書夾走了他一塊豆腐，忽然有點猶豫的問：「素年，你覺得昀生這個人，到底怎麼樣啊？」

鄭素年正失神，被他說得一抬眼。

「啊？沒什麼感覺，怎麼了？」

裴書想了半天才說出來這麼一句：

「我覺得他對我們挺有義氣的，就是有時候有點……看不懂他。」

鄭素年不喜歡背後說人長短，但裴書也很生疏，兩個男生都沒什麼心眼。他扒了幾口飯，慢慢說：「他可能……確實有為難的地方，跟我們不一樣。」

接到柏昀生電話的時候，鄭素年正在宿舍裡看裴書打魔獸。破電腦的解析度低，站得遠點看螢幕就不清楚了。裴書殺紅了眼，開著語音嗷嗷一通亂叫，鄭素年是從他的嚎叫聲裡勉強分辨出自己的手機鈴響。

他半掩著門去了樓梯間，話筒裡卻是個陌生的男聲。

「你是誰啊？」

他覺得莫名其妙，「你打電話給我卻問我是誰？」

對面好像很亂，那男聲和別人低語了幾句，轉回來有點不耐煩的說：「你的朋友喝多了，手機上有你的通話紀錄，你快來接一下人吧。」

他一愣，連忙問了地址。地點離他們學校不遠，是個專門談生意的酒店，以前出去吃飯時曾路過，豪車美女比別處更常見許多。

他看了看裴書，打消了把他從遊戲裡喚醒的念頭。學校外頭就有計程車，他一頭鑽進副駕駛座，為司機指路。

「直走左拐，麻煩快點。」

他進門的時候還是有點忐忑，到底是學生打扮，來這種地方渾身上下透著不搭軋。櫃檯的服務生聽了他的敘述，抬手指向廁所。

「正在那裡吐呢，趕快帶走吧。」

說是醉了，還是有點意識，鄭素年連扛帶拉的把人弄出酒店大門，兩個人坐在馬路邊上喘著粗氣。

「都快期末了，你來這裡幹嘛啊？」

柏昀生被夜風一吹，清醒了不少，伸手捂著酸疼的眼睛，啞著嗓子說：「我接了個案子，經理叫我今天來見客戶。」

鄭素年氣不打一處來，「你是銷售還是助理，不是負責設計嗎，幹嘛去喝酒啊？」

「他叫我去，我能不去嗎？」

鄭素年一股氣在胸口打了個結，憋得說不出話。

「素年，」他拍拍鄭素年的肩膀，「我沒辦法，家裡那邊的店一直虧損，日子越過越差。你體諒體諒我，你——」

「誰不體諒你了？」他把柏昀生的手從肩膀上拉下去，「我是叫你量力而行。身體是本錢，別到時候錢沒拿到人先垮了，你說你——」

「好好好你別說了，」柏昀生揮了揮手，「煩哪。」

兩個男生寒冬臘月坐在大馬路上話不投機，相顧無言了十多分鐘。

「酒醒了？」鄭素年站起來，朝柏昀生伸出了手，「走吧，清醒點，別被舍監看出來。」

柏雲生搖搖晃晃站了起來，腳底下卻沒動。

「又怎麼了？」

他朝素年笑了笑，抬手直直的指向遠處一棟樓。鄭素年順著他手指的方向看過去，有點不明所以。

那是幢豪宅，緊臨著學校和商業區，〇三年新建的建案，廣告做得聲勢浩大。

「幹嘛？」鄭素年問。

柏昀生站直了身子，用一種篤定的聲音說：「我要在那裡買房。」

「你瘋了吧你，」鄭素年嘆了口氣，「你知道那一坪有多貴嗎？走走走，我們回去住宿舍，宿舍很好的，每個人的使用面積有三坪多，還附獨立衛浴——」

他收回手，改了一下手勢，伸了個「八」在鄭素年面前。

「八年，」他說，「我八年之內，要在那裡買一戶。」

鄭素年不說話了。

他覺得柏昀生話裡有話。

柏昀生回過身，烏黑的瞳孔裡映著北京的車水馬龍，「我去看過了，是雲錦喜歡的格局。我八年之內，要把她接到北京來。」

遠處有車鳴笛，浩瀚悠長的笛聲裡，鄭素年搖了搖頭。

「柏昀生，我真的看不懂你了。」

第7章　一腳踏入成人世界

1

鄭素年對於二〇〇七年的春天印象很淡薄。

那年的春天很長，三月還在下雪，一場春寒突至得讓全城感冒。他對氣溫變化不敏感，穿著單衣單褲迎接停止供暖的初春，導致了一場持續一個月的低燒。

病好了又犯，他渾渾噩噩的度過了整個春天。等到太陽再大起來，氣溫升起，病好了沒多久，他才忽然發現邵雪要高考了。

六月份的北京，立過夏，氣溫瘋了一樣攀升。考場外到處是翹首以盼的家長，他閉目養神了半天，再一抬頭，一眼便看見了混在人群裡的邵雪。

邵雪最後一門考的不是英語。考場統一在西城，他受了郁東歌的囑託，特意來接她回家。

校門口人潮洶湧，考完的學生和家長混走在一起，無論結果如何，都是一臉輕鬆，到底是結束了這場步入社會前最嚴酷的選拔。邵雪把書包抱在胸前，一臉困倦的爬上了他的自行車後座。

他也不敢問她考得怎麼樣，長腿一蹬，車子溜出了人群。邵雪戳了戳他後背，有點奇怪，「你怎麼出這麼多汗？來得早？」

「還好，只等了一會。」

車騎起來，風就灌進了T恤裡。他挺了挺背，忽然感覺邵雪靠了過來。

他愣了愣，然後說：「張祁找了餐廳，我們聚聚吧。」

自去年分開以後，他們三個人還沒見過面。張祁打電話給素年，語氣裡格外焦躁，「我靠，開門進宿舍後，才知道有一半都是保送進來的，打一天遊戲但該會的功課一樣不落人後，我總算知道什麼叫『智商碾壓』了。」

鄭素年說：「別這麼說，你可是我們胡同裡的驕傲。」

張祁哀嚎：「不跟你說了，我要去上自習課。」

被碾壓了快兩學期，張祁才總算上了軌道。他怕打擾邵雪念書，高考前先打電話給鄭素年。「吃飯倒是沒問題。不過這麼趕，她剛考完，」鄭素年有點奇怪，「你等個幾天再聚不行？」

張祁支支吾吾半天，好像有什麼難處，「我地方都訂好了，就那天吧。你記得把她帶過來，我有點事要跟你們說。」

鄭素年細心，察覺了張祁非那個時間不可的意思，卻沒猜出來他到底要說什麼事。邵雪聽完他的話，輕輕「嗯」了一聲，然後就把臉埋進他半乾不乾的後背上。

「我有點睏，」她迷糊著說，「先睡一會。」

日頭偏西，傍晚的風徐徐吹來，身後的女孩剛完成一場決定人生的戰鬥，像隻小動物似的倚靠在他身後。

鄭素年放慢了車速，把車騎得四平八穩。

古城六月，日色西沉，微風不躁。

張祁訂的地方他很熟。以前他們胡同裡男生打球，都不想帶邵雪，球場後面有一家燒烤的小館子，到了夏天，老闆會在門口擺開一排桌子，路過的人沒有不被香味吸引著來大吃一頓的。

張祁翹著二郎腿，坐在靠外面一張桌子上。一年不見，他的氣質沉穩了不少——譬如蓄起了鬍子。

「張祁，你有病啊，」邵雪剛睡醒，一點沒客氣，「裝這什麼樣子。」

「一年沒見，妳能不能有點老朋友重逢的熱情和體貼？」

「你體貼我了嗎？」清醒過來的邵雪戰力滿滿，「剛考完就被叫來吃飯，也不讓我休息。」

「素年，你看看她這樣，」張祁悲傷地吞下剛送過來的一口牛筋，口齒不清的說，「以後嫁得出去嗎？」

老朋友可能就是這樣，哪怕一年沒見，以後還有可能十年不見，但是一見面依然好像五分鐘之前剛從胡同口一起走出來，互相吵得風生水起。

老闆和他們都是熟人，見面打招呼，過了一會還多送了份烤雞翅來。邵雪吃飽有了精神，繪聲繪影的描述自己的考場給他們聽。

「我不是考小語種嗎？考場一共不到十個人，兩個老師跟貓頭鷹似的瞪著我們。上午考試，有一個女生站到門口就抽搐了，倒在地上直吐白沫。」

「你們現在的心理素質怎麼這麼差，我們當年競賽也沒人這樣。」

「我們凡人能跟您比嗎？」邵雪裝模作樣的遞了串雞翅過去給他，「您這一年生活如何？以後在哪裡高就啊？」

她沒想到這一句話就把張祁問得面色不對了。

都是一起長大的青梅竹馬，誰情緒不對了立刻就能看出來。張祁慢慢的替自己開了瓶青島啤酒，抬眼看著對面兩人。

「算了，」他說，「一直拖著沒意思。我今天叫你們來，是有件事要說——我要走了。」

「去哪裡啊？」邵雪還有點沒反應過來，「不是剛上大學嗎？」

他手裡沒停，又開一瓶，往鄭素年面前一放。

「去普林斯頓。

「轉學，」他說，「我們學院走這條路的人不少，我跟著我一個室友一起準備的。收到offer的時候，我還愣了一陣子，覺得這件事跟假的一樣。」

邵雪好半天沒緩過來，一口羊肉串放在嘴邊半天，硬是把張祁逗樂了。

「拜託，你們怎麼比我還震驚啊。」

鄭素年早一些反應過來，拿起酒瓶和張祁的瓶子撞了一下。

「所以，你是叫我們來爲你送別了。」

「我不是在等邵雪考完嗎？」他話說完了，也輕鬆了不少，「機票是後天的，去了還得先適應一陣。」

「有出息，眞有出息！」邵雪彷彿一個長輩一樣欣慰的看著張祁，「來來來，我也敬你一杯，你是我們整條胡同的驕傲。」

「妳少來，」張祁把她手裡的啤酒搶過來，「本來已經不好嫁了，行爲舉止還不檢點一點，喝什麼酒？」

「你怎麼這麼保守啊！」邵雪抗議，「我聽說人家國外的女孩才奔放，你連女人喝酒都覺得不檢點，出去以後怎麼融入當地啊？」

「妳有病吧，我是出去念書的，誰管她們奔不奔放？」

「哎，你現在就是不一樣啊，學術理想高於個人水準了，那我更得敬你一杯。」

張祁被堵得說不出話。

三人喝酒必有一個清醒到最後。鄭素年去買了單，回來只看見張祁和邵雪鬼話連篇，一邊喝一邊哭。

「我好想念我們那條胡同，」張祁說，「出門叫一叫，你們就出來了。我就是那個時候才發現，鄭素年這孫子就是表面上看著老實，壞事都是一起幹的，結果出了事我們兩個都被罵，只有他一點事也沒有——」

「我也想。我們家現在樓下那家賣肉夾饃的，一口吃下去咬不到肉，再咬一口就沒了！也不知道張姨在老家過得怎麼樣……」

張祁把椅子拖到邵雪和鄭素年中間，長嘆了一口氣。

「這一出去，逢年過節也不一定回來。我們現在住得這麼遠，以後還能見得到嗎？」

「有什麼見不到的，」邵雪拍了拍桌子，大聲得引人側目，「別管以後我們在哪裡，只要你回來，打個電話我就去機場接你。」

「妳以爲妳以後也願意留著不走啊，」張祁笑她，「妳也不是個靜得住的性子，以後天南海北有妳跑的。我們三個，也就鄭素年看起來願意留著。」

「那也好啊，」邵雪笑嘻嘻的看向鄭素年，「有素年哥在，我就覺得踏實。」

鄭素年搖搖頭，無可奈何的看著這兩個醉鬼。

「好了，我送你們回去吧。張祁，我送你上計程車——」

「——不行！」他忽然站起來，把剩下的酒都倒進一個杯子裡，目光炯炯的盯著邵雪和鄭素年，「我有個學姊跟我說，告別的時候，必須要正式。」

「正式有什麼難的。」邵雪原本最能言善道的，無奈酒精麻痹了大腦，半天沒說出個所以然。鄭素年看他們兩個一副不乾了這杯不甘休的樣子，也倒了最後一杯給自己。

「我來吧。」

他把杯子碰上去的時候還有些感慨。上次還是汽水呢，這回已成了啤酒。三個人聚了又散，一次比一次離得遠，「謹祝，胡同後面那運動場身價最高的足球名將——」

邵雪一下子被逗笑了。鄭素年就有這種本事，看起來跟個文化人似的，其實骨子裡比誰都貧嘴。

「——還有文化宮傑出少年，胡同裡第一個會做微積分的——張祁同學，在美國研究順利！」

她剛考完大考，做什麼都不顯得過分，即使喝多了郁東歌也沒訓她，放任她在臥室一睡就是一天兩夜。第三天邵雪爬起來，瞇著眼刷了刷手機。

張祁發了個動態，站在機場裡帶個墨鏡，故作炫酷的替自己拍了個側臉照。

「經此一去，又是一場腥風血雨。」

留言裡一群笑罵他的大學同學，只有一個女生頭像的人正正經經的留言：「一路順風。」

邵雪閉了閉眼，又睜開，赤著腳下床把窗簾拉開。

難得的好天氣。

2

邵雪高三畢業那個暑假胖了四公斤。錄取通知下來以後，她每天除了吃就是睡，偶爾和高中同學約出門聚會，吃的比家裡還好。

鄭素年上了大學比高中還忙，大二進了工作室，下半學期畫了一百隻工筆小鳥，以至於有段時間看見羽毛就眼花。暑期作業有五十張冊頁二十張四尺整紙，他畫到邵雪開學才差不多畫完。

開學當天，郁東歌又幫她整理了一遍行李。二十六吋的行李箱，立起來高到邵雪的腰，把她逼得蹲在家門口哀嚎：「總共不到二十個公車站，妳這是要送我去北極啊。」

「妳沒住宿過，」郁東歌又在她書包裡塞了幾卷衛生紙，「以妳那弄丟東西的速度，我什麼都得幫妳準備兩份。」

樓下有車「叭叭」了幾聲。邵雪兩步躥上陽臺，看見鄭素年探出頭來看她。

「好了沒？」

「好了好了！」她把桌子上的充電器丟進書包，拖起箱子就出了門。鄭素年在二樓等她，看見她吃力的樣子，伸手便把箱子接了過去。

「素年？」郁東歌穿著睡衣不好出門，露出半個身子叫他，「不進來喝點水啊？還麻煩你來接她。」

「——沒事。」聲音過來的時候人已經沒了影。郁東歌又跑到陽臺上，只聽見「砰」的一聲，後車箱的蓋子已經蓋上了。

「開慢點啊。」她憂心忡忡的喊。邵雪從車窗裡露出半個身子，用力的朝她揮手。

「媽，我走啦！」

她嘆了口氣，又想笑又想哭，「頭別伸出來，住不好就回家啊，反正離得近。」

鄭素年發動汽車，伸出手把邵雪撈了回來。

鄭津前幾年買了車。鄭素年一有事就坐裴書的車很不好意思，這個暑假乾脆也把駕照考了下來。邵雪開學那天，郁東歌和邵華都有班，他怕邵雪拎著行李不方便，躍躍欲試的開車來接她。新社區九彎十八拐，鄭素年新手上路，表面故作鎮定，心裡七上八下。

邵雪天生粗神經，才不管他手忙腳亂換擋煞車，反而全神貫注的研究起車內音響，沒過五分鐘，便無師自通的放了首歌。

車子走走停停，鄭素年出了一手心的汗，好不容易開到外國語大學門口，送新生的車陣回堵了三公里。他找了個停車位把車熄火，下了車把邵雪的行李搬了出來。

鄭素年在美術學院見多了女孩，哪怕身處這女兒國似的開學場景也不爲所動。不過，學外語的女生和學美術的女生，氣質還眞的截然不同，任憑他這種不太正眼看女孩的人，也能分辨出類型的差異。

進了校門，幾個大系的紅旗招展，迎新的學姊和學長都青春洋溢。邵雪帶著他，他帶著行李，幾番穿梭才終於找到歐洲語言文化學院義大利語的小桌子。

前面排隊的女生剛走，坐在桌子後面的學姊一抬臉，邵雪的心裡就漏跳了半拍。在這地方讀了一年書就是不一樣，學姊紅唇細眉，妝化得一絲不苟，臉上寫著「社會精英」四個大字。

跟人家一比，自己嫩得像個小學生。

邵雪在桌子前塡好了資料，又來了個學姊帶著她去宿舍辦手續。義大利語系新生人數少得可憐，社會精英學姊和站在原地顧行李的鄭素年互相大眼瞪小眼。

「你不是來報到的吧？」

他十分老實的回答：「不是。」

「送剛才那學妹？」

「嗯。」

「你是她哥哥？」

「不是。」

那學姊懷疑的看著他，「那你是她男……」

「啊，沒有，」他聽出話裡的意思急忙否認，「也不是。」

學姊點點頭，鍥而不捨，「高中同學？你也不像大一的呀。」

鄭素年的太陽穴突突直跳，生生被問懵了。

他算是她什麼人？

朋友，這說法未免太過淺淡。

親人，卻又沒有血緣關係。

至於戀人，那更是他還沒想過的事。

鄭素年揉了揉太陽穴，氣勢完全被對方壓制了，「我們……就是認識。」

好嘛，十八年交情，就是認識。

邵雪手續辦完回到桌子前，只看見鄭素年一臉難以言喻的尷尬。她拍了拍箱子，中氣十足的說：「辦完啦，在三樓，我們搬上去吧。」

走了兩步，她回頭添了一句：「學姊，妳長得真好看。」

這句話戳中了女人軟肋。剛才還一臉社會精英的學姊頓時笑得像花似的，熱情歡送，「我叫秦思慕啊，義語大二的，妳以後有事來找我就好。」

鄭素年正陷入短暫的迷茫，沒有精力對她們女人間獨特的社交方式多做評論。這份迷茫一直持續到他重新回到車上，一前進，只聽到一陣叫人心驚的摩擦聲。

呃，車刮到牆上，掉了一層漆……

邵雪新生入學，什麼都新鮮。她跟鄭素年不一樣，社團報了一大堆不說，還進了秦思慕當部長的外聯部。她偶爾打電話給鄭素年，思慕姊長思慕姊短的，把他煩得不行。

他是眞怕了那女的，三言兩語就讓他一個多月心神不寧。

外人的事還沒想明白，自家後院又起了火。國慶日第二天，鄭素年起了個大早，滿心滿意只有一個想法：他是被騙上車的！

裴書走得太前面，他往前躥了兩步，一把抓住了柏昀生的後領。

「你沒案子做了？」

柏昀生穿得衣冠楚楚，被他一拉，儀態盡失。他拍掉鄭素年的手，煞有其事的看過來，「你不知道我上個設計案賺了多少是吧？」

他們美術學院的學生到了大三就有不少人在校外接案了。柏昀生接觸商業設計早，課業也沒落下，被教授帶著和校外公司合作了幾個大工程後，就有了人脈。到底是年輕氣盛，有了錢腰背就直，做人做事都不像以前那麼吹毛求疵。

但鄭素年覺得這也不至於買了車票就跑來大理啊。

這件事還是裴書鼓吹的。他那天去火車站接同學，站在車次螢幕底下盤算，一眼相中了一趟北京到昆明的K字頭列車，轉車到大理加起來要四十四個小時，眼見著國慶假日在即，裴書格外期待一場說走就走的旅行。

在旅舍把同學安頓好後，裴書急忙回了宿舍，柏昀生熬了個夜剛起床，他抬頭就對剛睡醒的室友說：「這個國慶假日，我們去大理吧？」

鄭素年莫名其妙的就少數服從多數了。

他這個人性子和緩，做什麼都會提前安排好，別說旅途計畫和預定住宿了，行李都得整理半天。誰知當天晚上被裴書和柏昀生按著裝了一書包的洗漱用品和幾件衣服，第二天早上五點就起來趕火車。

也是仗著年輕，臨時起意，說走就走，不用考慮前因後果，身體也扛得住舟車勞頓。火車一個隔間四個舖位，和他們住一起的中年男人打呼聲震天響，除了裴書，剩下兩個人完全睡不著。

鄭素年還好點，半夢半醒到凌晨三點多，睜眼卻看見柏昀生的舖位是空的。

大叔的打呼分貝有增無減。素年悄無聲息的披上衣服走出隔間，看見柏昀生坐在車箱連接處抽菸。

車窗外是起伏的山河，星光照得地面隱隱發亮，能看見遠處地平線的輪廓。他披著衣服坐到柏昀生旁邊，皺著眉戳了戳太陽穴。

「你也被吵醒了？」

「差不多吧，」他說，「也沒眞的睡著。」

「眞羨慕裴書的睡眠品質，」柏昀生朝裡面看了一眼，「我坐了這麼多回火車，第一次碰見這樣的。」

「你從蘇州那邊過來，也要過夜吧。」

「要啊。若是春節期間買了站票，一站就是一天一夜。坐火車很累，雲錦還非要今年年底過來。」

「你夠了啊，」鄭素年笑著推他一把，「人家女孩子十二月才來，你從九月份就開始跟我們嘮叨這件事。她來了要住哪裡啊？不會是我們宿舍那張多出來的空床吧？」

「怎麼可能啊。學校旁邊不是有個旅舍，住那裡就好。」

一說起顧雲錦，柏昀生眼裡就跟化了糖水似的。鄭素年心裡想起邵雪開學那天的事，忽然就好奇了。

「你跟顧雲錦是怎麼認識的？」

柏昀生想了想，覺得故事有點長，就又點了根菸。

「她不是學做旗袍的嗎？我們家當時窮得什麼都沒了，我姊那時候嫁人，連件體面的衣服都沒有。我存了點錢想做件旗袍給她，不過也不夠。雲錦那時候還是學徒，偷了她師父的版型，幫了我這個忙，後來還被她師父罰了。」

「跟電視劇一樣啊，」鄭素年覺得很有趣，「那你什麼時候覺得你喜歡她的？」

「剛開始我也不懂，男生嘛，開竅晚，」他又開始回憶，「後來她出師了，自立門戶，在城南開了家旗袍店。當時她有件紅色旗袍，做得很好看，我叫她穿給我看，然後就……好像知道自己喜歡她了。」

鄭素年一愣。

似乎有什麼和記憶中的一個身影重疊起來。他又揉揉太陽穴，被柏昀生的菸味嗆得喉嚨不舒服。

「別抽了吧，」他說，「我不喜歡這個味道。」

柏昀生掐了菸，有點意味深長的看著他。

「你是有事情要問我吧？」

他嘆了口氣，也意味深長的看了回去。

「我覺得我跟有病似的。你說說，怎樣算喜歡一個人啊？」

「你喜歡誰了？」

「你別管，」他一巴掌把柏昀生探過來的臉推開，「我現在有點混亂，我不知道自己算她什麼人。」

「這個好說，」柏昀生煞有其事的坐直了身子，「要我說的話，我覺得一個男人判斷自己是不是愛一個女人，就問問自己，想不想看她嫁人的樣子。

「你知道吧？我們那裡的女孩結婚都是穿旗袍。所以，我當時一看雲錦穿那件旗袍的樣子，就知道自己喜歡她了。

「我想要她嫁給我的時候，穿上那件旗袍。」

柏昀生這方法太玄，鄭素年有點不信。

「準嗎？」他挑著眉問，「也太唯心主義了吧？」

「你能不能別把兩性問題提升到哲學層面？」柏昀生恨鐵不成鋼的看著他，「別不相信我，你閉上眼，好好想一下，是不是想看見你現在說的這個女孩嫁人的樣子。」

鄭素年暫且相信了他的話。火車撞擊著軌道，像條長河似的蜿蜒在天地間。他靠著車廂坐直，慢慢把眼睛閉上。

車窗外，星河流淌。

柏昫生去了趟廁所又回來，看見鄭素年還坐在那裡閉目養神。他推了推鄭素年，心力交瘁的站直身子，低聲罵了一句：

「靠，竟然睡著了。」

這四十多個小時火車，除了裴書之外的兩人都沒睡好。鄭素年下車的時候只希望趕快找個客棧睡覺，身後卻忽然傳來一陣喧嘩聲。

一回頭，柏昫生的表情先變了。

「你們幹什麼呢？」

被糾纏的女孩像看見救星似的跑過來躲到他們身後。

「妳跑什麼？」有個計程車司機面色不善的走過來，「不是說幫妳換個旅舍嗎，有必要叫得全月臺都聽見嗎？」

身邊站著三個男生，那女孩也有了勇氣，「我說去哪家就去哪家，幹嘛我上了車，你就一定要帶我去別家呀？要不是我跑下來，你開車就走了。」

鄭素年之前的舊家就住在旅遊景點邊上，旅遊坑人的手段多多少少聽說過。那男人一開口，他大概就聽出是怎麼回事，「你這是有抽成吧？非要帶人家去，哪有這樣拉客的？」

那個人一下黑了臉。有警察看見情況不對向這邊走了兩步，才把那人的氣勢滅了下去。

眼看著那計程車司機走遠了，柏昀生回過頭長嘆了口氣，「妳一個女生，怎麼自己跑出來玩啊？」

薛寧伸手抓住他的外套帽子，笑嘻嘻的回應：「這不就碰見你們了嗎？不是一個人了呀。」

裴書退避三舍，拉著鄭素年感嘆：「高招，真是高招。」

鄭素年問：「你怎麼看見她就跑，什麼毛病？」

裴書說：「我被這種女的坑過，害怕啊。」

鄭素年在火車上的時候查了大理的幾間客棧，打電話訂好了房間又約了接駁車。來接他的是個白族年輕人，長得頗爲憨厚，卻有一雙淺色眼睛，笑起來樸實又狡黠。

「不是說三個男生嗎？」他下車打招呼接他們的時候，順便問了一句，「還有女孩子呀？」

「路上碰見的同學，」鄭素年和裴書都不開口，柏昀生只能無奈的解釋，臉色怎麼看都有些此地無銀三百兩，「就一起走了。」

客棧在古城一處小胡同裡，牆上畫了水墨花鳥，院子裡種著綠樹繁花。

鄭素年是內行，一眼就看出了牆上的畫下筆老道。白族小哥看見他的眼神，笑著解釋：「這是找大理古城最好的畫匠畫的，現在他年紀大了，都不出山了。」

「滿好的，」他笑笑，目光從花草樹木間掠過，「以前，我們也是住這樣的房子。」

他們入住了一間三人房，薛寧選了他們對面的大床房。鄭素年太睏，進了屋子稍微洗了洗，就倒在床上睡著了，再一睜眼已是半夜十二點。

裴書正睡得香甜，柏昀生床上卻又沒了人。鄭素年起身倒了杯水，目光一轉，看見院子裡，薛寧小鳥依人的靠在柏昀生肩膀上。

才子佳人，本是極美的意境，卻叫鄭素年看出一絲身不由己來。

蒼山雪，洱海月。月下雪倒是潔白，但誰知道柏昀生心裡，到底是怎麼想的呢？

他這一趟大理之行，來得心事重重。

3

假期結束回來，柏昀生又忙了起來。他工作室那個教授在業界格外有名，和一家國外的珠寶品牌談合作，來回幾次後，柏昀生也混了個臉熟。

他那段時間就跟沒作息似的，一天也見不到幾回人，有時候徹夜不歸，早上爬上床一睡就是一整天。那天鄭素年在畫室畫得眼酸，活動活動了手腕，忽然想起柏昀生又是早上八點多才回宿舍。

宿舍沒開燈，他回來時一按開關，只聽見床上一聲哀鳴。

柏昀生從床上冒出頭，閉著眼睛問他：

「幾點了？」

「五點半，」他把外帶的便當放桌子上，「下來吃點吧，睡一天了。」

柏昀生裹著被子爬下床，縮在椅子上扒飯。鄭素年整理了一會兒畫具，突然想了起來。

「你不是說顧雲錦這個月來嗎？什麼時候？」

「後天，」他沒精打采的回答，「正好我老師那邊的事休息兩天，我可以陪陪她。」

自從大理回來，薛寧總是有一搭沒一搭的來找柏昀生，還和他工作室的老師搭上線。這幾天柏昀生說得斷斷續續，素年也算是知道這專案是怎麼回事。那個外國品牌往年和他老師合作過東方系列的珠寶，今年想擴大產業，涉足時裝，在新一季服裝款式裡加入旗袍元素。也不知道怎麼牽的關係，薛寧她爸爸談了下來，成爲服裝原料的供應商，現在只差找一個名氣大的旗袍師傅來設計。

柏昫生跟他老師拍胸脯做了十二分保證，要找蘇州那邊有名的褚師傅來做。

「就是雲錦她師父，」柏昫生和鄭素年說，「老頭子挺固執的，能不能說下來，全看雲錦了。」

鄭素年有些奇怪，「國內旗袍師傅多的是，你幹嘛非要給自己找麻煩？」

柏昫生搖搖頭，「他們這牌子剛進國內，好多彎彎繞繞的事不懂，很希望有個中間人幫手處理。要是褚師傅同意了，再加上我的老師推薦，我也能爭取到他們這系列的配飾設計。」

別說品牌聽不懂了，鄭素年全都一頭霧水。他成長的環境沒有柏昫生複雜，每天做好手頭的事就行，哪裡要考慮這麼多人情世故。

「成就成，不成就算了，」他多說了句，「他們老一輩的固執我領教過，答應不了的事別強求。」

「不行，」柏昫生看了看時間，又整理東西出了門，「機會難得，過了這村就沒這店了。」

顧雲錦訂的火車是凌晨到。四點多，公車還沒開。鄭素年從家裡把車開到學校旁邊，天還沒亮就把柏昫生送去了火車站。

北京西站就是這樣的地方，天還黑得不見一絲光，便已有人背著大包小包進進出出了。鄭素年找了地方停車，看著柏昫生進了站口。

他以前學畫那個老師教過他速寫，有一招就是站在街上看人。看女人，男人，老人，小孩，不光看髮型服飾，也看神態。他看的時候就猜想，這個年輕女孩妝容精緻、穿著光鮮，眼睛裡卻都是算計，她是個怎樣的人呢？這個男人坐在臺階上吃著冷飯哭了起來，他哭的是家裡的妻兒還是自己的命運？

然後再畫，人物就有神了。人像不再是人像，落在紙上的是個有喜有悲的人。

那麼這地方呢？

凌晨四點的火車站，出站的人神色疲憊卻滿臉雄心壯志，還不知道這城市能讓人成神也能吃人。離家萬里的，思鄉情切的，比比皆是。柏昀生連背影都能看出來久別重逢的期待，但他心裡也藏了心機和打算。

又等了一會，柏昀生便帶著個女孩出了站。

「這是我室友，鄭素年，」柏昀生爲顧雲錦介紹，「多虧他幫忙，不然現在連車都沒有。」

她也漂亮，只是和邵雪是完全不同的類型，應該是熬了夜，素著張臉沒什麼精神，卻仍然笑意盈盈的和素年打招呼，「視訊裡見過的，昀生老是提起你。」

他把後車箱打開，先讓顧雲錦上了車。柏昀生過來放行李，笑得一臉花癡。

「漂亮吧？」

鄭素年都不想看他了，「滾滾滾，愛炫耀。」

顧雲錦一看就是那種俐落的女孩，行李不多，就一個包包，和柏昀生久別重逢也沒當著鄭素年面失了儀態。這個時間還沒開始堵車，街邊的樹葉早就掉得精光，馬路寬闊又蕭條。

鄭素年眼睛看著馬路，頭卻朝身後偏了偏。

「昀生，你這兩天先帶著你女朋友在市內轉轉，要去看長城什麼的就跟我說，我送你們過去，千萬別相信街上那些發傳單亂吆喝的。」

顧雲錦是個懂事的人，趕忙表態，「那也太麻煩你了。我只是來看看他，玩不玩都是其次。」

鄭素年忍不住調侃：「妳也太省他的事了，我們當室友的都看不下去。」

柏昀生摟著顧雲錦格外驕傲，「妳別理他，他現在跟一個我都不知道叫什麼名字的女孩糾纏不清，看見談戀愛的人就想挑釁。」

顧雲錦輕輕掐了一下他的腰，「胡說什麼，去哪裡找這麼好的朋友。」

不堵車時，到旅舍只花了半個小時而已。鄭素年把車子倒到馬路上，突然想起這條街拐過去就是邵雪的學校。

之前他們宿舍幾個人還沒進工作室，大一早上的基礎課都是拚了老命才趕過去的，但遇上查得鬆的時候，一整個宿舍躺屍到中午都有可能。他不知道邵雪學校的校風如何，只是車子都開到這裡了，他忽然就想過去看看。

到她校門口的時候，正好六點鐘。

他昨晚也沒睡夠，找了個停車位把火一熄，發了個短訊給邵雪。

「我在妳學校門口。」

然後就倒在椅子上睡了。

也不知道睡了多久，半夢半醒的，身邊有車來來去去。邵雪打電話來的時候，已經十點多了。

他睡覺的姿勢不對，醒來只覺得脖子劇痛。電話那邊邵雪的聲音清亮，把他的睡意趕走了大半。

「素年哥？你還在嗎？」

「在，我早上接人，開車路過。」

「你別動你別動，」她想到那邊一片嘈雜，「我去找你，我今天正好要出門。」

他的車離校門不遠，邵雪也認識車牌。不到十分鐘，他就看見邵雪裹著一件顯眼的紅色大衣從校門口鑽了出來。

她帶著寒氣坐上車，安全帶都綁上了還跟那裡假客氣，「你今天沒事吧？多麻煩你啊。」鄭素年車裡開了暖氣，只穿了件薄毛衣，被她帶上來的寒意激得一抖，「妳裝什麼客氣呢，我這一趟省了妳不少工夫吧。」

邵雪嘿嘿傻笑兩聲，但很快收斂了神色，「你知道我要去哪裡嗎？」

「妳叫我送妳，還要我猜妳去哪裡？」鄭素年被她氣笑了，「我猜妳去通州，我送妳過去，妳自己坐車回來。」

邵雪用力拍了他一下，「哎呀什麼啦，我去看喬木姊。」

這句話說完，她神祕兮兮的湊過來，「喬木姊生孩子啦。」

鄭素年一個沒反應過來，前面紅燈一閃，他猛地一腳煞車，把邵雪嚇得不輕，對著他的腰使勁掐了一把。

這一掐，把他掐回神了。

怎麼好像顧雲錦掐柏昀生？

竇思遠和傅喬木結婚的時候在四環買了房子，長安街沿線，喬木還嫌貴。竇思遠每個月辛辛苦苦還貸款，有空就教育傅喬木：

「這房子會漲。」

邵雪都不知道竇思遠當時從哪裡開的竅。大智若愚，大智若愚。

鄭素年開車技巧有成，除了那一腳煞車，後來就穩多了。到了社區樓下，邵雪熟門熟路的就朝裡面走。

「妳來過？」

「來過，他們剛搬進來的時候，叫我來參觀一下。」

竇思遠買的是低樓層，鄭素年剛走到樓底下，就聽見樓上有小孩哭得驚天動地。一進門，竇思遠穿著拖鞋，正滿頭大汗的泡牛奶給孩子。

「我的老天爺，」邵雪跟看戲似的看著這一幕，「當了爸爸，氣質都不一樣了。」

「什麼氣質呀，」竇思遠壓根沒當他們是外人，只顧著孩子連杯水都不倒，「主夫氣質。」

女人生了孩子變化就是大。喬木姊也不是當初的學生模樣了，她在家裡這一畝三分地指揮，把竇思遠使喚得團團轉，好不容易孩子不哭了，她什麼也沒做也出了一身汗。

邵雪和鄭素年已經自動替自己倒了水，坐到沙發上嗑瓜子。看著兩夫妻鬆了一口氣，邵雪忍不住問：「喬木姊，你們家裡長輩不來啊？」

「來啊，」她扶著腰說，「剛生下來怕她們嘮叨就叫了月嫂，現在步上正軌了，我媽後天就過來。」

他們第一個孩子是男孩，用的還是孫祁瑞的命名。當時老人家躺在病床上吊點滴，沒事就在報紙上亂圈字。臨終前把這對徒弟叫過去，說以後有了小孩就叫竇言蹊，男孩女孩都能用，比邵雪隨口謅的不知強到哪裡去。

他說這些話的時候還是笑瞇瞇的，過了兩天，人就走了。

桃李不言，下自成蹊，也不枉竇思遠和傅喬木那一聲師父。

孩子是很俊俏的小男生，圓頭圓腦，張著嘴對邵雪一笑，好看的地方都隨了傅喬木。

「那當然，像竇思遠還得了。」一句話把竇思遠從廚房氣出來了，圍著圍裙朝邵雪兩人控訴。

「你們評評理，前面這位職業女性，每天跟我嚷嚷男女平權，強調自己在家庭中巨大的付出，然後無窮無盡的打壓我。你們說說，能不能生孩子是人類生理上決定的，我因爲這個背了多少黑鍋、做了多少犧牲。我現在只希望自己跟公企鵝一樣，你們喬木姊一生蛋我就跟著孵，然後就可以作威作福。」

鄭素年一臉看戲，「思遠哥，你這是訴苦婚姻生活不幸福嗎？」

「喂喂，那倒沒有，」竇思遠擺擺手，「我只是希望你們喬木姊能對我體貼一點，別天天在家裡吆五喝六，讓我感覺喪失了男性的尊嚴。」

「洗尿布去。」

「好的！」

竇言蹊咿咿呀呀的，把邵雪引了過去。嬰兒瞳孔圓大，睜著一雙無辜的黑眼珠望著邵雪。她把手伸過去，他就握住了她的手指。

「跟妳小時候一樣，」傅喬木笑說，「我聽孫師傅說，當時妳剛生下來他們去看妳，妳抓著人家素年的手指頭怎麼都不放。」

邵雪一臉茫然，鄭素年倒是有點印象。

開車送她回學校的時候，邵雪忽然問：「素年哥，我們是不是認識十八年了？」

「妳說呢？妳有多大，我們就認識多長時間。」

她若有所思，「那你說，你算我什麼人呀？」

鄭素年一下子啞口了。

她好像只是隨口一提。鄭素年沒回答，她也就沒再追問。長安街上車多，走走停停，車上暖氣熱烘烘的，邵雪沒一會兒就在他旁邊睡著了。

他那時候沒說，後來也就沒有告訴邵雪。二〇〇七年十月三日，他在去大理的火車上，在星河流淌的天地間，閉上了眼，想看見她嫁人的樣子。

4

鄭素年有一身西裝，是當年替竇思遠當伴郎的時候買的，後來就沒怎麼穿過。此刻柏昀生催著要他換上。

「你幹嘛非要叫我去啊，」鄭素年不情不願的打領帶，「不就是開會嗎，你們工作室這麼多人都湊不夠？」

「女的夠，」柏昀生看他領帶打得跟紅領巾似的，忍不住抽下來，重新替他打了個結，「男的太少。」

「還有誰？」

「我們老師，還有幾個客戶。」

「我負責幹嘛？」

「我上臺說話的時候在底下用力拍手。」

「你又把我當廉價勞工。」

他扯了扯鄭素年的衣服，點了點頭，「嗯嗯，人模人樣的，走吧。」

柏昀生一天到晚亂七八糟的會議一大堆，這次偏偏趕在顧雲錦來的時候非去不可。鄭素年坐在倒數第二排，快開始的時候，看見顧雲錦也從後門飄了過來。

「嗨，」她看見他還滿驚喜的，「你也來了。」

鄭素年穿著西裝渾身不自在，顧雲錦看得輕輕一笑。

「這衣服不合身，」她手指點了點肩膀和袖口，「我們做裁縫的都知道，衣服款式在其次，剪裁一定要合適，不然就會看起來沒精神。」

鄭素年也不知道說什麼，只能胡言亂語：「前年買的，可能我又長高了吧。」

柏昀生正在臺底下和幾個老師說話，西裝筆挺，頭髮梳得根根分明，站在那裡倒是玉樹臨風。鄭素年在心裡翻了個白眼，心想：我這也是在你女朋友面前做個對比了。

「這兩天在北京玩得怎麼樣？」

「還不錯，昀生帶著我把故宮旁邊都轉了轉。他說你爸媽在故宮做修復工作？真好。」

鄭素年覺得她說話很像一個人，想了半天忽然反應過來——康莫水。

蘇州女孩兒，都跟水似的。

他們都不是話多的人，寒暄了幾句便冷場了，好在柏昀生那邊也開始了，投影片做得環環相扣，底下幾個老師都是一臉贊許。

「昀生真的滿喜歡妳的，」鄭素年忽然忍不住說了一句，「我以前還不知道什麼算喜歡。看了他跟妳說話才知道，原來是這樣的。」

顧雲錦卻沒馬上應聲。

她遲疑了片刻，忽然壓低了聲音，「可是，我有時候挺怕的。」

鄭素年一愣。

「你是他室友，應該知道他的性格，」顧雲錦低下頭，好像真的打從心裡想不通似的，「他這個人，抱負太大，想得太多，我常常看不透他到底要做什麼。以前在蘇州，我以爲他想做珠寶設計，可是來北京以後……

「算了，跟你說這些做什麼，」她停下了，有些不好意思的笑笑，「你別放在心上。」

鄭素年點點頭，突然覺得襯衫領口繫得太緊，解了一顆透透氣。

他有種不太好的預感。

那次會議分上下場。到了下半場的時候，客戶都被送出去了，留下的都是自己人。鄭素年覺得差不多也該離開，便留下顧雲錦在底下等著柏昀生和老師談完事情。

「那個旗袍設計的事怎麼樣？」

柏昀生剛才的表現不錯，帶他的老師臉上都是讚賞，但提起這件事，神色還是不自覺沉了下來。

「你那邊要是拿不準，還是趁早把機會讓給別人。」

柏昀生心裡一驚，目光不自覺地就朝顧雲錦移過去。底下的人走得七七八八，雲錦坐在最後一排，歪著頭溫柔的看他。

他長長的吸了口氣。

「沒問題的，」柏昀生笑笑，在外人面前一貫的鎮定，「馬上就會談下來了。」

會議室裡暖氣太足，柏昀生出門的時候被凍得打了個哆嗦。顧雲錦急急跟在後面，從包包裡拿出一條圍巾替他圍上。

「哪裡來的？」他心不在焉的問。

「路過時看見店裡在賣，覺得你戴上會好看，就買了。」

他心裡本就亂糟糟的，被這圍巾一裹，好像一團火燥得沒地方發洩。學校旁邊有間茶樓，他拉著顧雲錦的手便走了過去。

店裡有燈，軟融融的光，照得人輪廓溫柔。柏昀生要了一壺普洱，也不喝，捂在手裡圖個暖和。

「你怎麼喝起茶了？」

「胃不好，」他慢悠悠的說，「聽說普洱養胃。」

「師父也愛喝，」顧雲錦拿過菜單仔細看了看，「上次我去杭州還帶了些西湖龍井給他。」

「褚師傅身體還好吧？」

「還可以，就是歲數大了，不能勞累。」

柏昀生有點不太喜歡這種感覺。他平日在顧雲錦面前不是這樣的，現在說起話步步爲營，好像在談生意。

顧雲錦放下菜單，抬頭定定看著他的眼睛。

「看我做什麼？」柏昀生被她看得心一緊。

「你有事吧？」她和他也認識六年了，交往了那麼久，再細微的表情也逃不過，「從我來了北京，你就有事要和我說。」

顧雲錦伸出手，把他緊握的拳頭從桌子底下拿上來。

「有什麼事情說就好了，這麼緊張做什麼。」

她的聲音軟軟的，像是能包容他所有的過錯。柏昀生放鬆了些，鬆開手，從背包裡把來之前列印的合約拿出來，輕輕放到了顧雲錦面前。

他說：「雲錦，妳……幫幫我。」

他們認識的時候也是這樣的。那時候柏昫生才十四歲，站在褚師傅的舖子門前左右爲難。顧雲錦把他叫進來，他垂著眼說：

「妳能不能幫幫我？」

六年彈指一過，他好像變了，又好像沒有，笑起來分明還是當初溫潤如玉的樣子，眼底卻有了她看不懂的算計。

顧雲錦沒說話，把合約翻了一遍，心裡大概有了譜。

「昫生，你這是讓我去挨師父的罵哪。」

她從十四歲就跟著褚師傅做旗袍，比誰都清楚老爺子的脾氣和想法。柏昫生這合約上的意思，她看了一遍就懂，旗袍元素的時裝，放在老一代匠人眼裡就是不倫不類。褚師傅不愛錢，讓他屈尊做這種東西，就是在砸他的招牌。

此話一出，柏昫生心就冷了一半。他伸出手按住合約，輕聲說：「那就——」

「我也沒說不幫你，」顧雲錦卻接著說，「反正也不是第一次。」

柏昫生那口哽在喉嚨裡的氣像是一下子嚥了下去。茶有些涼了，他又倒了一杯給她。

兩個人相顧無言，柏昫生的手機「叮」一響。

他皺了一下眉，側身點了接聽。顧雲錦沒在意，低頭繼續翻閱著面前那份合約，越看心越抽得緊。

「雲錦，」柏昫生掛了電話，抬頭叫了她一聲，「教授有點東西要給我，叫一個學妹等一下帶過來。」

她點了點頭，把那份合約裝進了自己的包包。兩個人之間氣氛莫名僵硬，她喝了口茶，話題轉得略帶生硬，「昫生，你……過得好不好？」

柏昫生本來心不在焉的，卻被這題問得心裡一抽。

他過得好不好？

他沒想過。

臨走前他和顧雲錦說，他想讓柏記珠寶重新振作起來。於是這些年，他就像個加足馬力的發動機，從啟程就全速前進。一開始只能負擔自己的生活學費，到後來還能寄錢給家裡用。別的同學還在考慮畢業前途，他卻已經被賞識他的老師帶著在珠寶圈子混得風生水起。

這些年他過得如何，沒人在乎。他只知道教授賞識他，同學欽慕他，甲方信任他。兜兜轉轉，到頭來，卻還是顧雲錦，也只有顧雲錦問他：

你過得好不好？

他的喉嚨澀得發痛，忽然就有一肚子的委屈想訴說。

女孩的聲音卻毫無預兆的從他身後響起。

「柏昫生，這是你朋友啊？」

薛寧穿了件白色毛衣，尖尖的下巴縮在套頭裡。顧雲錦沒抬頭，她的面目也就沒太看真切。茶水騰起的水霧讓她眼前模糊一片，柏昫生就在那霧氣裡站起身，和薛寧站得遠了些。

小女孩，個子不高，嘰嘰喳喳像隻黃鸝鳥，開口閉口都是老師叫我和你說。顧雲錦再一抬頭，便看見薛寧給了他一個厚厚的檔案袋，伸出手在他頭上拍了拍。

柏昫生身子一僵，顧雲錦把茶杯慢慢放回了桌子上。

薛寧倒是想多說些，卻察覺出柏昫生話裡趕人的意思，臨走前偏偏還看了顧雲錦一眼，半真不假的說：「這個姊姊真漂亮。」

分明是誇獎的話，語調卻多多少少帶了不自覺的優越感。

顧雲錦到底不是傻子，自己開旗袍店也遇過蠻橫不講理的顧客，溫柔體貼只對著柏昫生，對待外人的時候鋒芒畢露。

「美術學院的學生眼光就是高，」她語調平和，段數卻明顯高了薛寧這種小丫頭幾個等級，「以前昫生也這麼說過，我還當他哄我而已呢。」

薛寧臉色一沉，甩臉便要走出去，走了兩步又回過神，挑釁似的瞪著柏昫生。

「外面冷。」

柏昫生臉色一變，一股無名火從心底冒起來。薛寧這樣沒完沒了，他也被惹煩了，檔案袋往桌子上一扔，一頓一字，字字帶刺：

「冷就快回去，多、穿、點。」

顧雲錦知道柏昫生這股子蠻勁，平常看著脾氣好，惹毛了每句話都能噎死人。薛寧沒領教過，恨恨的一跺腳，鞋跟磕在樓梯上，砰砰砰下了樓。

本來也就沒多喜歡她，還當著顧雲錦的面甩臉色，算是犯了柏昫生的大忌。他這股子邪火發出來，剛才的難堪也就被壓了下去。顧雲錦站起身把大衣釦子扣好，也沒發脾氣，淡淡的說：

「合約的事我回去幫你勸師父。我會盡力，不過決定權還是在師父手裡。」

柏昫生心裡難受，伸出手抱了抱她。

這一抱就把顧雲錦的心融化了七、八分。

「自己別太累了，」她也拍了拍柏昀生的頭，只不過這次他像隻小狗一樣，把頭低下來給她搓揉，「胃不舒服就按時吃飯，錢這東西沒有賺夠的時候。」

他點點頭，誠心誠意的「嗯」了一聲。

把顧雲錦送走，已經是深夜了，柏昀生摸黑回了宿舍，只見裴書還對著電腦螢幕修仙。

「還玩啊，」他叫了一聲，「什麼時候考試？」

裴書要讀研究所，看上一所法國大學，每天熬夜被詞彙陰陽性折磨。

「年底第一次，」裴書哀嚎，「我的頭髮一把一把掉，快變成葛優了。」

鄭素年已經窩在床上看小說，把簾子拉開問裴書：「邵雪有個學姊，輔修法語，要不要找她替你補習？」

「你還沒睡啊，」柏昀生這才放開嗓子說話，「不早說。」

「送走顧雲錦了？」

「送走了。」

「那件事她答應了沒？」

「答應了。」

「唉，」鄭素年長嘆一聲，摔回床上繼續看書，「這麼好的女孩，上輩子造了什麼孽，跟你談戀愛。」

柏昀生剛爬上床，把自己的靠枕丟了過去，正中鄭素年的臉。

「你閉嘴。」

黑暗裡響起一聲怒斥。

第8章　一朵花自有一朵花的命運

1

一場大雨滂沱。

鄭素年撐著傘進了鐘錶修復部。他是騎車過來的，身上難免濕了一半，鄭津連忙拿了條毛巾給他擦頭髮。

「這場雨太大，小心回去再感了冒。」

「這是什麼呀，」邵華站在琉璃瓦沿底下抬頭望天，「春雨，春雨貴如油，淋在身上有福報。」

鄭津拍了拍邵華的後背，「那你也去外頭淋一淋。」

「我不去，我歲數大了，膽固醇高，淋不得油。」

鄭素年這段時間已經開始實習，和邵華做了同事，總算明白邵雪那張嘴是隨了誰。

他把邵華忘記帶的保溫杯放桌子上，又撐起傘走了出去。

竇思遠種的那棵杏樹格外倔強的從牆頭探了個枝椏出來。桃三杏四，這棵樹按理說也該開花結果了。竇思遠也在屋簷底下看這場雨，看見鄭素年站在門口，熱情的打了招呼。

「思遠哥，這棵樹今年可以結果了吧？」

「可以，」他跟看自己孩子似的看著樹杈，「你看，那邊都抽綠芽了。」

他點了點頭，再往裡走，就是書畫臨摹組。

羅懷瑾退休了，帶他的就是組裡現在經驗最豐富的時顯青。時老師不是科班出身，走的是傳統師徒傳承的路子，三十年前也是一名文藝青年。他在修復室放了一臺快十年的手風琴，沒事的時候就爲各位摹畫摹得灰頭土臉的學徒們拉一曲悠揚的〈喀秋莎〉。

四十多歲，眼裡仍有火花，是個很有意思的中年人。

「素年，」有一次他叫住了鄭素年，「你們學校發不發奧運的票？」

今年一開春，全國人民就敲鑼打鼓的開始迎接奧運，連修復所裡那幾個平日不食人間煙火似的老師傅，也吆喝著去一趟鳥巢水立方運動場。鄭素年想了一下班上的通知，勉強記了起來，「好像是要給，不過沒說給什麼票。」

「當學生就是好，」時老師一臉羡慕，「我想買自行車的比賽，感覺一定很難買。」

鄭素年寬慰著：「自行車要比賽幾個小時，但選手咻的一下就從你眼前騎過去了，只看那麼一眼，還不如跟家裡吹冷氣看直播，多舒服。」

時顯青一拍大腿，「有道理啊。」

他才大三，還沒被正式招進去，能做的東西十分有限。時顯青看他閒得難受，把他轟到院子裡寫生。春天才到了沒多久，空蕩蕩的院子裡沒花也沒草，鄭素年一根畫筆被風吹乾了也落不到紙上，天天對著枯枝敗葉如老和尚坐禪。

坐到第九天，他突然發現院子裡那株迎春抽了朵花骨頭。花蒂緊抱著內裡金黃的花瓣，彷彿就等一聲召喚，便能像煙花似的炸開。

鄭素年站在那裡看，出來拿東西的學長問他：「幹嘛呢？」

他說：「這花要開了。」

學長也過來了，「不容易啊，今年第一朵花。」

有個做完了活在外面畫宮殿的學姊也過來看。

又過來了一群人，就一群人站著等花開。

時顯青工作做著做著發現屋裡沒人了，出去一看，氣不打一處來。

「都幹什麼啊，等一下那花讓你們嚇得都不敢開了，該做什麼快去。」

2

青天白日，男生宿舍。

裴書倒在床上，把法語單詞書扔下床，大喊一聲：「啊，好想發財啊！」

柏昀生抬頭，「你語言考得怎麼樣？」

「別提了，跟鄭素年跳舞一樣。」

鄭素年他們班去年元旦做活動，他被拱上臺跟一個女生跳了一段少女時代的〈Nobody〉。好事者偷拍後傳到網路上，幾萬人都目睹了他小腿跳得飛起來的舞姿。鄭素年正在陽臺上洗毛筆，把裴書晾乾的襪子一把拉下來，揉成一團，扔到了他臉上。

「謝了啊，」裴書彈起來把襪子穿上，「正好不用下去拿了。」

裴書的床不結實，他一晃就嘎吱亂響。柏昀生離得遠，聽出來了不對勁。

「誰的手機在震動？」

鄭素年急忙擦了擦手，回到座位前。手機被調了震動，在桌子上震得轉了個一百七十度的圈。

是邵雪。

裴書的床還在晃，稀裡嘩啦，嘎吱嘎吱，他在這宏大的搖晃聲中下了梯子，忽然聽到鄭素年說：「懷孕了？」

宿舍一時之間鴉雀無聲。

鄭素年面色凝重，「多少錢？

「在哪間醫院？

「好，我馬上過去。」

鄭素年掛了電話，埋頭就開始找抽屜裡的錢包。他數出一疊鈔票，臉上明顯寫著「不夠」兩個字。

不必他多說話，柏昀生伸出手在包裡拿出二十張剛領的百元大鈔，遞了過去。裴書也沒含糊，把銀行卡放到了他手裡。眼看著鄭素年穿上外套，他又沒忍住，抓著鄭素年的袖子說：

「你怎麼那麼不小心啊？」

鄭素年一愣，「什麼不小心？」

柏昀生這會兒反應過來了，神色嚴肅嚇人，「素年，你這件事做得也太差勁了。」

鄭素年更奇怪了，「你們說什麼？」

「說什麼？誰懷孕了，去醫院幹嘛呀？」柏昀生聲色俱厲，「再說了，這麼點錢夠嗎？」

鄭素年一拍額頭，又急又氣又無奈，「你們想到哪裡去了？是貓，我家胡同以前有隻貓，牠懷孕了，又被車撞了，現在在醫院搶救！」

現在寵物醫院太貴，救隻貓跟救個人似的，一連串手續下來沒有三、五千根本不夠。烏雲踏雪這次很嚴重，本來歲數就大了，又難產、皮膚病，加上被車撞了一下，邵雪墊了兩個月生活費還不夠。

他們當時搬走也沒顧得上牠。牠本來就是隻野貓，生存能力強，再不濟也能抓抓老鼠。誰知道環境大變，牠還不願意走，在高樓大廈間苟且偷生，幾次險些被人抓住賣掉。

胡同附近有家新華書店一直沒拆，店長有郁東歌手機號碼。烏雲踏雪染病以後，他偶爾給點吃的，但還是沒捨得幫牠付那個治病的錢。誰知那天一出門，發現牠鼻子噙著血癱在馬路邊，再一問旁邊的人，原來是等著吃飯的時候被過路的車壓了一下。

他這才聯繫了郁東歌，問問以前餵牠那些孩子還要不要來看最後一眼。

邵雪哪裡忍得了這個，馬上就帶去寵物醫院了。醫生診完了報了個價，她咬著牙說：「治。」人前堅定，人後心虛。出了醫院打電話給鄭素年，沒說兩句就帶了哭腔。

她沒想到這個電話叫來了一車人。

鄭素年往她身邊一站，邵雪的心就踏實多了。天大的事他到了就有辦法，這是從她記事起就有的潛意識。烏雲踏雪奄奄一息的躺在毛巾裡，脖子上帶了個塑膠罩，怎麼看怎麼可憐。裴書看不下去。

「我家以前也養了隻黑貓，病了嫌貴不去治，眼睜睜看著死的。」他說，「缺多少錢從我那張卡裡拿，反正我的生活費是按年給的。」

「用我的也行，」柏昀生站得遠一點，但口氣也很篤定，「我現在不缺錢。」

鄭素年安慰的撫了撫邵雪的肩膀，沉下聲說：「妳看，大家都來幫牠了。妳先坐下吧，我去把手續辦好，我們等著做手術就可以。」

都是一起來的，裴書他們一起坐在走廊裡等。邵雪從慌亂裡慢慢回過神來，對他們說了好幾次謝謝。

「不用不用，」裴書嘴裡沒停，「這情況已經比我們想的好很多了。」

「你們想的還更差？」邵雪驚訝不已，「還能差到哪裡去啊？」

柏昀生知道裴書要說什麼，急忙接下了話：「也沒有，我們就是亂猜。」

手術做了四、五個小時，幾個人從中午等到天黑。裴書看氣氛尷尬，提起了自己家以前那隻貓。

「跟你們這隻長得一樣，」他說，「也是上面黑下面白，很會打架，整個社區的貓貓狗狗都怕牠。」

邵雪點點頭，「烏雲踏雪也很會打架。」

「這名字真有水準，」裴書笑說，「誰叫的？」

「我媽，」鄭素年閉著眼說，「太長，叫起來一點也不方便，這麼多年我都叫牠白加黑。」

手術室門響了響，一個醫生走出來。

「不行了，」她也滿難過的，「活不了多久，現在只能把牠肚子裡那隻小貓保下來。」

雖然有心理準備，邵雪還是渾身沒了力氣。

「那就保吧，」鄭素年握握她的肩膀，沉穩的回應，「我們養牠。」

走廊裡的燈光慘白慘白的，邵雪沒了說話的欲望。烏雲踏雪挺著脖子被推了出來，可憐巴巴的望著邵雪和鄭素年。

好像真有個多年老友病故一樣。

鄭素年摸摸牠額頭因皮膚病已變得稀疏的毛髮，輕聲說：「放心走吧。」牠虛弱的喵了一聲，最後一次把頭放進了鄭素年手心裡。

邵雪她們宿舍查得很嚴，有時週末還有老師會進門翻箱倒櫃查違禁品。剛生出的小貓體格孱弱，他們也不放心送到父母那裡。

裴書把牠藏在衣服裡帶回宿舍的時候，被柏昀生足足唸了半個小時。

「我真沒想到你怕貓，」裴書說，「平常也看不出來啊？」

哪個大男人願意把自己怕貓掛嘴邊。柏昀生站得遠遠的，義正辭嚴的說：「反正你讓牠離我遠點，養大了就送走。」

「養大了就送去給我爸作伴，」鄭素年說，「那麼點小貓，人家不怕你，你倒怕起牠了。」

「準備叫牠什麼呀？」

白加黑也不知道跟誰混出這麼一隻小貓來，渾身烏黑，一雙眼睛炯炯有神，要不是剛生下來沒攻擊力，估計也是街頭霸王一隻。

鄭素年撓了撓牠的頭，牠在裴書懷裡朝牠的救命恩人張牙舞爪。

「身子也黑腳也黑，就叫二黑吧。」

「還有大名。」

「一隻貓還要大名？」柏昀生越發憤怒了，「你們是不是還要幫牠報戶口？」

鄭素年看了一眼張牙舞爪的柏昀生，福靈心至，「姓柏，叫柏二黑。」

裴書大笑出聲，徒留柏昀生翻了個巨大白眼，「愛叫什麼叫什麼，只要別讓牠往我這裡跑。」

柏二黑就這樣成了鄭素年宿舍的共同財產。幸好他們那年有一個沉迷看電視劇的舍監，幾個月不進宿舍大門一步，三個大男生把一隻貓養得有聲有色，一個多月就胖得一隻手拎不起來。

大概是因爲同一個姓氏的緣故，二黑特別愛找柏昀生。

柏昀生覺得眞是人在家中坐，禍從天上來。早上睡得好好的，一團毛忽然就窩在了自己臉上。大晚上回宿舍，摸黑踩著牠，牠還要抓你一把。而且牠好像很喜歡在柏昀生衣服上做窩。有次他穿完衣服忘了鎖櫃子，再回來就看見牠趴在自己一件毛線衣上睡得四腳朝天。

柏昀生把牠往外一扔，眼睜睜看著半櫃子衣服都沾滿了貓毛。

被刺激的次數多了，他的恐貓症也就輕了不少。有時候早上睡醒，看見牠臥在枕頭邊，還會伸手摸摸那烏黑發亮的毛皮。

「昀生，」鄭素年穿好衣服留了句話，「晚上記得帶出去溜溜。」

「不去。」他沒好氣的說，「說好了你們養，現在天天是我鏟屎餵吃的，搞得牠越來越黏我。你看我的衣服，你看你看——」

「哎呀，」鄭素年擺擺手，「我們工作室這兩天事多，你幫個忙，再過幾天就送去我爸那裡了。」

柏昀生看著靠在他腳邊呼呼大睡的二黑，絕望的示意鄭素年可以離開了。

二黑有個優點，就是從來不叫。抓衣服、搞破壞是一回事，但牠大部分時間都安安靜靜的躺在柏昀生衣櫃裡呼呼大睡。

柏昀生最近忙別的，工作室要交的設計圖一直拖著沒給，打開電腦看了沒一會兒，二黑就跳上他的腿，一雙眼睛滴溜溜望著他的手，伸出爪子拍鍵盤。

螢幕上打出一排「二」來。

「你倒是有自知之明，」柏昀生笑笑，伸手抓抓牠後頸，誰知道剛碰到毛皮，沒關嚴的門就「嘎吱」一聲被推開了。

裴書有課，鄭素年也不可能這麼快回來。柏昀生想當然以為是舍監，眼明手快的抓了件衣服蓋住了腿。

二黑在衣服底下瑟縮著，安安靜靜的平趴了下來。

鞋跟的聲音刺激得柏昀生神經一跳，薛寧的聲音從他身後響起：

「柏昀生，我有事跟你說。」

自打上次在茶館給過她臉色，薛寧就沒再聯繫過柏昀生。他也有脾氣，壓根就沒有去哄她的意思。宿舍只開了一盞檯燈，他半個身子藏在黑暗裡，整個人氣質莫名凜冽。

「有事快說，」柏昀生頭都不抬，「這是男生宿舍，這麼晚了，妳別待太久。」

薛寧的嚴肅也是裝出來的。她從小被家裡慣著長大，要風得風要雨得雨，還是第一次碰見柏昀生這種難纏的貨色。她心裡一急，冷臉壓不住，口氣又帶了幾分怒。

「曹教授說，你那邊的旗袍師傅再談不下來，就要用和我爸爸長期合作那個老師了。」

柏昀生皺了皺眉，「什麼意思？」

「字面上的意思，」薛寧把鄭素年的椅子拉過來坐下，「都幾個月了，你說的褚師傅還是沒答應。人家品牌也不是非這個師傅不可，我這邊有現成的人脈，這個機會你不要，我就給人家了。」

「我沒說我不要，」柏昀生顧忌著腿上的小貓不能轉身，心裡卻有些焦躁，「三月底之前肯定能談好。」

撕破臉皮向來比故作矜持容易得多。薛寧聲音提高了些，語氣咄咄逼人，「柏昀生，你以爲那系列珠寶的設計，是你介紹一個旗袍師傅就能帶來的機會？」

「什麼意思？」

「你理解能力怎麼下降了這麼多？」薛寧輕笑了一聲，口氣變得有些悠哉，「有才能的美術學院學生何其多，爲什麼曹教授推薦給品牌的候選人非你不可？要不是我說我爸爸供應的高檔布料能給曹教授回扣，你還眞的以爲這機會是自己用才華換來的啊？」

二黑被薛寧的嗓子激得在柏昀生腿上不舒服的動了動。他用手按住貓背，身上忽然就沒了力氣。

爭啊，搶啊，名啊，利啊。

窗外起了風，樹葉被吹得沙沙作響。有熱戀的情侶在樓下竊竊私語，閒言碎語夾在樹葉聲裡，像他小時候常聽的昆曲唸詞。

「薛寧，」柏昀生往後一靠，倒在了椅背上，「妳……能不能先出去？

「旗袍師傅的事我會盡快，」他放軟了聲音，好像在哄她，也好像在安慰自己，「妳先別推薦妳那邊的人……算我……我求妳。」

薛寧一愣。

「我求妳，」他微微側過頭，半張臉明，半張臉暗，「再給我些時間吧。無論是這一單生意，還是……還是我們倆。」

薛寧瞬間沒了辦法。

她是喜歡他的，從一見面就喜歡。柏昀生總是有意無意的提起顧雲錦，她也知道的，但還是咽不下這口氣。

她從小要什麼有什麼慣了，她要定了柏昀生。

薛寧的腳步聲消失在樓道盡頭。柏昀生把衣服拿開，露出膝蓋上一張迷惑的貓臉。小貓立起身，爪子攀住他的衣釦，努力昂著頭搆他的臉，然後伸出舌頭，一點一點的舔他的眼角。

蘇州又下雨了。

顧雲錦把店鎖好，就來了褚師傅家裡。老人年齡大了，腿腳不方便，她能幫著做的就都幫。桌子上的飯菜剛擺上，她站在門外接了通電話，然後就把手機若無其事的塞回了包包裡。

「又是柏昀生那小子吧？」褚師傅冷哼一聲，把筷子磕在桌子上，「我都說得很清楚了，他怎麼沒完沒了？」

顧雲錦斟酌了半天，猶疑著開了口：「您也別嫌我煩，這件事他說得也沒錯。時代不一樣了，衣服這東西本來就該跟著時代走。」

她沒猜錯，拿來合約當天，褚師傅就把茶杯摔了，對著顧雲錦大罵：

「這幫人要做的叫什麼旗袍！顧客不懂，妳也不懂？這樣折騰，早晚會毀了這門手藝。」

幾次三番，她也就心冷了。柏昀生那邊催得緊，剛才一通電話嗓子發啞，顧雲錦心裡又著了急。

「您帶我這些年，多少祖傳的東西沒了，我們都看在眼裡。您以前教我，時裝不是時髦服裝，是時代服裝。時代變了，服裝就該跟著變，所以才有了海派旗袍，有了蘇式旗袍。現在又變時代了，我們的東西，落伍了。」

褚師傅愣了一下，被一個「落伍」激得勃然大怒。

「他們給了妳什麼好處，叫妳這樣來做說客？」

顧雲錦自知失言，急忙想補救。

「我不是那個意思——」

「那妳聽清楚，」褚占生發了怒，「我就算餓死、凍死、窮死，也不做這些四不像的東西。這些衣服牌子，想用我的名聲給他們噱頭，再叫我把旗袍改成這些不中不西的樣式，他們把我褚占生當什麼？把我這幾十年的『褚記』招牌當什麼？

「要變，要變妳去變，我不變！」

好好的春天，怎麼就起了大風。

顧雲錦在床上加了層毯子就去浴室洗漱，出來的時候濕著手，還沒擦乾就聽見手機在響。

她急忙在衣服上蹭了蹭，接通了電話。

話筒那邊是柏昀生輕微的呼吸聲。顧雲錦斟酌著詞語，半天才說：「昀生啊……」

「雲錦，妳不是不知道，」柏昀生的聲音透著一股心灰意冷，「我的運氣一直不好，所以什麼也不敢錯過。」

這句話說完，他就把電話掛了。

3

邵雪從試衣間走出來，控制不住的打了個哈欠。鞋跟太高，讓她一搖一晃的，紫色長裙垂到小腿，肩頭露出大片皮膚。鄭素年只讓她晃了半分鐘，就拿了件外套把她上半身罩住。

柏昀生還在考慮。

「行不行啊，」鄭素年有點煩，「試了幾件了，我覺得都好看。」

「這個太露了。」柏昀生說。

鄭素年把邵雪推回試衣間，然後把她穿來的上衣牛仔褲扔了進去。

「那就倒數第三件。」

「可以，」柏昀生點了點頭，朝癡癡看著他的銷售人員揮了揮手，「包起那條藍的。」

二十出頭的小姐，受寵若驚的點了點頭，急忙去倉庫找新的給他。兩個大男人百無聊賴的坐在坐墊上等邵雪換好衣服。

「她一百七十公分是吧？」柏昀生又確認一遍。

「是，一百七十公分，五十五公斤，比你家顧雲錦高兩公分重三公斤。」

試衣間傳來一聲尖叫：「我五十四點四公斤！」

「好，差不多，」柏昀生不爲所動，「那她穿這件也沒問題。」

老祖宗創造詞語的智慧是無窮的，比如峰迴路轉，再比如破釜沉舟。

褚師傅那邊說不通，老師打電話催了又催。柏昀生斟酌著詞語和老師周旋，忽然被一句「破舊立新」逼得有了靈感。

他打電話給顧雲錦，「妳把妳以前設計的旗袍款式圖都發給我。」

顧雲錦那時已經做出了些名堂。褚師傅的親傳弟子已經是一張金字招牌，她又格外有靈性。蘇州的年輕人都知道有這麼一個女裁縫，旗袍設計的款式新潮，既繼承了傳統旗袍的典雅，又在花色剪裁上對應年輕人的審美。這世上有無數規矩，有人擅破，有人擅立。顧雲錦生有反骨，顯然是前一種。

兩個人一夜沒睡，趕了個作品集交給了品牌方，沒想到正對了負責人的胃口。新方案一層層遞交上去，在四月中旬下了最後決定。

啓用新人，顧雲錦。

噱頭還是要有的。柏昫生說褚占生年齡大了沒有精力，願意指導自己親傳的弟子來替品牌做設計。他算準了老人念著這層師徒情分，不會對外撕破臉皮，把一切安排妥當後，接顧雲錦過來簽合約。

火車下午到達，他上午約了邵雪和鄭素年去買衣服給她。三個小時後，顧雲錦在旅舍換好了衣服，裙角飄飄，漂亮得令他呼吸一滯。

「很貴吧？」她問。

「還好，」柏昫生笑笑，「走吧，我帶妳去個地方。」

另一邊，邵雪偷偷看了一眼秦思慕發給她的短訊。

「妳眞的不去？」鄭素年有點失望。

邵雪東張西望，就是不看他的眼睛，「我的作業眞的還沒做完。」

「大學哪有那麼多作業啊？」鄭素年雖然發著牢騷，心裡也知道自己這樣很沒意思，「可惜票都買好了。」

《功夫灌籃》是二月份就上的電影，到現在幾乎已經快下片了。邵雪剛上大學什麼都新鮮，樣樣活動都參加，一直拖著沒和素年去看。這次好不容易答應幫柏昀生試衣服給顧雲錦，出了商場就又要回學校。

「這次不去，就眞的下片了啊。」鄭素年雲淡風輕慣了，難得這麼沮喪。他一邊沮喪一邊琢磨，怎麼人家顧雲錦就這麼黏柏昀生，而邵雪自上了大學都不愛找他了？

「眞的有作業，還有學生會的事，」邵雪說的眞像那麼回事似的，「你都不知道我最近有多忙。」

「那好吧，」他把電影票隨手扔進垃圾桶，「妳回去吧，我送妳。」

「不用不用，」邵雪急忙擺手，「我從這裡坐公車順路，你回學校吧。」

鄭素年「哦」了一聲，懨懨的回頭去坐車了。

邵雪長舒了口氣。

她站在人行道上揮了揮手，一輛計程車便停到了面前。邵雪坐進副駕駛座，拿出手機給司機看了地址，「去這裡。」

寄件者是秦思慕，長長的文字之後，是一間美容會館。

秦思慕仰靠在沙發上，半瞇著眼，手裡的水果茶散發出一股濃郁的香甜。有個女孩走到她面前輕聲問：「秦小姐，妳的朋友什麼時候到？」

她看了看手機，「馬上。」

對方點點頭，「好，那我們就為妳準備了？」

她「嗯」了一聲，用吸管吸了一大口水果茶。

玻璃門前的風鈴「叮叮噹噹」的響了一陣，一個男人帶著一個女人走了進來。男人個子很高，長身玉立的往門前一站，就引來了無數目光。

她秦思慕是什麼人？從八歲就看父母在酒桌上談生意，早早就學會辨別人們虛偽的笑臉。進來的男人薄唇、冷臉，一看就不是什麼簡單貨色。

不過他對身旁的女孩倒是照顧得周到，一顰一笑都是發自肺腑。那女孩穿著一條價格不菲的長裙，偏偏素著臉，長髮及腰，溫馴得像隻兔子。

男生低聲問了櫃檯幾句話，便把身旁的女孩送進了一個包廂。

「做完頭髮化個妝，弄得好看點，」他點了支菸，坐到了秦思慕對面，「我們晚上要見重要的人。」

「昀生，你跟我一起進去吧。」女孩回頭叫他。

「妳先做，」他柔聲說，「我抽完這支菸就進去。」

秦思慕正腦補著二十萬字言情小說呢，邵雪那邊就來了電話，隔著無線電波，秦思慕竟然感覺得到她那邊被太陽曬得燥熱，「思慕姊，妳說的會館在哪裡呢？我找不到。」

「我去接妳。」她站起身匆匆跑了出去。對面的男人打量了她一眼，又把目光收了回來。

再回來的時候，他已經不見了。

櫃檯核對了一下秦思慕的會員卡，「這張卡辦卡日期到今天正好是一週年，可以帶一位朋友享受全套免費護理。」

「我知道，」秦思慕拍了拍邵雪，「就是她，我們一起。」

「好，請跟我這邊走。」

她們先去更衣室換了衣服。秦思慕熟門熟路的走進了包廂，邵雪還在走廊上研究壁畫。她看得太入神，沒注意到柏昀生從對面走了出來。

他辨認了一會兒，正想和邵雪打招呼，對方卻在包廂裡一句「邵雪進來」的呼喚下，迅速消失在他眼前。

柏昀生心情複雜的發了短訊，「你不是要帶邵雪去看電影？」

一分鐘後，鄭素年回了短訊，「她說作業太多寫不完。」

柏昀生看熱鬧不嫌事大，「我在美容會館看見她了。」

鄭素年再回，「看錯了吧，她回學校了。」

柏昀生不曲不撓，「沒錯，還有人叫她的名字。我帶雲錦來做頭髮，正好碰見她了。」

另一個人明顯沉默了。

他一根菸都抽完了，鄭素年終於回了他一個字：「靠。」

始作俑者哼著小曲兒把手機放回了懷裡。他早就看出這兩個人之間不清不楚的，以他的感情經驗來判斷，有時候矛盾才是關係發展的催化劑……

邵雪正趴著和秦思慕一起享受按摩，手機突然震了一下。一種屬於動物對即將來臨的危險本能，讓邵雪選擇了暫停享受，打開收件匣。

隔著螢幕，她都能感受到鄭素年語氣裡強烈的嘲諷：「妳眞的挺忙的。」

邵雪做賊心虛，只回了一個字：「啊？」

秦思慕聽到按鍵聲，忍不住睜眼看她。短訊提示音響了三次，邵雪一臉驚恐的望向秦思慕，她臉上還抹著乳白色的乳液，眼睛瞪得大而無神，讓秦思慕忍不住皺起了眉。

「素年哥怎麼知道我來這裡啊？」

「我沒告訴他啊，我又沒他的電話。」

邵雪示意按摩師暫停一下，迅速爬起來打電話給鄭素年。

對方接了，語氣沒什麼起伏，「怎樣？」

邵雪自知事情已經敗露也不再掩飾，「素年哥，我錯了……」

「哦。」

「你、你聽我解釋一下……」

「哦？」

「就是、是思慕姊那個會員卡正好今天可以免費做美容護理課程。一千八百八十八元的全套護理，機不可失，失不再來——」

「秦思慕比我還重要？」

邵雪一下子被噎住了。

「也是，做美容護理比跟我看電影重要多了。」

「咔。」電話掛了。

邵雪鍥而不捨，再接再厲。

「妳幹嘛？做妳的美容護理啊。」

「我不做了，」邵雪急得語無倫次，「那部電影開始沒有？我跟你去看行不行？」

「不必，我自己看就好。」

「我想跟你去看嘛！」

「妳不是剛開始做嗎？」

「我不做了，我洗個臉就過去找你。」

鄭素年難得這麼彆扭，一男人生起氣來跟個女孩子似的，「那妳剛才那麼堅決的拒絕我？」

沉默。

鄭素年說：「我以爲妳多緊張學校的功課，費了半天勁才說服自己。妳倒好，轉頭就和秦思慕做美容護理去了。」

沉默。

鄭素年說：「我覺得我自己一廂情願……」

沉默，是今晚的康橋。

不是在沉默中爆發，就是在沉默中滅亡。邵雪一拍大腿，揭竿而起，「素年哥，做美容護理要心情愉快才肌肉放鬆，你現在不高興，那我就放鬆不了，到時候吸收進去的都是毒素。你看你不讓我現在去找你，我的護理也是白做，你也不高興，電影也看不了，竹籃打水一場空。」

秦思慕和按摩師都被她一番嚴密的邏輯震驚到了。

邵雪又說：「你就讓我去找你吧！」

她都這個態度了，鄭素年再糾結就有點過分了。他草草報了個位置，然後掛了電話。

眼看著邵雪手腳俐落的洗臉換衣服穿鞋，秦思慕抹著一臉乳液，完全喪失了阻止能力，「慢點走，別摔倒……」

人去樓空，包間內瞬間只剩下兩個按摩師和目瞪口呆的秦思慕。幫邵雪做護理的姊姊收拾起工具包，一邊整理一邊哼唱起來：

「如果這都不算愛……」

秦思慕倒回床上，「姊姊，幫我多抹點，我單身了二十年，今天第一次感覺受了打擊。」

與此同時，聽到走廊上一片嘈雜的柏昀生探出頭去，只看見一個倉皇離去的背影。

他坐回靠椅上，臉上浮現出一副慈祥的微笑。顧雲錦透過鏡子看著自己男朋友，不由自主的打了個冷戰。

邵雪發現男生一矯情起來，女生根本不是對手。

她到的時候電影已經播了一半。螢幕裡陳楚河擺著一張酷臉，冷冷的對女主角說：「妳很好，是我不好。我心裡已經不可能再有另外一個人。」

邵雪囁嚅的喊：「素年哥……」

鄭素年吞了一口可樂，一把把她按到椅子上。她捏了捏自己手裡剛補的電影票，覺得這一切真是自作自受。

她噤了聲，安安靜靜的看向螢幕。

周杰倫頂著鍋蓋頭，坐到了女主角身邊，「不要哭了。」

蔡卓妍說：「不要理我啦！」

周杰倫說：「怎麼可以不理妳啊？」
蔡卓妍說：「我是不是很討人厭？」
周杰倫說：「不會啊，妳活潑大方，妳就是……」
蔡卓妍說：「什麼？」
螢幕裡的男女主角你儂我儂，螢幕外的鄭素年一張臉冷成萬古寒冰。
周杰倫說：「因爲我從小就喜歡吃冰淇淋，但是每次都吃不到，所以爲了冰淇淋，我可以拚了命。妳就像冰淇淋一樣。」
鄭素年終於出聲了：「我要不是答應過妳，打死也不會看這種電影……」
他們學美術看的東西冷門又小眾，邵雪忍不住爲自己偶像辯解：「多……多浪漫啊！」
鄭素年冷哼一聲，「妳先弄清楚，妳以爲這是來看電影的嗎？」
邵雪立刻低頭認錯，「不，這是來向您賠禮道歉的。」
好不容易捱到電影結束，兩個人一前一後的走出了電影院。邵雪一口素年哥長素年哥短，湊在他身邊十分的狗腿。
說了半天也不見他有回應，邵雪垂頭喪氣，「那你要我怎麼辦嘛！」
鄭素年手插口袋，晃到一家飲料店門前，回過頭，看見她的樣子又好氣又好笑。
「妳還有理了？」
邵雪不說話，眼睛盯著自己的鞋尖越想越委屈，那麼貴的美容護理啊……
「邵雪，」鄭素年叫她，「妳要吃冰淇淋嗎？」
邵雪原地復活。

「要！」

看著她興致勃勃衝到櫃前挑口味的背影，鄭素年無奈的搖了搖頭。

他這是招惹上了個什麼啊。

看電影的地方離故宮不遠，兩個人吃完冰便想坐車回去看看。搬家以後很久沒來了，護城河裡不知道什麼時候放進幾隻鴨子。故宮角樓外面站了一排攝影師，柳樹抽條，城市一片生機盎然。

邵雪趴在護城河的欄杆上，朝著角樓的方向吹了聲悠揚的口哨。

那些貫穿童年的記憶洶湧而來。綠樹，紅牆，自行車鈴鐺鐺的響聲，太和殿前厚厚的積雪。這幾年北京城拆了許多胡同，建了許多高樓；立交橋高高的架起來，車水馬龍，日日夜不息。可是故宮怎麼就一點變化都沒有呢？十年，二十年，一百年，對於這座宮殿來說，都好像是個極細微的數字，再久的歲月也不值一提的揉碎在潺潺流淌的河水裡。

「你畢業了就來這裡做修復工作嗎？」

「是啊。」

「素年哥。」邵雪忽然短促的叫了聲。

「嗯？」

她轉過身，背靠在欄杆上望著他。鄭素年長的和小時候不太一樣了。那時候他的好看太像晉寧，男孩子沒成年，性格又過於安靜，實在是帶了些女生相。

然而這麼多年過去了，他也長出了男人應該有的模樣。他的性子還是靜，眼神卻變得堅定沉穩，一眼就能看出他想要的是什麼。

邵雪頓了頓，又搖了搖頭。

「沒事了。」

4

柏昀生掛了電話，一臉頹唐的坐回椅子上。

「柏老闆，」裴書給他遞上一杯酒，「又怎麼了？」

「沒事，今天晚上過了我再理他們。」柏昀生抖擻抖擻精神，又在椅子上坐直，「兩位老闆，你們吃菜。」

自打四月份顧雲錦的合同簽下來，柏昀生就沒在十二點以前回過宿舍。工作太忙，他天天跑得沒辦法，終於決定在校外租房子。

「你不用考慮我們，」鄭素年還安慰他，「我們睡得也晚，你晚回來一點沒什麼啊。」

「得了吧，我每次回去你們都會被弄醒，」柏昀生擺擺手，「況且我這件事還不知道什麼時候能結束，住校外也方便。」

二黑也長大了，宿舍住不下牠，每天禍害三個人的衣服和床鋪。柏昀生喬遷新居的時候，把牠也帶了過去，解放了鄭素年和裴書。

裴書過了暑假就得申請學校了，語言成績還是一塌糊塗。他報了個法語課，每天晚上七點半準時趕到魏公村的新東方刻苦發奮。臨走前和柏昀生最後敬了杯酒，一副要送他上沙場的悲壯。

「我白天還會回學校上課，」柏昀生一臉嫌棄，「別一副我要遠走他鄉的表情。」

話雖這麼說，這幾個人心裡卻都明白。大三下半學期課少，大四更是忙著各奔前程，柏昀生這一搬，以後再見面，就得三個人特地找時間了。

目送著裴書走遠，鄭素年突然笑了。

「你還記得我們第一次來這裡吃飯嗎？」窗戶外面是入了夜的簋街，華燈初上，人潮熙攘，「你那時候眞彆扭，我好想揍你。」

「是啊，幸虧我跟你們是同一個宿舍的，也算是我不走運的人生中爲數不多的順利吧。」

「你別這麼說，我跟裴書眞的挺佩服你的。同樣的年紀，你已經事業有成了。」

「你能閉嘴嗎？」柏昀生把包餐具的塑膠紙揉成一團扔了過去，「酸我是吧。」

鄭素年接住塑膠紙團，不說話了。

他們這個歲數的男生聊起天，好像就那麼幾個東西來來回回說。聊了一會兒顧雲錦和珠寶設計的案子，柏昀生終於問鄭素年：

「你之前火車上問我那個女的，是邵雪吧？」

鄭素年一愣，「你怎麼知道？」

「你眞不夠意思，」他嘆了口氣，「我什麼都跟你講了，而你都快畢業了，這件事還要我自己看出來。」

看鄭素年不搭話，柏昀生繼續說：「傻子都看得出來你喜歡她。你也眞沉得住氣，幾年了，她不是也上大學了嗎？」

鄭素年拿了根筷子，平放在碗上。

「你看看這叫什麼？」

「你有病啊，」柏昀生最討厭他顧左右而言他，沒好氣的說，「這叫把筷子放碗上。」

「這叫平衡。」

看柏昀生還沒懂，鄭素年伸出手指，按了筷子一頭，「啪」的一聲，筷子翻了個跟頭，倒在了桌子上。

「這叫翻船。」

「我看你這叫故弄玄虛。你喜歡她就跟她說呀，有什麼不能開口的？」

「我的意思是說，我們認識這麼多年，現在這個關係是最穩定的。我這邊突然來這麼一下，會不會跟這筷子一樣，」他推了推倒在桌子上的筷子，「翻了。」

柏昀生徹底沒了脾氣。

他拿筷子敲了敲碗沿，「你怎麼一碰上感情的事就這麼扭捏呀。你不知道她喜不喜歡你，你就試探一下，總不能讓人家主動跟你表白吧？」

鄭素年好像打定主意了不想理他。柏昀生悶得喝了一口酒，覺得自己簡直爲鄭素年的個人問題操碎了心。

話少的人，悶酒喝得就多。柏昀生把鄭素年扛回宿舍後，費了半天勁才把他扔上床。裴書幫他搭了把手，然後把他送出了宿舍。

剛揣進懷裡的二黑探了個腦袋出來和裴書告別，好像也很捨不得這裡。

「素年喝這麼多幹嘛？」

「爲情所困，」柏昀生語重心長，「那我叫車回去了啊。」

「去吧，」裴書擺擺手，「想回來就回來，宿舍的大門永遠爲柏老闆敞開。」

鄭素年這一覺睡得天昏地暗，醒來的時候已經是第二天晚上。裴書在下鋪聽見響音，抬頭揶揄他：「餓醒了吧？」

餓，還渴。鄭素年爬下床倒了杯水，只覺得渾身上下像被打過一樣痛。裴書摘了聽力耳機回頭問他：「下午地震了你知道嗎？」

鄭素年一臉茫然。

「兩點多的時候震的，」裴書繼續說，「新聞都播了，我們這邊也有感。」

那是二〇〇八年五月十二日下午。

鄭素年剛睡醒，還沒回過神來。朦朧間記得床是晃了一下，他還以為是裴書撞了他的床。杯子裡的水喝完，他一拿手機，忽然發現十幾通未接來電。

他怎麼也沒想到是郁東歌打來的。

電話打過去很快就接通，郁東歌的聲音明顯哭過，「素年，你那邊聯繫得上邵雪嗎？」

鄭素年心裡一沉，直覺不好，「沒有，怎麼了？」

「他們學校有個學生組織要去災區做志工，她非要跟著去。我都急死了，但她發了個短訊就走了，再打過去就不通了。」

邵雪發的短訊特別氣人。大概意思就是：我知道妳肯定不同意我去，但是我們應該在這個關鍵時刻站出去，所以妳不要勸我勸我我也不聽。

鄭素年氣得罵了句髒話，一邊開著免持通話一邊換衣服。下午才地震，他們那一團晚上就過去了，不用想也知道是大學生頭腦發熱，什麼準備都沒做。郁東歌說邵華已經去了車站，要是鄭素年能聯繫上邵雪，一定要把她勸回來。

那是災區啊。水電不通，餘震不斷。鄭素年往背包裡扔了幾件衣服，壓根就沒聽進去郁東歌後面的話。

他出門叫車直奔火車站，司機還奇怪的問：「年輕人，你這是誤點了？」

鄭素年揉揉太陽穴，腦神經一陣陣的抽搐，「我誤了命了。」

北京西站都亂了。他排著隊到了售票窗口，語氣帶了點暴躁，「最早去成都的票。」

售票人員抬頭驚訝的看他，「去四川的票都不賣了。」

「不賣了？」

「受地震影響，四川現在只出不進，你不知道嗎？」

後面有人急著買票，把發愣的鄭素年一把推開。他呆立半晌，忽然瘋了一樣往外跑。

邵雪那邊也不太好。

她這一走，多少有點一時衝動的因素在裡面，許多細節都是到了才開始考慮的。手機不頂用，一會兒就沒了電，只能等著到旅館再充電。

但哪裡有旅館？

發起者是她一個同學，張一易，俄語系的，平常就很熱心，碰見這種事第一個就要衝上前線。都是剛上大學的年輕人，禁不起這種熱血青年的吆喝，一夥人收拾收拾行李就上了去成都的汽車。

誰知半路就迫不得已下了車。

「前面都封了路，只有本地車牌才能進。」

車子方才搖晃得催人睏倦，幾個女生還沒睡醒，迷迷糊糊的就站進了西南的風裡。張一易發現思慮不周，自己蹲在馬路上煩惱著。

「怎麼辦？」邵雪蹲在他旁邊問。

對方氣力不足的說：「我也不知道。」

她抬頭看著周圍慢吞吞過收費站的車子，走上去敲開一扇窗戶。

「請問從這裡走進市區要多久？」

司機打開車窗，有點疑惑的看著站了一地的學生，「走？走到天黑就差不多吧。」

要是三、四個人，豁出去搭車倒也方便。只是身後十幾個男男女女，分散了情況只會更糟。邵雪轉過頭提議：「走進去吧。」

「走？要走多久？」

「走到天黑，」她言簡意賅，「不然只能一直在這裡凍著。」

「走走吧，走走吧，」有幾個男生站了起來，「走起來還暖和點呢。」

邵雪他們慢吞吞的往前走時，鄭素年已經接近目的地了。

他坐的是團委派出來的一輛志工車。消息是從裴書那裡問的，他東奔西跑，總算在發車前說服負責人給了自己一個名額。有通行證的車自然是一路暢通無阻，車上的人交換著災區的資訊，他越聽越揪心，整整兩天都不敢闔眼。

邵雪的電話，還是打不通。

那邊，邵雪和張一易已經到了成都市區。

市內的交通還是正常運行的，只是長途跋涉已經讓幾個意志不堅定的人開始動搖。他們問張一易：「然後呢？」

張一易說：「去災區啊。」

「怎麼去？」

他啞然無言。

這麼多人，飯也沒吃，水也沒喝，連個落腳的地方都沒有，氣氛開始變得有些焦躁，邵雪偷偷鑽進了路邊一家報刊亭。

「請問這裡可以充電嗎？只要充到能開機就好。」

賣報的人掀起眼皮看了她一眼，「一塊錢。」

邵雪急忙把錢遞給他，把手機線連上插頭。

震耳欲聾的開機音樂一下子讓報刊亭外的同學把目光都轉了過來。邵雪還沒來得及解釋，便聽到音響接二連三爆出短訊提示音。

「妳在哪？」

「回電話。」

「手機為什麼關機？」

「妳怎麼這麼不懂事！」

她急忙回電話給鄭素年。

報刊亭外的氣氛絲毫沒有好轉。有個女生往地上一坐，帶著情緒說：「我不走了。」

「為什麼？」

「你來之前到底有沒有規劃好啊？現在車也沒有，路也沒有，我們怎麼去災區？志工活動不是這樣的。」

張一易啞了啞嗓子，求救似的看向邵雪。哪知邵雪一臉悲壯，把手機拿得離自己耳朵老遠。

「怎麼回事？」

邵雪按下掛斷鍵，弱弱的說：「你、你們要走先走吧，電話裡的人要我原地別動……」

「我也不要動。動也得知道去哪裡吧？張一易倒好了，一問三不知。」

張一易的脾氣也來了，「我說要來的時候你們都一呼百應，現在出了問題就把責任都推我身上？我以前也沒發起過這麼大的活動啊！」

一群人吵鬧起來，把邵雪弄得頭疼欲裂。

更頭疼的還在後面。

一輛計程車「嘎」的一聲停在了報刊亭前，走下來一個一臉殺氣的年輕男人。學生們被他的氣勢嚇得一靜，只見他下了車就直衝報刊亭，大踏步走了過去。

邵雪還沒見過鄭素年這麼生氣，不自覺的往後退了一步。誰知她退一步，鄭素年便進了三步，一抬手抓住她的手腕，氣得渾身都在抖。

「素年哥……」

「妳給我閉嘴，」他陰著臉把她拉到身後，轉過身對著張一易，「你是負責人？」

他不自覺的倒退了一步，強撐著回話：「是……是啊。」

他身後是清一色的學生，戴著眼鏡，穿著單薄，全站在西南的夜色裡瑟瑟發抖。鄭素年穩定了聲音，一字一頓的說：

「別的不說，我問你，他們出了事，誰負責？」

張一易一愣。

「我問你，誰負責？」鄭素年咄咄逼人，「你負責嗎？你負責得起嗎？不說他們，你負責得起你自己嗎？

「我問你話！」他語調不自覺的抬高，「你們受過培訓嗎？你們知道那裡有多危險嗎？地震帶來的連鎖反應你們瞭解過嗎？單憑著一腔熱血就跑來支援災區，你們的父母知道你們這麼不把命當命嗎？不說生死，你們誰斷了手臂斷了腿的，家裡人能承受得起嗎？」

這一串問題把張一易炸得啞口無言，滿臉都是無地自容。

「我不是說你們這些志願者不該來，」對方的態度讓鄭素年緩了緩口氣，「但是來之前得先做好準備，別頭腦一熱就衝過來了。現在災區的情況我們都不清楚，你們要進去，該帶什麼東西，該準備什麼措施，該和官方組織怎麼配合，這些都得考慮。這麼大的事你們著急，誰不著急？可是著急也不能這麼沒頭沒尾的就衝進去，這不是當志工，這是添亂。」

大概是因爲他和邵雪認識，後面幾個學生把他也當成了自己學校的人。有個女生舉了舉手，弱弱的問：「我們知道了。學長，那……我們現在該怎麼辦？」

「怎麼辦？」鄭素年心裡仍火大，「你們跟我非親非故的，我管不著，但邵雪要跟我走。」

走了兩步，身後忽然傳來一個女孩的哭聲，「我能不能回去呀……」

邵雪拉拉他的衣服，鄭素年認命的回過頭。

「別哭，」他一聲低喝，那個女生眼淚一下縮了回去，「那你們聽我的？」

一群人包括張一易在內都點了點頭。

「你們人都來了，現在回去也不是辦法，先統一找個地方住下，一定要跟家裡人報平安。等天亮以後，要回去的組個隊一起走。那些堅持去災區的，就和大一點的志工組織聯繫後再一起去，別單獨行動。」

頓了頓，鄭素年又轉向張一易，「人是你帶過來的，你就得保證全都好好帶回去，聽懂了嗎？」

「懂……」

「那我把邵雪帶走了。」

「……好。」

夜風清涼，邵雪穿著單薄，忍不住打了個哆嗦。鄭素年鬆開她的手，把包裡的外套扔到她身上。

「素年哥……」邵雪慢吞吞的說。

「妳別跟我說話，」鄭素年蹙著眉毛，「我在控制情緒，沒控制好可能要罵妳。」

他和邵雪認識將近二十年，還是第一次發這麼大火。邵雪乖乖把外套穿好，一個沒忍住，流了一滴眼淚。

「妳還哭是吧？」鄭素年完全沒有哄她的意思，「妳知道妳媽有多著急嗎？她打電話給我的時候聲音都在發抖。妳爸現在還在車上要過來，一把歲數了舟車勞頓，妳還好意思哭？」

「我知道錯了……」她一天沒喝水，喉嚨都啞了，「你能不能別罵我了。」

火車站旁邊的旅館都滿了，街上站了好多不知該如何是好的人。鄭素年帶著她跑了五站，總算訂下一家胡同深處的招待所最後一間房。

他這才鬆了口氣。

「房間這麼難找，」邵雪還操心起別人了，「他們要住哪裡啊？」

「妳管好妳自己就好，」鄭素年「哐噹」一聲把房門打開，對著房內的裝潢皺了皺眉，「今天差點就要露宿街頭。」

床單被罩都有點發黃，也不知道換沒換過。鄭素年從書包裡拿出一件自己的襯衫，要邵雪把他的外套脫下來。

「妳先去洗澡吧，」他把襯衫丟進邵雪懷裡，「等一下睡覺穿我的襯衫，把外套鋪底下。」

聽著浴室淅淅瀝瀝的水聲，鄭素年整個人癱在了床上。

他摸到手機，打了電話給郁東歌。

「郁阿姨，我找到邵雪了。她沒事，明天就能把她帶回去。呃——妳先別跟她說話了，我已經罵過她了，妳現在也是罵她，讓她先休息吧。沒事，這邊滿安全的，等邵叔叔來了，我再跟他說在哪裡。」

水也不熱，邵雪簡單沖了沖就跑了出來。鄭素年把電話一掛，臭著臉看她。

「我能先不打電話給我媽嗎？我怕挨罵。」

開口就是這句。

「可以，」鄭素年無力的揮了揮手，「等我洗把臉，關燈，睡覺。」

找到邵雪以後，鄭素年就有一種巨大的疲憊感，好像從神經到肉體都被恐懼吸乾了似的。拖著身子擦了擦臉，他幾乎是爬回了床上。

他從沒跟邵雪發過這麼大的脾氣，燈一關，聽著她那邊的呼吸聲，素年也有點後悔了。她當時那麼害怕，他應該安慰安慰她的。

只顧著生氣了。

但他是眞的太著急。

窗外好像走過去許多人，噪音一波又一波。全國都在擔心這裡，鄭素年仔細想了一下，盤算著等邵叔叔把邵雪帶走，自己要不也去災區幫幫忙？

今天對那幫學生也太凶了，他躺在床上才回過神來，到底也是年輕熱血，他一盆冷水澆上去，好像自己是個令人討厭的成年人。這些事越想，他越睡不著，一翻身，看見邵雪悄無聲息的站到了他床邊。

鄭素年渾身一震，一句「我靠」憋在喉嚨裡沒喊出來。

「妳幹嘛？」他半坐起來，咬著牙問。

邵雪鬆垮垮的穿著他的襯衫，衣襬直拖到了膝蓋，頭髮仍濕著披在肩上，就著月色看過去，有如一個姿色上乘的女鬼。

「我想和你睡。」

鄭素年倒抽一口冷氣，「妳多大了？回妳床——」

話音未落，邵雪就掀開他的被子，一骨碌鑽了進來。他反射性的彈起來，被邵雪一把抓住了手臂。

「你今天罵我。」

他嘆了口氣，「妳活該，也不看看妳做了什麼事。」

「錯了你也不能罵我。」

「我著急啊大小姐，」鄭素年渾身肌肉緊繃著，「妳回去了阿姨也會罵妳，這件事還沒完。」

「你爲什麼不能哄哄我啊？」

邵雪手上一用力，鄭素年就被她扯了回去，一臉貼著她潮濕的頭髮，渾身緊繃了起來。

再跑也太不像男人了。鄭素年呼出一口長氣，猶豫著說：「那我……哄哄妳？」

大小姐點頭了。

有股生理衝動從他身體內部衝破層層阻礙，終於主宰了大腦。鄭素年把邵雪摟進懷裡，下巴抵著她濕漉漉的頭髮，用一種自己都沒想到能發出來的氣音說：

「有我在呢。」

胸口忽然一熱，鄭素年知道這不是她頭髮沒乾。

「我都嚇死了，」邵雪在他懷裡哭了起來，「你還罵我，我委屈死了。」

「是我不對，」他把她抱得緊了些，「我錯了，我太著急了。」

邵雪還在嚶嚶哭著，他絞盡腦汁，急得口乾舌燥，「我來時坐在車上真的急死了啊，滿腦子都是去哪找妳，妳渴不渴，餓不餓，有沒有地方睡覺。我都不敢閉眼睛，一閉眼就是妳出事的樣子。

「邵雪，」他閉了閉眼，理智的弦終於崩斷了，「我——」

「我喜歡你。」

鄭素年僵住了。

邵雪紅著眼睛，從他懷裡仰起頭，湊近他的耳朵，「我喜歡你。

「素年哥，我喜歡你。」

往事五年，八年，十九年湧來。古老的宮殿大雪紛飛，紅牆琉璃瓦全都被白雪掩蓋。鄭素年看著她清明澄澈的眼睛，中了魔似的問：

「什麼時候？」

「四歲？」邵雪垂下眼簾，看著他的胸口，「八歲？十六歲？不知道。二的六次方，每次方都喜歡。」

「二的六次方是六十四，」鄭素年一板一眼的說，「妳才多大？」

「喜歡到二的六次方不行嗎？」

「那六十五的時候呢，妳要夕陽紅嗎？」

緊要關頭也沒個正經，邵雪氣了，翻身壓住他，伸手就扯他釦子。

鄭素年立刻捉住她的手。

「妳幹嘛？」

她俯下身，湊近他的脖頸，一字一頓：「你、猜。」

腦子裡的弦又崩斷一根，鄭素年恨鐵不成鋼的慌了，「妳才多大？」

「我成年了，」邵雪眉毛一挑，「你也成年了，你覺得我要幹嘛？」

「不行。」他喉嚨乾得發癢，兩個字憋了半天才說出來。

「我偏要。」

青春少年，誰不對這種事有點概念。班上男生偷看影片，他沒主動湊上去過也聽得見喘息聲。只不過他們宿舍三個人都臉皮薄，最多也就是聊聊漂亮女孩開開玩笑，說的話都點到為止。

但是，真有這麼一個活色生香的女孩摟在懷裡，事情就不一樣了。之前那些理論性的東西全都具體了起來，鄭素年吸了口氣，手臂一撐，把邵雪壓在了身子底下。

「那妳可別怪我欺負妳。」

髮香長驅直入氣息，鄭素年這才發現，女生原來除了柔軟，還很好聞。

清醒的時候，天光大亮。

城市已經從惶恐中回過神來。各地的救援紛紛集結，應急措施採取完畢。鄭素年覺得喉嚨劇痛，爬起來喝了杯水，腦袋昏昏沉沉的。

桌子上放了封信。

說是信，也沒信封，只是一張稿紙沿著線折疊，印線上是邵雪龍飛鳳舞的字體。他把信紙展開，看了半晌，頹然闔上。

他不信，打開又看了一遍。

心裡頓時掏空得像地震後的廢墟，腦海裡百萬鑼鼓齊鳴。

他摸出手機，翻到昨天那個大二的負責人留給他的電話。

他問：「你去災區了嗎？」

張一易被他罵過，此時還有些緊張。

「是的，我讓女生都回去了。我和兩個男生則聯繫上了救援隊，下午一起坐車去災區。」

鄭素年抹了把臉。

「我也去，等我。」

回程的車上，邵華和邵雪相對無言。

他是五點多到成都，邵雪主動打了電話給他。他在車站旁邊接到了邵雪，才長舒一口氣。

「沒事就好，沒事就好。」

走了幾步他又問：「素年呢？」

邵雪不自覺的臉一紅，「他想留下來幫忙，要我先回去。」

邵華沒多想，「也行，素年那孩子有分寸，不像妳叫人操心。我們幾個同事都張羅著捐獻物資，妳回去也幫著收拾收拾。」

邵雪點點頭。

八千里路雲和月。她把頭靠在玻璃窗上，慢慢的閉上了眼睛。

5

「素年哥，喝水。」

說話的人是張一易，相處了一週多，鄭素年也覺得自己是錯怪了他。他是真的想幫忙，之前也是真的用力過猛。

經過最初幾天的餘震，這兩天的情況總算穩定了下來。各國救援隊和捐款都陸續到位了，只是水電通信仍舊中斷。志願工作忙得昏天黑地，鄭素年也就不再去想邵雪的事。眼前便是種種生離死別，陰陽相隔，他們這些人的愛恨在這些面前都變得不值一提。

有個被壓在廢墟底下的小女孩，學舞蹈的，兩條腿神經已全部壞死，被救出來的時候倒在鄭素年懷裡淒楚的拚命哭喊：

「哥哥，我是不是再也跳不了舞了？哥哥，你告訴我呀，我不要截肢，我新學的舞蹈還要跳給媽媽看呢。」

鄭素年聽得無比難受。小女孩的哭聲滲進骨髓裡，鑽心剜骨的疼。他大半夜睡不著覺，披了件衣服往外走。

現在也沒電，看路全靠漫天的星光。有個中年男人迎面朝他走來，站在三公尺遠的地方不動了。

「鄭素年！」

素年低著頭走路，被這道聲音嚇了跳，抬頭看了半天也沒看出個所以然。

大鬍子，戴眼鏡，臉孔只被星光映亮了一半。對方朝他踏進一步，熊掌似的巴掌使勁拍他肩膀。「忘了我啦？潭柘寺，畫室補習，我是杜哥呀。」

鄭素年恍然大悟，大笑出聲。

他們住的地方外面是臨時搭起來的棚子，有民眾從家裡搶救出了桌子椅子，擺成一排供人坐著休息。杜哥癱在一把太師椅上，撫著肚子望著天。

「你去了美術學院？唉，人就得認命啊。我考了那麼多年沒考上，你一考就上了。」

「運氣好，」鄭素年笑笑，「你現在是在哪裡？」

「在成都陪我爹開飯館唄，當時不就說了嗎。」他嘆氣，「這次出事，我看著新聞怪揪心的，就想著能幫一點是一點。誰知道過來第三天，就碰見了你。」

「對了，」他坐直了身子，「你大半夜不睡覺出來幹嘛？」

「我啊，我難受。」

「病了？」

「不是，心裡難受。」

「正常，」杜哥給自己點了根菸，又給鄭素年遞了一根，「你還不會？」

他這一次動搖了。

第一次抽菸，鄭素年被嗆得劇烈的咳嗽了一陣。杜哥回頭望著一片狼藉的城市，悠悠嘆道：「其實這些年，我一直想不通。畫畫是一個我求而不得的夢想，我老是想著能靠它功成名就、衣錦還鄉。可是我畫的畫沒人買，想去的學校也都不要我。人最痛苦的不是沒夢想，而是有夢想卻沒天賦。

「這次地震，我家那邊也有遭殃的。看著他們，我就有種劫後餘生的感覺，就好像自己這條命是偷來似的。年輕的時候不認命，求而不得就痛苦，現在卻突然明白了，怎樣活著不是活著啊？反正都是一輩子。

「喜歡畫畫沒辦法當職業，就自己畫著開心。喜歡一個女人又沒辦法在一起，就別惦記了。」

煙霧繚繞，鄭素年被熏得閉上眼，那張紙上的話又一字一句的跳到他眼前。

「素年哥，我不是晉阿姨那麼偉大的女人，爲了愛情能放棄無限可能的未來。

「我還有太多想做的事，沒辦法陪著你一生。

「我要到很遠的地方去了。我們都有自己用生命熱愛的未來，我也知道我們都不會爲了對方放棄自己的夢想。

「那就趁著最好的時光道別吧。」

他在離家鄉千里之外的西南高原，被劣質香菸嗆得淚流滿面。

6

柏昀生動了動脖子，只聽見頸部傳來一陣「喀拉喀拉」的響聲。

和他合租的上班族被公司派到內蒙古出差了，這間兩房附客廳的租屋處就短暫的全部屬於了他。這個暑假，北京奧運會籌辦得如火如荼，出了門全是穿著藍T恤的志工和一臉探尋神祕東方的老外。鄭素年放了假也不回家，在他的客廳一住一週多，每天跟著柏二黑混吃等死、打發時間。

天黑了。

奧運會開幕式才開始沒多久。柏昀生畫設計圖畫得脖子痛，出了門從冰箱裡拿了兩瓶冰可樂，把其中一瓶扔進鄭素年懷裡。

「人海戰術啊，」他一屁股坐進柔軟的沙發，很有興趣的看著房東留下的破電視，「老謀子一貫風格。」

鄭素年半死不活的應了一聲，一口氣喝掉半瓶二氧化碳。

舞臺特效呈現出巨大的畫卷，浩瀚山河慢慢浮現。柏昀生調小了些電視的背景音，故意裝作心不在焉的問：「你這次過來，是怎麼了？」

「沒事，」鄭素年懶散的說，把剩下半瓶也乾了，「你們的旗袍怎麼樣了？」

「初稿交了，等修改意見呢。」

鄭素年沒反應，柏昀生一腳踢到他腿上。

「你有事就說，半死不活的真噁心。」

一段格外漫長的沉默。

螢幕上的畫卷卷起來了。幾千名群眾演員又站了出來，密密麻麻，人頭攢動。震天動地的鼓聲裡，鄭素年一臉一言難盡。

「邵雪把我……你懂嗎？」

柏昀生已經以爲他不想說了，半口可樂含在嘴裡還沒來得及呑就噴了出來，手忙腳亂的拿紙巾把沙發和地板擦乾淨，才拍著大腿痛心疾首說：

「是我理解的有問題還是你表達不好？」

「就是你想的那樣——你說她都這樣了，還說九月就要出國，不知道什麼時候回來。」鄭素年皺了皺鼻子，「她從哪裡學的流氓作風。」

柏昀生：「……」

「她說我們志不同道不合，我要做修復師朝九晚五，她這一走，自己都不知道什麼時候回來。說她不是我媽那麼偉大的女人，爲了愛情願意放棄自己無限可能的未來，趁著現在兩個人都沒沉進去，當斷則斷是最好的結果。」

柏昀生目瞪口呆的聽完，發自內心的鼓了兩下掌。

「厲害啊。」

同一個世界，同一個奧運。開幕式結束了，奧運村的煙火還沒放完。不間歇的炮聲裡，身邊裹著浴袍的女人嫌棄的推了推邵雪的腰。

思慕姊剛洗了澡，身上香噴噴滑溜溜，卸了妝皮膚也又白又細，當眞是個妙人兒。

「妳回妳房間去睡可以嗎？」她邊往臉上拍化妝水邊轟邵雪，「我們都是隨行翻譯，待遇是一樣的，爲什麼妳非要住我的房間啊？」

奧運會時，這些小語種學生基本上全體出動了。秦思慕做爲學生會幹事，當語言類志工責無旁貸，連帶著把邵雪也帶了進去。她當時也是一股衝勁，覺得歐洲國家的語言沒有挑戰性，輔修了一個非洲國家的官方語言——阿姆哈拉語，除了她的教授，全國也沒幾個人學。

該國運動員來參加奧運會，邵雪被安排到一個一百九十二公分的長跑選手身邊，瘦弱得像隻小雞仔。

「我不要，我偏要睡妳這裡。」

秦思慕塗完臉又塗手臂，「行行行，妳愛睡哪就睡哪。我這兩天都要被曬死了，再讓我整天站太陽底下，我的皮都要爆了。」

邵雪得了恩准，欣然躺進了秦思慕的被子裡。

「學校的事怎麼樣了？奧運會完了，妳就該走了吧？」

「嗯，手續都辦得差不多了。」

「運氣眞好，我大一時候要是有這種機會，我也會去。」

「嗯……」

「怎麼了？」察覺出她的欲言又止，秦思慕瞥了她一眼，「什麼事啊？」

邵雪坐了起來，「思慕姊……我……我不是五月份去四川了嗎……我那天，我那天和素年哥……」

大約是她表情太過微妙，秦思慕這人精一眼就把她的欲言又止看透了。

「怎麼回事？」要不是礙於臉上塗著面膜，秦思慕早就控制不住表情了，「哎呦喂，這個鄭素年，看著衣冠楚楚的，原來是這種人啊——」

「哎呀不是，」邵雪趕忙辯解，「是我主動的……」

秦思慕：「……」

「我也沒預料到呀，」秦思慕看她的目光太過鄙夷，邵雪又試圖撇清關係，「這種事也是，發乎情，天時地利人和的，我就順其自然了……」

「發乎情？我還止乎禮呢！禮呢？禮呢？」秦思慕氣得戳她腦袋，「妳人都要走了還來這麼一齣。妳要是個男的，都足夠演出始亂終棄的大戲了！」

邵雪絕望的倒回枕頭上。

「鄭素年真可憐。」秦思慕仰天長嘆，「邵雪，妳厲害呀。」

邵雪隨行的黑人大哥雖然長得高，但一點都不凶，笑起來一口大白牙，吃北京烤鴨的時候高興得像個一百九十幾公分的孩子。不用隨行翻譯的時候，邵雪就溜到場館裡找其他組的同學聊天。沒走幾步，便見到張一易像根柱子似的杵在岔路口上。邵雪過去推了他一把，只見這人晃了晃，一臉暈眩的轉向了她。

「我都快中暑了，」趁著這個時候沒比賽，他拉著邵雪到陰影處叫苦連天，「你們隨行的多舒服啊，我在那岔路口一站就是一整天，中文說完英文說，臉都曬脫皮了！」

「能者多勞嘛，」她把黑人大哥塞給她的冰棒遞給他，「再多站會唄，說不定還能吸引來看奧運會的漂亮妹子。」

漂亮妹子連個影還沒有呢，鄭素年和柏昀生倒是來了。

鄭素年他們學校分到的比賽票特別冷門，是手球，兩人聽都沒聽過。他賴在家裡不想動，被柏昀生連哄帶騙的拖出門。

「好歹是奧運，難得一次，」柏昀生苦口婆心，「你別浪費門票啊。」

鳥巢體育場的太陽當空照，鄭素年站在三岔路口就不動了。邵雪才剛把冰棒塞進張一易手裡，一回頭就和鄭素年四目相對，火光四濺。

柏昀生摸遍了渾身上下，掏出一包紙巾。

「我去廁所，等一下你直接去比賽場找我。」

青天白日的，鳥巢上火炬的光顯得極其微弱。邵雪和鄭素年坐在陰影處裡，誰也不開口。還眞是一根放在碗沿上的筷子哪，一旦失去了平衡，就再也回不到最初。

沉默許久，素年沒頭沒尾的說：

「我眞的沒想到能碰見妳，不過好在……我最近一直帶著它。」

「早就想給妳，一直沒機會。」他輕聲說，從包裡拿了個袋子出來，「她當初說要留給妳，我沒在意。要是現在不給，大概以後……就更沒機會了吧。」

他遞過來的竟是那件淡藍色的旗袍。

時光回到了十四歲那個下午。晉阿姨和她悄悄說：「那些衣服有什麼好看的，阿姨這裡有些好衣服，等妳大了就能穿。」

那是這樣的女人呀。

她教會了邵雪什麼是美，什麼是遠方，什麼是愛情。

卻也用她一生的結局讓邵雪對需要放棄未來的愛情感到了畏懼。

鄭素年笑著問：「我們以後是不是見不到了？」

邵雪沒回答，鄭素年自顧自的繼續說：「那抱一下吧？」

「素年哥，」她終於開了口，「對不起。」

他笑了，笑得溫和又寬容。

他對她沒有辦法，二十年都沒有辦法。

他在奧運村八月刺眼的陽光下慢慢抱緊了她，彷彿抱緊了自己二十多年的歲月。

第9章 衰草枯楊，青春易過

1

機場大廳。

身邊一個旅行團經過，導遊帶個小紅帽，像趕鴨子似的在鄭素年身邊喊著：「跟緊了跟緊了啊！」

他側過身子讓隊伍過去，再轉身的時候，就看見張祁拉著箱子走出來了。

張祁剛開始還沒認出鄭素年，脖子伸得老長，裝模作樣的帶了個黑框眼鏡。鄭素年悄悄走到他身後，對著他的腰就是一捅。

「哎呦，我——」他一回頭，把後半句話吞回去，「素年！」

「老遠就看見你在這裡裝歸國華僑。怎麼，跟不上被退學了？」

「放屁！」張祁把手中的包往他懷裡瀟灑一扔，「我好的哩。今天是衣錦還鄉，榮歸故里。」

「你再大聲點，別人還以爲你得了諾貝爾獎。」

「沒見識了吧，」張祁把手搭上他的肩膀，「諾貝爾獎——沒有數學。你們這些搞藝術的，文化修養還是需要提高一下。」

鄭素年笑著罵一句，引得張祁撒腿就往停車場跑。

車上了高速公路，張祁跟個大爺似的翹著腿。

鄭素年問：「直接送你回家？」

「不要不要，回去就出不來了。先去看思遠哥他們家小孩。」

「竇言蹊面子這麼大，你舟車勞頓時差還沒好，就先去給他請安。」

「我帶了兩桶進口奶粉給他，直接送過去算了。」

竇言蹊這孩子隨著年齡增長，已然成了故宮一寶。郁東歌她們這歲數正是喜歡小孩的時候，每每一見著都又親又抱。張祁在國外錯過了人家的滿月週歲，特地買了兩桶進口奶粉聊表歉意。傅喬木把他抱在膝頭上，讓他和這位風塵僕僕的遠方叔叔打招呼。

竇言蹊毫不給面子的哇哇大哭。

「怕生，」竇思遠說，「可沒出息了。」

「人家才兩歲，」喬木姊把竇言蹊抱回了臥室，「還小呢。」

「兩年沒回來，都變叔叔了，」張祁笑說，「你們都結婚生子了，素年也不遠了吧？」

「跟我有什麼關係，我還早著。」鄭素年不耐煩的看了他一眼。

竇思遠當了爸爸，考慮問題的方向一下子就變了。他憂心忡忡的和張祁交流了一會「以後孩子長大了要不要送到國外讀書」後，又開始從生物化學角度分析國產奶粉和進口奶粉的優劣。

臥室裡的竇言蹊興奮的大叫起來。傅喬木在廚房騰不開手，鄭素年急忙走進去看了看。

小孩把抽屜翻得亂極了，不知從哪裡翻出一疊照片來。上面幾張都是瓷器修復的過程拍攝，鄭素年隨手收拾了一下，忽然發現中間夾了一張人像。

他把那張照片抽出來。

窗外是皚皚白雪，積雪壓彎了枯枝，北京城冬日的天，清冷得連一片雲彩都沒有。照片上的邵雪捂著自己的劉海，一臉緊張的站在他身邊。

邵雪離開他，已經兩年了。

2

柏昀生很不喜歡他這輛車。

開著不算舒服，買的時候也貴，要不是他老闆那天開完會出門說他：「小柏，你這輛車，還是不夠水準。」

他也不會把以前那輛賣給素年，然後換這輛二手的寶馬。

一輛車花了他一年多的積蓄，做生意就是打腫臉充胖子。也虧他長了一張家世優渥的臉，就算站在一群青年才俊裡也不顯得寒酸。

但還是有不長眼的蝴蝶往他身上撞。他把車停在火車站門口等雲錦，沒一會兒就有打扮得花枝招展的女孩來問他時間。避開對方從頭打量到腳的眼神，柏昀生看著懸掛在天空正中央的太陽，懶洋洋的回答：

「時間啊？早上八點。」

她也就看出他的拒絕了。

顧雲錦上車的時候沒正眼看他。她這一年來回跑了好幾次，柏昀生總算在五環租了個單身公寓，把她接了過來，雖說只有一室一廳，起碼不用和別的上班族合租。

他看機會的眼光沒錯。那次的合作讓顧雲錦聲名鵲起，服裝設計圈一下就多了這麼一個帶著古意的名字。有別的合作找上她，顧雲錦卻總是逆著柏昀生的意思來。

「明明這家比妳挑的那個多給了兩倍的價錢，妳幹嘛非要接這個案子？」

「你也不看看那家讓我做的是什麼東西，」顧雲錦在電話那邊草草說，沒一會就掛了電話，「我累了，再說吧。」

有不少合作是柏昀生介紹過去的，她那一年就不得不頻繁的來回。次數多了，她也就煩了。柏昀生介紹過去的一概不接，問起來就說：

「我覺得像以前在蘇州隨便給小女孩做衣服滿好的。這些生意上的合作限制太多，我不喜歡。」

「不喜歡？雲錦，沒人不喜歡錢。」

她的語氣格外疏離，「也不是所有人都喜歡錢。」

柏昀生愣了愣，不太懂她話裡的意思，「妳要是覺得跑得累，我把妳接過來吧。」

「蘇州滿好的。」

「不是，」柏昀生軟下語氣，「我想妳了。」

顧雲錦沉默了很久，總算說：「也好吧。」

他一個人住的時候什麼都湊合著用，新租的房子卻不敢怠慢。換了雙人床，以前的被罩床單就都不能用了，柏昀生拉著鄭素年去宜家家居，把素年氣得不行。

「你有病吧，」他不耐煩的看著柏昀生一臉喜上眉梢的挑著床套組，「邵雪把我扔下守活寡就算了，你還當著我的面刺激我？」

「你覺得，海藍色的和橘黃色的，哪套好看？」

鄭素年皺著眉看了看，指了指比較醜的那套橘黃色。柏昀生點點頭，拎起海藍色的去結帳了。

這個社區是某個已搬遷工廠的員工宿舍，林林總總六十幾幢樓房，能看得出當時那個廠的規模。顧雲錦下了車抬頭一看，只覺得從天到地都和蘇州是不一樣的風格。

還沒到就已經想回去了。

「上來吧，」柏昀生在前面搬她的行李，「我都整理好了。」

打掃得倒也算乾淨，只是無論如何都是老式裝修。瓦斯熱水器點起來是「砰砰」的爆炸聲，電路拉得也匪夷所思。房東給的空調像是前蘇聯造的，冷氣不怎麼樣，響起來好像拖拉機。

顧雲錦也沒多說什麼，只是看了一眼窗簾，「我過兩天去買個厚一點的窗簾，這個漏光也太——你幹什麼？」

柏昀生一手扣住她的後背，另一隻手緊緊攬住她的腰，幾乎有些粗暴的把她頂在了衣櫃上。顧雲錦張惶失措的喘息了一聲，卻好像更把他撩撥得一刻也不能等，她脖頸一揚，生生被吻出一大片紅痕。

她伸出一隻手想把他推開，卻被柏昀生單手攥住手腕。

「妳不想？」他在她耳鬢廝磨。

顧雲錦閉了閉眼，語氣忽然變得無比壓抑。

「柏昀生，你知道我爲什麼生氣。」

他愣了半晌，往後退了兩步，洩氣的倒進沙發裡。

新家剛換了飲水機，顧雲錦倒了杯水給自己，坐在沙發另一頭。

「你當時答應我，宣傳的時候不會提師父的名字。」

「這是商業品牌，」他把手插進頭髮裡，「褚師傅名氣大，親傳弟子出馬才是該有的噱頭。我說不提，做企劃的也不同意。」

這品牌的廣告做得聲勢浩大，產品才上市就佔據了無數媒體的頭條。中外風格雜糅在一起，其中也有許多要求是品牌商提出來的。顧雲錦的名字被無數定位修飾，褚師傅自然也成了個噱頭。

褚師傅不肯再見她。老一輩人，名譽看得比命還重，一輩子打磨，老來指導弟子做這些東西，在同行面前丟盡了面子。

顧雲錦說：「我眞是瘋了，才會蹚你這趟渾水。」

「妳又不虧，」柏昫生嘆氣，「錢也給了名也給了，妳現在不比在蘇州做個小裁縫來得好？」

「我做個小裁縫又怎麼了？清清白白，堂堂正正。師父把我一手拉拔大，我現在做的那些是什麼東西？」

「你們做裁縫的不就是別人穿什麼你們做什麼嗎？妳看不起的那些東西，顧客喜歡、外國人願意掏錢，妳做就好了，哪裡來這麼多原則和底線？」

顧雲錦氣得聲音都發抖了，「柏昫生，你叫我來就是爲了這些事？」

他煩躁的站起身，把丟在沙發上的外套一把拿走。新房子大門被甩得「砰」一聲，把他掛在牆上迎接顧雲錦來的一幅畫都震掉了。

顧雲錦把畫撿起來重新往牆上掛，一邊掛一邊哭。

柏昫生現在做的東西很雜，珠寶設計其實已經是他工作中微乎其微的一部分。老闆肖易以前是柏昫生的一個客戶，覺得這小夥子年輕機靈，便帶著他一起做事。肖易不懂藝術，但做生意是一把好手，和柏昫生合作以前專做金飾。

所謂生意人，就是只看利益。肖易看上了翡翠白玉珠寶的利潤，單槍匹馬打不出天下，便要柏昀生和他一起發財。柏昀生畢業一年多，跟著他也算打進了京城珠寶圈，認識了不少有用的人脈。

年輕人重感情，發自肺腑的叫他一聲易哥，他心裡卻著實沒把柏昀生當回事。這些做設計起家的人單純得讓他好笑，肖易覺得要不是他帶著，柏昀生不知道還要再摸爬滾打多久才能到現在的位置。

那天柏昀生打電話給他的時候，他正在KTV陪客戶唱歌。左耳是震耳欲聾的音響，右耳是柏昀生的吞吞吐吐。他有點不耐煩，拿著手機走出包廂的門，揚起嗓門問：「到底怎麼回事？」

「易哥，我想請假。」

「請假？」他有點不滿，「這段時間這麼忙──你要請多久？」

「一週。」

「你瘋了吧？」肖易冷笑，「今天的半天假我已經夠給你面子了，你還要請一週？」

「我去年一整年的年假都沒用，」沒想到柏昀生這次格外堅持，「還有很多法定假日我也都主動加班了，還湊不齊一個一週的假嗎……」

肖易眼角抽了抽，「好，今晚還有個應酬，你來談完了就能走。」

柏昀生剛出門就後悔了。

在樓下轉了一個多小時，抽了半盒子菸。他想了半天自己怎麼跟顧雲錦變成了這樣，最終把原因歸根到太久沒有好好相處上。

異地戀了五年，他們肯定跟當初的未成年小孩不一樣了。他掰著手指頭算了算自己加班攢下來的假期，鼓起勇氣打了個電話給肖易。

二十四歲的柏昀生，把肖易當成他一出校門就認識的貴人，一通電話據理力爭下來，出了一手心的汗。

他鑽進自己車裡，開去了肖易說的那家ＫＴＶ。

顧雲錦也是個明白人。

柏昀生走了，她一陣大哭就只是發洩發洩，並沒有什麼用處。換句話說，要是她能鬧，這幾年異地戀早就鬧得分手了。她冷靜下來看看房子，潔癖上身，對著傢俱床單就是一番整理。

把浴室也刷乾淨以後，天色就暗了下來。顧雲錦替自己煮了麵，惡狠狠的大口吃著，心想絕對不留給柏昀生一口。

誰知道聽見樓下有人喊她的名字。

「顧雲錦！顧雲錦！顧雲錦！」

一聲高過一聲，偶爾夾雜一句「我愛妳」，好像流氓在底下發瘋。她打開窗戶的時候，別的大樓也有人開窗了，對著鬼哭狼嚎的柏昀生大罵：

「發什麼瘋啊！神經病！」

顧雲錦捲起袖子就跑下樓。

柏昀生一身酒氣。

他靠著車傻笑，鄭素年從駕駛座一臉煩躁的出來，看見顧雲錦打了個招呼，從後面把柏昀生推得趴在顧雲錦肩膀上。

一百八十幾公分的大男人倒過來，把顧雲錦壓得往後倒了幾步。

「妳總算來了，」鄭素年嘆氣，「一談生意就這個德行，我都送他送煩了。」

顧雲錦訕笑兩聲，有點擔心，「他經常這樣？」

「一個月大概有四、五天……不會這樣。」

鄭素年幫顧雲錦把柏昀生送上樓，把車鑰匙放到桌上顯眼的地方。柏昀生自己熟門熟路的進了浴室，留下顧雲錦和他相顧無言。

「裝潢不錯，」他看了一圈，「妳這一來，他也很費心思。」

「費心什麼，下午剛跟我吵一架才跑出去。」

「吵什麼呀，別吵了，」鄭素年笑笑，「我想吵都沒人跟我吵。走了啊。」

把鄭素年送出門，顧雲錦急急回身去了浴室。柏昀生正抱著馬桶往後仰，就好像頭剛從馬桶裡拔出來似的。

「你怎麼回事？」顧雲錦上前拉他，反倒被他拉得往地上一跪，「柏昀生，你站起來！」

「妳爲什麼叫我柏昀生？」卻沒想到對面的男人就地把她壓得靠在瓷磚上，「妳以前都叫我……昀生的。」

酒氣把她熏得大腦一片混沌。顧雲錦伸手探探他的脖頸，只覺得熱氣沿著皮膚騰騰冒起。

「你到底喝了多少呀……」她嘆了口氣，抽身出來，然後把柏昀生扶到了床上。他酒品還行，喝多了頂多大聲嚷嚷，沾床就睡。但那麼大的人擺弄起來談何容易，好不容易把他弄髒的襯衫西褲脫下來，顧雲錦在沙發上歇了歇，才有精神去找睡衣給他。

衣櫃裡的衣服剛放進去沒多久，她翻了半天卻一無所獲。柏昀生從被子裡冒出頭，哼哼了一句：「渴。」

然後就自己摸索著要站起來找水喝。

「坐著別動。」顧雲錦回頭輕聲斥喝，從飲水機倒了一大杯溫水，窸窸窣窣的走過去，柏昀生像隻小狗聽見主人過來似的把頭往她身上拱。

喝完了還開心的哼哼，「有老婆就是好。」

「閉嘴，誰是你老婆，」顧雲錦伸出一根手指戳他腦袋，「我還生著氣。」

「別生氣嘛，」他翻了個身，橫躺在顧雲錦腿上，「我在忙著賺錢呢，賺了錢給妳買大房子。」

「誰要你的破房子，」顧雲錦失笑，「你少喝點酒少抽點菸，我比什麼都高興。」

「又不是我想喝的──妳過來點嘛──」

他身子往後拱了拱，把顧雲錦拉進被子裡，身上冒著熱氣就往她懷裡鑽。顧雲錦拍開他的手，「還沒幫你換睡衣呢。」

「不換了，反正也要脫，」他把下巴硬塞進雲錦的肩窩，「還是妳脫的。」

「柏昀生，你別耍流氓啊，」顧雲錦這才意識到羊入虎口，「你這什麼，酒後亂──」

「──我就要亂。」

他把腦袋抬起來，俯視著顧雲錦，眼底忽然格外清明。

「你到底醉沒醉？」顧雲錦氣得用一隻手去推他的胸口，卻忽然渾身一震。

柏昀生的身體燙得像塊要著火了的炭。

「妳點的火，妳來滅。」他空出一隻手，摸上了顧雲錦整整齊齊的釦子，「中午那事，還沒完呢。」

這間房子租的時候比隔壁貴了三百元，貴在臥室向陽。

窗簾透光，顧雲錦被刺得眼睛疼，睜開眼的時候，只覺得半個臥室都灑滿了陽光。

「幾點了？」她呢喃了一句。

床另一邊的人動了動，看了一眼手機又丟開。顧雲錦手伸過去掐了一下他的腰，把他掐得狠狠一彈。

「妳又不上班，管他幾點呢？」他嘟囔了一句，伸手把顧雲錦摟過去，手臂壓著還不夠，身子又往上蹭。

「我不上班你上班啊，」她清醒了點，用了點力氣掙脫柏昫生，「遲到了怎麼辦？」

「我有假。」

「胡說，今天又不是週末，什麼假？」

「妳別亂動了，」柏昫生有點惱了，手臂使勁，把她往自己懷裡一壓，「我一年沒休息，請一週假陪陪妳怎麼了？」

顧雲錦這才老實了。

她伸出手指描描柏昫生的眉，又點點柏昫生的鼻子，最後在他嘴唇上一掠而過。看他沒反應，她又掐了掐他的胸口。

「嘶——」對方眼睛睜開條縫，「妳又不老實了？」

「你瘦了，」她理直氣壯的說，「上帝之手，摸出你的胸圍比以前減了不少。」

「是啊，所以妳好好餵餵我，」柏昫生騰出一隻手，塞進她脖子和枕頭那條縫隙裡，在腦後一彎，便成了回勾的姿勢，「讓我再睡一會兒，我好久沒睡得這麼踏實了。」

一句話把顧雲錦說得心裡難受。她伸著手臂拍拍他的後背，語氣放軟了問：「工作這麼忙呀？」

「嗯，」抵擋不住睏意，柏昫生靠著她胸口喃喃的說，「休息好了，我帶妳出去玩。」

3

顧雲錦是被做推銷的喧嘩聲吵醒的。

列車員年紀也不大，梳著兩條辮子，賣力的講自己手裡的世界拼圖有多益智。有小孩吵著要父母買給自己而被呵斥：「買了又不玩，看見什麼要什麼。」

柏昫生偏過頭看看她，壓低聲音，「醒了？也快到了。」

她剛睡醒，大腦還混沌著，只能看著列車員發呆。柏昫生看她感興趣，順著就聊下去了：「這麼多年了還在賣。小時候吵著鬧著要我媽買給我，她不答應，現在再看見，也不想要了。」

顧雲錦點點頭。等那列車員走過來，她伸了伸手把人家叫住。

「多少錢？」

「八十。」

她拿了個盒子包裝完整的，遞了一百過去。

「妳幹什麼？」柏昫生被她突然的舉動弄傻了，零錢找回來才反應過來，「我們不要——」

「要。」顧雲錦把找零收進包包裡，催促著看著那列車員，「要。」

年輕女孩好不容易賣出去一套，推著車連忙走了。

柏昀生抱著一大盒拼圖，走出青島火車站的時候還有些發懵。濱海城市，海風鹹濕。他訂的酒店在沿海一線，顧雲錦進門第一句話就是：

「很貴吧？」

他就知道她會這麼問，把她的行李放好，有點氣惱自己在顧雲錦心裡的沒用，「妳男朋友現在也賺不少錢了，不然也沒那個膽子把妳接過來，光我那輛車——哎哎，妳要去哪裡？」

他把拼圖往床上一丟，跟著顧雲錦走出門。

「看海呀，」顧雲錦難得穿了條漂亮裙子，「我從來沒見過海。」

他這次請假也就是為了和顧雲錦來青島。認識這麼多年，從小時候他就知道雲錦想看海。上一件生意賺了點閒錢，他厚著臉皮請下這個假，心裡總有點想補償這麼多年異地戀的愧疚。

這時正是青島的好時節。

海平線一望無際，八大關綠樹紅牆。顧雲錦拎著鞋下了海，腳趾埋進柔軟的沙子裡。柏昀生坐在遠處看她蹦蹦跳跳的樣子，不自覺的摸了根菸出來。

摸到一半又放了回去，他站起來走了兩步，一把抓住在沙灘上翻滾的一張紙單。

一個年輕人氣喘吁吁的跑過來，看見他手裡的紙鬆了口氣。

「謝謝，謝謝，」他把那紙折好了放進口袋裡，「嚇我一跳，以為要被吹進海裡了。」

「風大，」柏昀生應下他的話，「拿好點，看著是張收據。」

「是，拍照的收據，」他朝身後一指，「我是助理，攝影師在那裡拍婚紗照呢。」

這處海灘離海水浴場較遠，來往的只有幾個探索新地圖的年輕人。小助理指的地方有突出的礁石，新娘子站在礁石上，婚紗在太陽底下閃閃發亮。

顧雲錦拎著鞋回來了。

「幹嘛啊？」

「沒事，那邊在拍婚紗照呢，」柏昀生按住了她肩膀，「去看看。」

「有什麼好看的，」顧雲錦被他挾持著往前走，邊走邊埋怨，「不就結婚嗎，誰沒見過……」

她的聲音逐漸在靠近拍攝地的時候收住。

新娘子很好看，四肢修長，腰肢柔軟。婚紗設計得很簡潔，肩部線條流暢又溫婉。眞是件神奇的衣服，能讓一個女人脫胎換骨，成爲一生中最美的模樣。

遠處是碧海藍天，眼前是良人相伴。海風把他們的頭髮都吹得揚起來，柏昀生說：「我要是能娶妳就好了。」

「說什麼啊，」顧雲錦捶了一下他的肩，「我又不會跑。」

從青島回來之後，顧雲錦和柏昀生的關係就融洽很多了。

生意越做越順，柏昀生這輩子還從來沒覺得這麼快活過。顧雲錦把客廳改成了工作室，偶爾接些做旗袍的生意，不做商業設計的時候，她就會答應一些低價的小案子。有時候有些小女孩來找她，給她看的照片讓柏昀生嘆爲觀止——

「她們說這叫 cos 服（角色扮演服裝），」顧雲錦做的時候跟他說，「現在小孩還挺會玩的。」

他心裡覺得自己眞的是老了。

其實他不老，二十四歲，事業還在上升期。白天忙完了回來時站在樓下往上一看，家裡有光，心裡就覺得安穩。放假時他會帶顧雲錦去和鄭素年吃飯，三個人聊著聊著就熟了。

其實，他心知肚明這是不夠的。

柏家那根弦崩在心裡，時時刻刻都提醒他走得還太慢。他要做的不是一輩子跟在肖易身後做他的「千易珠寶」，而是他自己家祖傳了幾百年的「柏記」招牌。

當年他爸爸是怎麼讓柏記一家家倒下的，他就得讓它們怎麼重新建立起來。

遇見薛寧的父親，是個絕對的意外。

那是個蘇商的小聚會。在北京的蘇商本來就不多，能有這樣一個聚會便顯得格外難得。蘇商和浙商不同，多是做的傳統產業，年齡再大的，更是追求一個「穩」字。

珠寶行業，傳統穩當。

柏昀生年輕英俊，在人群裡非常顯眼。他談笑了一圈回來，被一個中年男人上下打量了一番。

「你就是柏昀生？」他點點頭，「我女兒的眼光不差。」

柏昀生一僵，脊椎硬得轉不動。

對面的人抬起手，「到這邊說話吧。」

柏昀生當年拿下合約後，就和薛寧開誠布公的談了一次，話說得委婉又體貼，卻仍舊傷了千金大小姐的自尊心。

「你別以爲我非你不可，」薛寧冷著臉說，「談下合約再來找我，這是翻臉不認帳。」

「妳條件那麼好，一定能找到不必這樣威脅也喜歡妳的人。」

「我威脅你？」明知道自己之前就是在威脅，薛寧還是不爽極了，「這次的機會就當我賞你的。我不像你，柏昀生，我有的東西多了，賞條狗也是賞，就當我還你借我外套的人情。」

柏昀生在桌子底下的手捏緊又放開，面上仍舊笑著說：「是呀，妳擁有的那麼多，何必跟一無所有的我過不去呢。」

她站起來甩了他一巴掌，扭頭就走了。回宿舍的時候，裴書還問他：「你這張臉怎麼了？」

柏昫生猶豫了一下，看了看仰面倒在衣櫃裡的貓，「被二黑抓的。」

自此，兩個人就再也沒了聯繫。

這件事柏昫生做得不好，他承認。他對不起薛寧，他也承認。只是這次當面見到人家爸爸，還被誇了句「我女兒眼光不差」，又是什麼來龍去脈？

薛寧爸爸叫薛江畔，身上有那個年代下海經商的人特有的氣質。

薛江畔開口：「我買過你家的珠寶。」

柏昫生一愣。

「那時候還是你爺爺當家。」他緩緩說，「我小時候得過一場大病，老家人迷信，算命的說我要有一塊玉護身，我媽就當了自己的銀鐲子，買了塊玉觀音給我。

「你爺爺是個好人，我媽當時錢不夠，他作主降了一半的價。」

柏昫生猶豫半晌，總算接上了話：「我爺爺，總想著善有善報。」

善有善報，善有善報。

都是假的。

薛江畔接著說：「寧寧一說你姓柏，蘇州人，家裡又是做珠寶的，我就差不多猜出你是什麼人了。你家商運不好，後來沒落，我也是知道的。

「你看不上我女兒，我並不記仇。」

柏昫生有些尷尬了，「薛寧條件很好，是我配不上她。」

「別說這些沒用的了，」薛江畔開門見山，「我是商人，做的是錢的買賣，布料產業快陷入死局了。新東西我跟不上，思來想去還是做傳統產業穩妥。今年剛接觸這珠寶行當，我想找個有根基的人幫我。」

「您那布料行業是衣被天下，老牌企業，哪有不好做的道理。」

「你倒是對哪行都摸得清楚。」薛江畔笑了笑，「時代不一樣了，傳統產業故步自封又不懂創造品牌效應，我也該換換口味了。」

「品牌效應？」

「創業的時候都窮，誰顧得上衣服品牌，能穿就好。可是現在，地方出來的衣服都快成了粗製濫造的代名詞，拿得出手的品牌寥寥無幾。我們現在的果，是前三十年種下的因。」

柏昫生信服的點點頭。

「我歲數大了，不求有什麼開拓，只希望退居幕後。網路這東西，我現在搞已經晚了，不如繼續做本地傳統產業。」

他抬頭意味深長的看了一眼柏昫生，「你這麼拚，是想重振柏記吧？」

到底是老商人，一眼看出柏昫生到底想要什麼。

「我挑上你，不光因爲你姓柏，更因爲你現在的成績讓我看到你的前途，」他壓低聲音，「你手上有品牌，有底蘊，都是我現在缺的東西。名字可以還是柏記的名字，只不過我是那個出錢的人。」

「否則，你單槍匹馬，到什麼時候才能混出名堂來？」

柏昫生略有遲疑，「那我現在的東家……」

「嗤，」薛江畔有點輕蔑的笑了一下，「學生氣還是太重。你把他當貴人，也不看看他把你當什麼。」

柏昫生說：「您讓我……再考慮一下吧。」

這件事過去了大概一週多，柏昫生都是心不在焉的狀態。

飯也不好好吃，睡覺也翻來覆去的。顧雲錦問他，他也不說，自己在車裡抽菸，一抽就是半包。

要不是褚師傳家裡人打電話給顧雲錦，他這股勁還緩不過來。

「病危？」他有些驚訝，「怎麼一點前兆也沒有？」

顧雲錦收拾行李的手一頓。

「他……他自從我做了那單不中不洋的旗袍以後，就說和我斷絕師徒關係了。」

「妳怎麼沒和我說？」

「和你說什麼，做都做了，讓你徒增煩惱？」顧雲錦搖搖頭，「我坐下午的車過去，也不管他見不見我，哪怕要我在門前跪著。」

柏昫生掐了菸，狠狠心說：「我和妳一起去吧。」

他這次請假，肖易沒同意，兩個人在電話裡幾乎吵起來。柏昫生被壓得久了也有些積怨，「易哥，我國慶那七天假可是一天都沒休。現在女朋友家裡長輩重病，於情於理我也該去看一眼。」

肖易說：「你翅膀硬了是吧，還跟我——」

「啪」的一聲，電話被掛斷了。

肖易狠狠踹了一腳沙發，「這條狗！」

鄉愁化作隔夜的火車。

車窗外的山川如河流淌，星空是點燃了的篝火。柏昀生循著星河的流向回到故鄉，回到自己出生長大的地方。

太久沒回過長江以南，柏昀生竟然失眠了。星光照得地面隱隱有光，不知道哪個包廂在放歌，低沉的，壓抑的，深情的。

這首歌他會唱。當年大學畢業，幾個男生在KTV裡鬼哭狼嚎：

「我怕我沒有機會／跟你說一聲再見／因爲也許就再也見不到你／明天我就要離開／熟悉的地方和你／要分離／我眼淚就掉下去……」

他閉上眼，輕輕跟著旋律哼起來，「不回頭，不回頭的走下去。」

還是見到了褚師傅最後一面。

顧雲錦從小就不在父母身邊，是褚師傅一手帶大的。一日爲師，終身爲父。老人要走了，把顧雲錦叫過去顫巍巍的說話。

顧雲錦聽得眼淚劈里啪啦往下掉，回程的火車上沒再和柏昀生說一個字。

柏昀生直覺不好，一直問她。逼急了雲錦，她的眼淚唰一下流了滿臉，抓著柏昀生的衣襟說：

「師父說我和你不合適，說我們不會有什麼好結果。」

人都要死了也不說些好話。柏昀生跟褚師傅沒有感情，心裡不罵，還是不太可能。

但在表面上，還是把顧雲錦摟進懷裡。

「我會做給妳師父看的，」他勸慰著，「讓他看著我好好對妳。」

柏昀生眞唾棄這樣心口不一的自己。

4

鄭素年那天起床就覺得不對勁。

天陰著，霾很重，他大清早去開水房裝水，水龍頭一開就瘋狂地往外噴。

喬木姊站他身後，趕忙過來看。

「怎麼了？沒燙到吧？」

好歹他躲得及時，只有左手手背紅了一片。

禍不單行。他拎著熱水瓶往回走，一進西三院就和漆器組的一個小學徒撞上了。女孩子手裡端著一盆剛做好的豬血點石灰，漆器修復的組長在另一個院子裡等著要用。

「嘩」。

潑了他一身。

鄭素年最受不了這股味道了，擺擺手衝進廁所，把外套脫下來就地沖洗，然後就穿著毛衣哆哆嗦嗦回了臨摹部。

時顯青也受不了那股味道，把鄭素年的外套丟到院子裡的石桌上晾著，沒一會就凍得硬邦邦的。等到了下班時間，竇思遠拿了件自己不穿的舊羽絨衣給他，他才有膽子一腳踏進數九寒天的北京城。

鄭津歲數大了，成天大驚小怪。鄭素年沒說燙傷的事，回了家自己找藥。藥盒子裡亂七八糟的，也不知道過期了沒，正準備往手上擠的時候，手機響了。

鄭素年的手一抖，藥膏全擠到了褲子上。

那是個陌生的號碼。

他在網路上看見這種號碼都是詐騙電話，但那天卻鬼使神差的點了接聽。

沒人說話。

他有些奇怪的「喂」了幾聲，然後聽到了那邊非常輕微的喘氣聲。

非常非常輕，如果不是他屋子裡靜悄悄的，他就聽不見了。

但鄭素年知道，這是邵雪。

他不知道自己是怎麼確認電話那邊是邵雪的。好像是心電感應，抑或某種神祕的聯結。對面不說話，他也不發聲。兩個人在電話裡僵持著，直到那邊傳來呼呼的風聲。

邵雪說：「我能不能聽你說句話？」

「妳想聽什麼？」

「什麼都好。」

於是他長長嘆了口氣。

他說：「北京下雪了。」

漫長的沉默後，電話被掛斷了。

他還有很多想說的。北京下了雪，太和殿前一片潔白。他最近在臨摹一幅清朝的山水畫。竇言蹊會走路了，跌跌撞撞，見到他就往身上爬。

但是他什麼都沒說。

千里之外的某個小城市，有個身材高大的男人從門外走進來。他看著剛換了一身清爽衣服的邵雪問：「邵小姐，妳沒事吧？要不要先把妳送回市內？」

邵雪搖搖頭，「不用，我走了你們這邊語言不通，也進行不下去。」

他略帶歉意，「我們的安全措施不夠，妳掉進河的時候，大家都嚇壞了。」

「是我不夠小心。」

他看了一眼邵雪扔在床上的手機，「妳要打電話嗎？這裡的信號很不穩定。我去找臺座機給妳吧。」

「沒事，等我把頭髮擦乾，我們就繼續吧。」

「那好，我們等妳。」

鄭素年第二天上班的時候，時顯青正蹲在屋子外面餵貓。

他畢業前就開始在這裡實習了，到今年年底也做了快兩年。上班很自在，琉璃瓦小平房，一戶臨著一戶，院子裡有大水缸和參天古樹。夏天的時候有女孩子被蟲子嚇得哇哇直叫，讓他找回了當初和邵雪他們都還住在胡同裡的感覺。

「時老師。」他打了個招呼。

「來了？」對方把手從貓爪子底下抽出來，「去登記領畫吧。」

庫存的名畫早年都被摹得差不多了，他們現在都是為一些無名小畫做臨摹。工時不趕，慢慢畫，最重要的是一模一樣。鄭素年領了個清朝的山水畫，純粹的黑白水墨，畫的是有點獨釣寒江雪的意境。

一上午，怎麼畫都畫不對味。

他畫得生氣，中午吃飯都沒去。時顯青吃完飯回來看他，手指戳著畫問：

「你今天怎麼回事？」

鄭素年腦子裡一團亂麻，自己也不知道怎麼回事。

「別再浪費我們組裡的紙了，」時顯青指指外面，「雪下得好，你跟我出去走走。」

網路上都說他們這一下雪就成了紫禁城，此話不假。大雪把金黃的琉璃瓦和起伏不平的磚地蓋住，只剩下鮮紅高大的宮牆。鄭素年和時顯青沿著牆溜達，一下子就走到了御花園後面。週一閉館，故宮裡幾乎沒人。時顯青拍拍素年的肩膀，「來工作多久了？」

「兩年。」

「哦，兩年，還短。」他點點頭，「在這裡工作，有什麼想法嗎？」

「滿好的，」鄭素年笑笑，「老師傅都很和藹，平常上班跟過日子似的。自從我家那邊的胡同拆了，好久沒有這種感覺了。」

「工作上呢？跟在學校裡不一樣吧。」

「是不一樣。學校那時候讓我們自己畫，要有自己的想法。來這邊就是臨摹，一分一毫都不能有差。」

時顯青點點頭。

「你知道臨摹，難在哪裡嗎？」

「色彩濃淡吧，」鄭素年想了想，「有時候那個顏色就是調不出來，要多難受有多難受。」

「可不是嗎？」時顯青抓住他的話柄，「你今天臨摹水墨畫，跟調色有什麼關係啊？」

鄭素年無言以對。

「我在這裡二十多年了。臨摹最難的不是什麼落筆調色，是你的心境。」

他把一方石凳上的堆雪掃乾淨，矮身坐了上去。

「臨摹不是創作。要想修復如初，要把自己帶進創作者的心境裡，尤其是中國山水畫。西方畫講究寫實，後期才從寫實走向了抽象。可是中國山水畫卻講究點墨映江山，用留白表示空間的無限延展。臨摹的時候，畫家婉約，你也要婉約；畫家豪邁，你也要豪邁。你今天摹的這幅山水畫師出無名，卻能看出創作者走過千山萬水，要是沒有相當的見識，一筆失神，全圖失神。」

他頓了頓，讓鄭素年消化一會。

「想把創作者的心境帶進自己心裡，你的心首先要達到一個『空』字。不然心填得滿滿的，哪還有地方去隔著千百年感悟先人呢？

「素年啊，」他站起來，拍拍鄭素年的肩膀，「你的心不靜。」

鄭素年抬起眼，望著故宮綿延展開的紅牆，沉默的點了點頭。

「我要是問你在想什麼，是不是有點管得太多了？」

「我在想……」素年低聲說，「得不到的。」

「不甘心，放不下，誰都會，」時顯青搖搖頭，「我也會。人非佛陀，怎麼能沒牽掛？可是既然你入了這行，就要學著——」他拖長了聲音：「——修行。」

既爲匠人，即是一場修行。

他們這些修復文物的，更要做得純粹。

那天下午別人去開會，因爲和他沒太大關係，鄭素年就沒去。修復室靜悄悄的，他趴在桌子上睡著了。

夢裡是縹緲山河，烏黑的山，冷白的水。他坐在一葉孤舟上，身邊站了個披著蓑衣的老人。

「你要幹什麼？」

「等人。」

「在河上等？」

「在河上等。」

「你要等的人，要是不來呢？」

「一直等。」

「爲什麼不能去找呢？」

那人沉默了片刻，慢慢把頭轉向了鄭素年。他把罩在頭上的蓑衣微微抬起來，露出了一雙年輕、乾淨的眼。

「因爲我知道她會來。」

鄭素年一愣，隨即大驚。

那分明是他自己的眼睛！

湖水「嘩啦」一聲升高起來，他眼前一花。再睜開眼的時候，他就聽見了隔壁漆器組的喧嘩。

「哎呀我的大小姐妳怎麼又把盆子打翻了！」

那幅畫摹到尾聲的時候，修復室迎來了幾個來自國外博物館的客人。外國人對瓷器感興趣，和竇思遠聊了半個多小時，才往書畫組那邊走。翻譯是個年輕女孩，發音清晰、口齒伶俐，和這裡古樸的氣氛格格不入。

鄭素年本來沒打算理會他們，抬頭打個招呼便朝自己的桌子走了過去。誰知道那翻譯的女聲一頓，一道目光隨即鎖死了他。

時老師尚還在介紹他們的工作，來客推了一下翻譯的肩膀。鄭素年心裡覺得奇怪，再抬頭，就看到秦思慕一邊翻譯一邊若有所思的看著他。

鄭素年覺得他一定是和秦思慕有什麼相覅之處，不然不會每次見她都這樣渾身不舒服。

外國人聽完了文物修復的介紹，就自行散開去看故宮的樓宇宮殿了。秦思慕沒了翻譯任務，走到了鄭素年前面，用指節敲了敲他的桌面。

筆尖一顫，鄭素年「嘶」了一聲。

「妳再用力點，我這個月就白做了。」他放下毛筆站了起來，「有事出去說吧。」

出了修復室的大門，兩個人站到了一處人少的角落裡。冬天的北京陽光向來稀薄，照在鄭素年的臉上身上，顯得他有些不近人情。

「我沒想到能在這裡碰見你，」秦思慕單刀直入，「你和邵雪還有聯繫嗎？」

那個短暫的電話從鄭素年腦海裡一閃而過。他沉吟片刻，搖了搖頭。

「鄭素年啊鄭素年，我真是沒見過你這麼窩囊的男人。」

秦思慕這句話顯得有點多管閒事，鄭素年卻也沒生氣。

「我一直以爲兩個人談戀愛，主動的應該是男方。那年邵雪說她要走的時候，我沒想到你這麼輕易就把她放走了。」

「放走？」這回鄭素年眉頭皺了起來，「她是個人，又不是什麼小貓小狗。她有權利選擇自己以後的道路，什麼叫我放走？」

「你不知道她喜歡你嗎？」

「知道，我不僅知道她喜歡我，還知道我也喜歡她，不比她喜歡我少。」

「那就更沒理由了啊，」秦思慕試圖說服他，「我之前也沒想這麼多。不過最近知道了她一些近況，我覺得她一個人在外面也滿辛苦的，你爲什麼不把她找回來呢？」

鄭素年眉毛跳了跳，「她怎麼了？」

「她一個女孩一個人在外面，辛苦的地方可多了。」

鄭素年費了不少力氣才把心思壓得古井無波。

「秦小姐，我很不喜歡別人管我的私事，」他退後了一步，看著秦思慕，「不過妳是她的學姊，那我就多說幾句。每個人都有自己的戀愛觀，妳覺得我應該去把她找回來，我卻覺得我應該給她絕對的自由。我沒有權利，也沒有資格，去剝奪她選擇的道路，無論那是艱難還是容易。」

秦思慕說：「我眞搞不懂你們這些人。喜歡她爲什麼不把她留下來呢？」

「邵雪和別的女孩不一樣，」鄭素年越說思路越清晰。他倒是有點想感謝秦思慕，強迫他把這些亂麻一樣的事整理出邏輯，「給她自由是最適合她的方式。我能承諾的是，如果有一天她回來，我會在。其他的事，都應該由她自己決定。」

「你怎麼知道她會回來？如果她不回來呢？」

「那我就一直等。」

秦思慕愣了一下，語氣明顯軟了下去，「你，眞的會一直等？」

他們面前的那堵宮牆，有整整六百年的歷史了。

風吹雨打六百年，烈日曝曬六百年。

宮牆赤紅，在陽光下反射出光芒，像是燒起了一場熊熊大火。六百年風雲變色，它太老了，老得見識過太多悲歡離合。

可是站在她前面的男人是年輕昂揚的。

他站在那裡，脊背挺拔，語氣冷淡又堅定。

「會。

「我會一直等她。

「因爲我知道她會來。」

5

「素年，你和我一起做吧。」柏昀生靠在書架上說。

鄭素年又翻了翻圖書館的書架，還是沒找到自己要的那本古畫集。他回頭推了一把柏昀生，「走吧，找不到，去你說吃飯那個地方。」

「喂，我跟你說話呢，」柏昀生跟在他後面往圖書館外面走，壓低聲音繼續問，「薛江畔給的條件眞的很不錯，正好肖易那邊我也做煩了。」

「你看我長得像做生意的材料嗎？」鄭素年把副駕駛座的安全帶拉上，「到時候把你全部身家都賠掉。我現在做臨摹，滿好的。」

「你們那點薪水能做什麼呀？」柏昀生發動汽車，把菸從車窗準確的扔進垃圾桶，「我家樓下賣饅頭的都賺得比你多。現在年輕人一股腦都往互聯網和金融行業鑽去，你倒是好，跑去做古畫臨摹。」

「你現在廢話怎麼這麼多？我花你的錢了嗎催著我賺。」

「我就是不懂你和雲錦，什麼有錢重要嗎？錢不是最好的嗎！你們就是——」

「你別跟我在這錢錢錢的，再說下去你自己一個人去吃飯。」

「哪有吃火鍋一個人去的，要不是雲錦不喜歡吃菇，我早就去了。」

「柏昀生，你現在除了錢就是顧雲錦是吧？那我這沒錢沒老婆的不能跟你做朋友，你放我下去。」

「不是，到了到了。」

柏昀生找的是他家附近一家新開的菌菇火鍋店。顧雲錦受不了蘑菇那股味道，他只能約了鄭素年來吃。

趁著菜還沒上，他接起剛才的話頭接著說，鄭素年看了他一眼，「你也別憤憤不平的，我覺得顧雲錦說得也對。錢這東西雖好，但也不應該太看重，你現在有點走火入魔了。」

「這就跟你成天琢磨畫的事一樣，」柏昀生倒了杯酒給自己，「我在經商，就只能一天到晚琢磨錢的事。錢好呀，沒錢我就沒辦法把柏記珠寶重新開起來，沒錢我就沒辦法給雲錦好的生活，沒錢我就沒辦法跟你在這裡喝著酒吃火鍋。很現實。」

鄭素年搖搖頭，沒再反駁。

柏昀生站起來接了個電話，捂著話筒和鄭素年示意一下就去了廁所。

顧雲錦在書櫃裡翻出一份藍色封皮的合約，對著按了免持的手機說：

「找到了。」

「找到就好，妳去樓下，易哥一會兒就過去拿。」

「你怎麼還要老闆來拿合約啊？」

「是他自己忘了跟我說的。剛才說開到我們家社區附近，正好過來拿一下。我說我不在家，請我女朋友幫他送下去。」

顧雲錦「嗯」了一聲，把電話掛了。

她剛做完旗袍，袖套也沒摘，把頭髮隨便紮了紮就下了樓。肖易的車比她想的來得快，顧雲錦招了招手，車慢慢停在她眼前。

肖易降下車窗，沒伸手。

顧雲錦有點尷尬，「你好，肖先生嗎？」

肖易點點頭。

「這是昀生要給你的合約，」肖易的目光盯得她渾身不舒服，「還麻煩你過來拿。他……他也很不好意思。」

「妳是他女朋友？」

「是，我正好在家。」

「我就說呢。」

這句話肖易說得沒頭沒尾，顧雲錦也不知道怎麼接。看肖易還沒有主動來拿的意思，她稍微伸了伸手，把那合約塞到肖易方向盤底下的空檔裡。

抽回手的時候，肖易低下頭，下巴蹭到她的皮膚。

顧雲錦起了一身雞皮疙瘩。

晚上柏昀生睡覺時，她拿手指尖撓他脖子。

「幹嘛？」

「你那個易哥真噁心。」

「他怎麼了？」

顧雲錦仔細想想，也沒覺得人家怎麼樣，就是那目光，好像八爪魚似的黏在她身上，令人不舒服。

「就是噁心。」

「噁心的人多了。妳看看我，我專治噁心。」

「切，我看你是噁心他媽媽開了門，噁心到家了。」

「嘿，我發現妳今天又不乖了是吧——」

被子裡傳來細小的打鬧聲。

6

服務生為包廂裡的一老一少上了一壺碧螺春。

「嚐嚐，」薛江畔倒了一杯給他，「這家茶樓老闆是我的老鄉，留的都是最頂級的。」

柏昀生的胃不好，平常去茶樓也多是喝普洱和烏龍茶，碧螺春性涼，每次喝了，胃往死裡疼。

但是也不好拂了人家的面子。

他抿了半口，看見薛江畔看他，又喝了兩口。

「好茶。」

人歲數大了好像就有這麼個毛病，自己覺得好的，小輩也得連口稱讚。薛江畔自己又品了一會，緩緩問柏昀生：「我上次讓你做什麼來著？」

「把肖易的客戶，談到柏記。」

「談了嗎？」

「只……剛談了兩個。」柏昀生有點不安。

「太慢了，」薛江畔有點不滿，「你們柏記沒落太久，現在你手裡有現成的客源，爲什麼不用啊？」

「不太好吧，」柏昀生低頭，胃裡已經有點不舒服了，也不知道是因爲薛江畔的話還是因爲茶，「那都是易哥辛辛苦苦談下來的，我另立門戶本來就有點不應該，現在還私下搶他客源……」

「這什麼話？你們柏記幾輩人心血，他一個小老闆，事業才做了不到十年，根本沒有和你競爭的資本。小柏，做生意不是做慈善，你別這麼婦人之仁。」

柏昀生輕輕點了點頭。

「等你積累到一定的客戶，就可以辭職了。主要還是江浙那邊的，你年紀輕，不知道你們柏記在我們這些年齡大的人心裡的地位……」

「我知道的，」柏昀生忽然打斷了他，「我知道的。」

出了門，柏昀生叫車回公司，坐電梯的時候胃疼得臉色發白，旁邊還有人問他有沒有事。他搖搖頭，電梯門一開，正好遇見肖易。

「你怎麼又遲到了？」肖易瞪了他一眼，「過來，我跟你說一件事。」

他按了按胃，跟在肖易後面出了電梯。

肖易先問了問他最近幾個案子的進度，又有的沒的說了一大堆。柏昀生疼得站不太穩，忽然聽到肖易說：「你明天和我出去吃個飯吧？」

柏昀生心裡奇怪，我不是天天和你出去吃飯？

「我有個女朋友，第一次約出來，」肖易說得很認眞，「怕她尷尬，就叫你一起。你把你女朋友也帶來，這樣飯局湊得自然點。」

胃太疼，沒那個腦子去細想。柏昀生心裡雖然覺得蹊蹺，嘴上仍應了下來。

「你怎麼回事？」肖易總算看出他的不對勁。

「易哥……我有點不舒服。」

「坐著休息去吧，」肖易今天卻格外寬容，「舒服點時再工作也行。」

第二天。

顧雲錦上車的時候還不情不願的。

「只是吃個飯，有我在，妳怕什麼。」

「我跟你說他噁心，你還叫我去吃飯。」

「他不是追女人嘛，第一次約吃飯怕冷場，叫我一起比較自然點。」

「你們兩個倒是狼狽爲奸，」顧雲錦瞪他一眼，「我不在的時候，他也幫你湊過兩對吧？」

「妳看看妳說的，」柏昀生發動汽車，開往餐廳的方向，「沒這回事。」

肖易訂的餐廳消費奇高，可謂是泡妞聖地。柏昀生領著顧雲錦進去，一眼就看到了癱在最裡面的肖易。

「怎麼只有他一個人？」顧雲錦低聲問。

「他怎麼喝醉了？」柏昀生也有點疑惑。

肖易抬抬頭，一看見兩人，立馬招呼他們過來。柏昀生打了招呼，拉著顧雲錦坐到了他對面。

「易哥，你女朋友還沒到啊？」

「呸！」誰知肖易一個鯉魚打挺，酒氣噴了顧雲錦一臉，「什麼狗屁的女朋友！拿了我的錢就跑了！跑了！」

顧雲錦愣了愣，下意識的往柏昀生身邊湊過去。

「你是不是覺得我對付女人很有一套？」肖易看向柏昀生，還是那副醉醺醺的樣子，「都是假的！沒人眞心對我，都是圖我的錢。money拿到手裡，連頓飯都不想再和我吃！」

他說著還比了個數錢的動作，看都沒多看顧雲錦一眼。柏昀生把服務生叫來，把他點的酒水付了賬，轉過頭問：「易哥，我送你回家吧？」

「我沒帶家門鑰匙。我本來以爲今天能去她家呢。」

柏昀生有些爲難，「那你的鑰匙在哪裡？」

「在公司，我辦公桌上。」

「那我去拿給你吧。」

他說著就站起身往外走，被顧雲錦扯住了衣服。

「那我呢？」

「妳先看著易哥。他都醉成這樣了，別再出什麼事。」

「我不想，」顧雲錦站起來幾步跟上他，「我跟你一起去。」

話音剛落，肖易那邊就「咚」的一聲。兩人一回頭，只見肖易已經從椅子上滑落地面，引來一群人的側目。

柏昀生說：「……妳還是留下吧。」

顧雲錦咬咬唇，覺得怎麼也是大庭廣眾，肖易對自己做不了什麼，便不情不願的坐了回去。

肖易已經從地上爬回了椅子。

眼看著柏昀生停在外面的車也開走了，肖易晃了晃頭，又倒了一杯酒給自己。

「別喝了，」顧雲錦抬頭瞥了他一眼，神色充滿厭惡，「都喝這麼多了。」

「顧小姐這是在……關心我？」

顧雲錦皺眉，她的直覺果然沒錯。

看她不說話，肖易又倒了杯酒給她，推到她的面前，「我敬顧小姐一杯酒。」

「我不喝酒。」

「有意思，」肖易身子往前湊了湊，眼睛好像清醒了點，「我天天看那些喝酒抽菸的女人都膩了，顧小姐果然與眾不同。」

「你再胡言亂語我就走了，」顧雲錦冷冷看著他，「要不是昀生叫你一聲哥，我早就潑你一臉酒了。」

「昀生，叫得很親熱呀。

「像妳這麼漂亮的女人，跟著他那種人，沒有出頭天的。」

顧雲錦眉頭一皺。

「我很欣賞妳，顧小姐，」肖易忽然從桌子對面閃過來，坐到了顧雲錦右邊。這張桌子靠裡面，沙發左邊就是牆壁，顧雲錦被他擋住，根本無路可走，「妳看我們認識一下，怎麼樣？」

「約會的女人剛走就在這裡勾三搭四，怪不得沒人眞心愛你。」

「哪有什麼約會的女人，」肖易把身子靠過去，肩膀緊緊靠著顧雲錦，「妳就是我要約會的女人。」

「肖先生，」顧雲錦聲音提高了些，引得左右兩桌人看過來，「我還當你是昀生的老闆，你現在離我遠一點，我什麼都不會跟他說。你要是繼續這個樣子，我就叫了。到時候警察過來，誰都不好看。」

肖易抿抿嘴，摸出了自己的錢包。

「妳是不是不知道我要給妳多少錢？沒關係，顧小姐，妳看妳和柏昀生在一起，連雙名牌的鞋子都沒有，和我戀愛的女人平常隨便一個包包都是上萬。妳們女人喜歡的那些東西我都懂，我們不需要告訴柏昀生，妳只要在我想要妳的時候過來陪陪我——」

「啪！」

肖易只覺得眼前一黑，眼球便痛得像瞎了一樣——打他眼睛的就是他口中那個廉價的包。還沒等他反應過來，腳背又是一陣劇痛，顧雲錦用她並不昂貴的高跟鞋把他踩得痛聲大叫。

「你們這些老男人眞噁心，到底是被誰養出來的自信？」顧雲錦踩著他的腳背從椅子與桌子的縫隙裡走了出去，大腿蹭到他膝蓋的時候，渾身起了一層雞皮疙瘩。

她出門就上了計程車，冷靜了半晌才發現自己在哭。

那種噁心感沿著剛才被肖易碰過的手背攀爬，沿著表皮神經爬滿了全身上下。她顫抖著摸出了手機，試了半天都沒按對。

「小姐，妳沒事吧？」計程車司機從後照鏡裡看著她。

顧雲錦搖搖頭，用左手拚命掐自己的虎口，來回五、六次後，終於穩定了下來。

柏昀生的聲音從話筒那邊響起來時，她全身的力氣忽然像被抽乾了。

「柏昀生……昀生……」

柏昀生一下子慌了。

「怎麼了？妳怎麼哭了？」

看她不出聲，柏昀生急忙解釋：「我在這邊找不到鑰匙，辦公桌上沒有。妳等我一下，我馬上就回去了——」

「沒有鑰匙！根本就沒有鑰匙！」她哭得喘不過氣來，「你那個老闆是個流氓！變態！」

電話那邊沉默了片刻，就是傻子也能猜出來是怎麼回事。

「妳在哪裡？」

「在計程車上，」顧雲錦哽咽著說，「我要回家，你也回家，我想見你。」

「好。我現在就走。」

顧雲錦不知道柏昀生在晚上尖峰時段的四環開的車速有多快。她只知道計程車到樓下的時候，本來離家更遠的他已經站在樓下了，腳下一地的菸頭。

她把頭埋到他的肩膀上，菸草味沿著她的鼻腔長驅直入，顧雲錦像是卸了渾身的力氣。

「我想回蘇州了。」

柏昀生沒應聲。

兩個人沉默的上了樓。柏昀生倒了杯水給她，相顧無言了半晌，最後由顧雲錦的幾個問句打破了寂靜。

「所以，」問完了所有問題的顧雲錦長吸了一口氣，「你的意思是，你還是會繼續在他那裡上班？」

柏昀生沒答應，算是默認。

「柏昀生，」顧雲錦冷笑一聲，一股寒意從心底浮了上來，「我從來沒發現你這麼不像個男人。」

說完這句話，她就轉身進了臥室，把門重重摔上，那晚再也沒有打開過。

柏昀生不但要上班，還要把他的客戶全部談到那個連雛形都還沒有的柏記。

他第二天去公司的時候，頭髮毛躁著，眼圈是明顯沒睡好的青黑。肖易耐人尋味的看了他許久，終於嗤笑一聲，把當天要做的工作丟給了他。

他知道柏昀生喜歡錢，放不下這份工作。

卻沒想到，他的這條狗，內心的狼性終於被喚醒了。

那段時間柏昀生一直睡在客廳裡。早上出門的時候顧雲錦還沒起來，晚上回去的時候她也已經睡了。他不知道怎麼解釋，也就不解釋了。想要把手上的客戶人脈在短期內談完是項巨大的工程，那段時間他幾乎沒有在十二點之前回過家，每次回去都陪客戶喝得爛醉。

顧雲錦卻一次都沒有管過他。

有一次他吐得狠了，只聽見臥室的門被「砰」的一聲打開，顧雲錦抱著手站在他身後。他跌跌撞撞爬起來，被那雙眼冷得渾身一顫。

「柏昀生，」她輕聲問，「你還記不記得，我們十七歲那年，你替老婆婆做戒指的事？」

做戒指？

他大腦有些混亂，迷迷糊糊的想，大概也能想起一二。

那時候他才高二吧。一個有錢人家的老太太腦子糊塗了，非要找到去世的老伴送她的戒指。那家人說，戒指早在幾十年前打仗的時候丟了，如今她記不清原委，鬧得全家雞犬不寧。長子孝順，找了幾個珠寶師也復原不出那枚戒指，無可奈何之際，有個柏家的舊友向他推薦了柏昀生。

柏昀生那時候也不急，領了這活兒，每天早起坐車去老太太家陪她找。找的時候，老太太就一點點描述給他——是枚紅寶石的戒指，老伴去國外念書的時候帶回來送她的。寶石有點發紫，碎鑽鑲在金箔裡，金箔打成了花瓣形……

著實是枚工藝複雜的戒指。柏昀生上午聽她講，下午便在紙上畫出圖來。這樣斷斷續續大半個月以後，他才去和那家的長子講了要用的原料。他年齡小，又沒經驗，若不是家裡的老人急得快要生病，那人也不會信他的話。可是當柏昀生把那枚戒指遞到老人家眼前時，所有人都看到了老太太眼裡的淚光。

「小夥子，你會有大出息。」那人當時和柏昀生說。

那時候，他以爲自己是喜歡珠寶設計的。

所以他那時候拉著正在做旗袍的顧雲錦，像個小孩似的說：「雲錦，我們以後，都去做自己喜歡的事，好不好？」

陳芝麻爛穀子的事，他不知道顧雲錦爲什麼這時提起來。酒精讓他頭腦發昏，他說：「顧雲錦，妳怎麼什麼都不懂？」

望。

妳怎麼不懂，怎麼不懂我忍辱負重，怎麼不懂我無可奈何，怎麼不懂我背負著天大的壓力和渴望。

顧雲錦眼睛濕了濕，她輕輕的說：「好，我不懂。」

那天是他談的最後一個客戶。

第二天他睡醒得有些晚。顧雲錦的大門仍舊緊閉，他洗了把臉，先去見了薛江畔。老商人把他整理的表格一一看過，滿意的笑了笑。

「資金可以到賬了，」他說，「後面的事，還得你多費心。」

然後他開車去了公司。

肖易看見他又遲到懋了一肚子火，張開口剛想罵人，卻被他一腳踹翻了椅子。

「柏昀生？」他大驚之下甚至忘了生氣，「你信不信我叫警察？」

「你叫啊，」柏昀生陰沉沉的盯著他，肖易第一次發現原來這條狗也會有這種吃人一般的眼神，「警察來之前，還足夠我把你的手打斷。」

鄭素年把柏昀生從家裡揪出來的時候，他已經三天三夜沒闔眼了。

地板上菸頭掉了一地，要是房東看見了，大概會罰柏昀生多交一倍的罰金。他三天沒睡，一雙眼睛熬得血紅，嘴裡叼著根早就熄了的菸屁股。

屋子拉上了窗簾。以前這窗簾很薄，現在被顧雲錦換成了遮光的，把屋子遮得一片昏暗。零星的光線從窗簾的縫隙鑽進來，照在盤著腿、坐在地上的男人身上。

他在拼一幅拼圖。

很大很大的一副拼圖。柏昀生的腦子不太清醒，拼了三天才拼了不到一半，被鄭素年拉著站起來。

他說：「你別碰我，我把這個拼完了，雲錦就會回來。」

鄭素年說：「你再熬下去，她還沒回來，你就死了。」

他說：「你放開我。」

鄭素年說：「你先跟我出去吃飯。」

他說：「我叫你放開我。」

鄭素年說：「你跟我這麼有種，當時怎麼不跟她說清楚啊？」

三天前，柏昀生和肖易打了一架。

打得不嚴重，沒到拘留的程度，警所把他們關了一天，放出來的時候天剛擦黑。柏昀生出警局門時往前踏了一步，嚇得肖易條件反射性的一抖。

然後他叫車回家，發現顧雲錦不見了。

行李打包，手機註銷，客廳上放了一張紙，上面是她好看的硬筆字。

她說：「柏昀生，我不愛你了。」

柏昀生抬起頭，眼睛通紅的看著鄭素年，「你有什麼資格說我？」

「我早就說你走火入魔，你還不信！」鄭素年也火了，「成天錢錢錢，顧雲錦走了吧？你他媽就是鑽錢眼裡了，現在在這假惺惺的有什麼用——」

下一秒素年顴骨一涼，踉蹌兩步撞到了身後的牆上。柏昫生揪著他的領子把他往後頂，啞著嗓子吼：「你有什麼資格說我？鄭素年，我好歹奮鬥過！我努力過！你呢！邵雪要走你就讓他走，你是男人嗎？你挽留過嗎！」

鄭素年一把推開他。

「你那叫什麼努力？奮鬥就是不要臉？你是男人，柏昫生，你是男人你當著你女人的面爲肖易點頭哈腰。誰沒個難爲之處啊，你眞有必要這麼低三下四的？你是爲了家裡？爲了顧雲錦？放屁，你就是爲了錢，爲了自己的前途，爲了你那個莫須有的柏記！你是自己咽不下這口氣！」

柏昫生被他推得往後倒退兩步，一腳踢碎了拼好的拼圖。他仰面倒在地上，後腦杓「砰」一聲撞在地板上。

忍了三天，不，忍了一年，忍了前半生。

柏昫生的眼淚一下子流了滿臉。

「我要買票，」他無力的說，「明天的火車。我什麼都不要了，雲錦不在了，什麼都沒有了。」

鄭素年蹲下來，摸到地板上一根他抽了一半的菸。

「火。」他簡短地說。

柏昫生指了指打火機的位置，躺回到散落的拼圖上。

鄭素年點了菸，深深地吸了一口。

「眞好，」他說，「你後悔了，好歹還能去蘇州把顧雲錦找回來。

「邵雪呢？

「我連邵雪在哪裡都不知道。」

窗外下雨了。

冬天下雨是很可怕的。

沒有滋養萬物，沒有驅除酷暑。

只是冷，純粹的冷。

鄭素年忽然想起上學的時候，他站在陽臺上，樓上有人唸詩。他不知道是誰的詩，但是聽了一遍就記住了。

那個人唸——

「——雨是一生過錯，雨是悲歡離合。」

第10章 隔山隔海會歸來

1

那年邵雪他們學院和義大利某大學建立了互助合作關係，送了一批學生去那裡的語言與翻譯學院。她對自己家裡的經濟條件心裡有數，吃喝倒是不愁，只是出國讀書未免壓力過大。這個時候義大利大學的減免學費和她本校的補貼就顯得格外難得了。直系的學長學姊尚在為前途發愁，邵雪不願意放棄這麼好的機會。

卻沒想到只是換了一種艱難的人生。

翻譯專業除了義語之外，還要求掌握其他外語，她也就沒把英語放下。放假的時候她會做一些劇組的隨行翻譯，那次掉進河裡也是陪劇組到一個偏僻山村裡的意外。

大部分時間，她都過得很寒酸。

邵雪記得自己有段時間最喜歡做的事情就是數錢。她那時候什麼都做，地陪、導遊、筆譯、口譯。她有時候在床上鋪張報紙就開始數錢，薪水一堆，小費一堆，稿酬一堆……

她從數錢中獲得巨大的滿足感，甚至當成自己為數不多的娛樂活動之一。

她住的地方離學校大約二十分鐘，和室友走過去的時候會路過海神廣場。室友裡有個德國男生是個車迷，掰著手指頭為邵雪數著這個地方出產的超跑：瑪莎拉蒂，法拉利，藍寶堅尼……

邵雪插嘴：「貧窮的我們什麼時候才能買得起這樣的車？」

那男生調侃她：「妳連奧迪的車標都記了一個月才記住。」

邵雪據理力爭：「不就是四個圈嗎？我記住了，別一直拿這個嘲諷我。」

「沒錯，」身邊一個當地的女孩插嘴，「哪怕現在她看見奧迪第一反應還是四個圈而不是車本身。」

朋友的玩笑並無惡意，只是讓邵雪有種格格不入的距離感。

這是一個與她的過去截然不同的世界，甚至比她想的要複雜得多。有錢女孩穿著亮晶晶的鞋子出沒在聚會之中，混日子的富二代則聽聞《雷雨》在義大利開演的時候，一臉茫然的詢問這是國產的什麼話劇。

半夜隔壁house裡有當地人聚會，邵雪凌晨三點被吵醒，拿著氣泡酒無言的爬上天臺。夜風把她吹得清醒。想起沒看完的文獻和寫不完的論文，她有點不知道當初自己爲什麼來這裡了。

再往後，二〇一二年，畢業一年後，來到了瑪雅人所預言的世界末日前夕。

邵雪承認，在甩鍋丟包這件事上，全世界的人都像說好了似的一起不堪。

怒火不知道是從什麼時候被點起來的，或許是經理一臉實事求是的告訴別人「是翻譯錯誤導致的損失」，又或者是白人同事壓低聲音說著以爲她聽不懂的「很好欺負的亞洲人」，甚至可能更早，在她一年前剛進入這個專案時，被人像個傻子一樣指使著跑遍了整個城市的咖啡館……

總之，邵雪辭職了。

這是個婉轉的說法，說的好像她有能力主控一切似的。換句話說——

邵雪失業了。

秦思慕和她隔了六個小時的時差，當邵雪在深夜裡痛哭時，她正在太陽底下擠公車。她也不會安慰人，只好供出自己悲慘的遭遇。

「妳以爲我這破工作好做嗎？起早貪黑就賺那麼一丁點。昨天連續工作了十五個小時，有一個流氓客戶強行讓我們組加班做個大案翻譯——老娘這張臉啊，現在粗糙得跟樹皮一樣。」

生活好像就是這樣。當初在學校裡天女下凡似的人物，進了社會全都被一盆水潑回了原形。最關鍵的是，你潑就潑吧，她還得踩著高跟鞋，妝容一絲不亂，自己告訴自己：人家都在看呢，站好了。

「好了掛了吧，」秦思慕最後勸她，「失業還打這麼久越洋電話，妳現在流的不是眼淚，是話費。」

邵雪被這句刺激得一抖，「啪嘰」便把電話掛了回去。

古話不是說嗎，光腳的不怕穿鞋的。邵雪丟了工作一身輕鬆，反倒什麼顧忌都沒了。數了數這一年多辛苦工作攢下的錢，她決定管他的，出去玩一趟。

然後就選擇了老毛子的故鄉。

其實是要她去別的地方，貴的她也去不起。

邵雪不願意講那段往事，那就不講了。她的故事，應該是從這裡開始的。

2

上飛機之前，邵雪還在刷朋友消息，刷到張祁分享了一個瑪雅人二〇一二世界末日預言眞實性的轉發。

她掐指一算，就是第二天。

於是在底下回覆：你們學數學的還信這個？

張祁：妳別說，眞的有點小緊張。

邵雪：普林斯頓爲什麼會要你啊？

張祁：妳知道牛頓最後修習神學的事嗎？

旁邊站了個放行李的女人，邵雪側過身讓她進到靠窗的座位，把手機放回口袋沒多久，飛機就開始滑行了。常年漂泊在外，邵雪也是個怎麼舒服怎麼來的人，圍脖眼罩把自己全副武裝後，伸長了腿就打起瞌睡。

習慣性的耳鳴又來。

半夢半醒之間，飛機升上了幾萬英呎的高空。邵雪坐的座位靠走道，而剛才那中年女人則是緊挨著窗戶。兩個人中間隔了個空座位，井水不犯河水。

平穩飛行後，女人輕輕碰了碰她的腿。

邵雪知趣的讓開。這個航班較早，自己臉都沒洗就趕過來了，別人估計也沒比她早起太多。歐洲女人不化妝就跟少穿件衣服似的，她用腳趾頭想也知道這是要去洗手間簡單整理一下儀容。

她則不必。在沒人認識的地方，邵雪心理上可以接受自己蓬頭垢面。

大動作了幾下，她也就沒那麼睏了，拿出平板看自己之前接的一筆譯案，尋求一種「雖然我在花錢但我也在賺」的心理安慰。

有個年輕女孩站在了她身邊。

皮膚有點偏棕色，看不出是哪個國家的人。她的個子小，雖說邵雪沒抬腿，卻一下從她前面擠進來了。

邵雪以爲她要坐中間那個空座，沒想到她卻一屁股坐在靠窗戶的位置。

再高明的化妝技術，也不可能不到十分鐘就婦女變少女吧。她怕是對方坐錯了位置，好心提醒了一句：「那裡有人坐。」

對方看了她一眼，沒說話。

邵雪就這點臭毛病，「妳和剛才那位女士是一起的嗎？」

對方要說「是」她也就不管了，偏偏那女孩支支吾吾半天說不出話來。走南闖北這麼多年，她多了個心眼，眼光一瞥，就看見了夾在前座後口袋裡的手提包。

剛摸出來的麵包還沒吃，她一邊啃一邊看著那女孩不轉頭。

空姊推著車子發起早餐，那女人被堵在機艙另一頭，一時半刻回不來。邵雪左手一撐臉，跟那個女孩僵持著。

機艙尾部傳來一陣騷亂。空姊撤了撤車子，總算爲那女人讓出了一個縫隙。她化了妝，容光煥發的走回來，有些困惑的停住了。

「小姐，這是我的座位？」

那女孩渾身一震，大概沒想到她這麼快回來，低著頭匆匆蹭出去，餘光冷冷掃了一眼邵雪。

她若無其事的啃著麵包，把臉轉向窗戶那邊。

那女士落座後，有些狐疑的看向邵雪，「她爲什麼坐在我這裡？」

「我和她說有人了。」邵雪聽出來對方英語裡強烈的義大利口音，遷就的用了義語，「我還問她是不是認識妳，她都不回答我。」

「眞是個奇怪的人，」那女人皺了皺眉，目光落到了自己錢包上，「她是不是想偷我的東西？」

「不知道，總之我剛才一直盯著她，她也沒什麼舉動。」

「妳人眞好，」那女人朝她眨了眨眼，也恢復了義語，「我太不小心了。」

旅途有些長，她偶爾會和邵雪搭話聊天。等到兩個人把早飯吃完，她大概知道這個女人是個紀錄片劇組的製片人，去莫斯科見完朋友便要轉機到非洲，去拍一支有關人類文明的紀錄片。

「妳以前去過非洲嗎？」她問邵雪。

「沒有，」邵雪笑笑，「不過我一直對那裡很感興趣，以後有機會應該會去吧。」

「其實這也是我第一次去，我們的導演說那是個和我去過的所有地方都不同的地方。這會是一次史詩般的旅行。」

「史詩難吟，」邵雪和她開玩笑，是句歐洲中世紀的老話，「大概要打許多預防針吧？」

「妳對語言很瞭解啊，這句話很多年輕人連聽都沒聽過。」

「我靠語言吃飯，」她低頭喝了一口橙汁，「我是翻譯，總是知道這樣一些奇怪的詞語。比如非洲，我一個教授告訴我，他的全名是阿非利加洲，本意是陽光灼熱之地。」

「妳的義大利語說得非常好。」

「謝謝。」她的專業如此，於是欣然接受。

兩個人沉默了一會，那女人忽然想起什麼似的問她：「妳剛才說，妳的一個教授瞭解非洲？」

「也不算瞭解吧，」邵雪回憶了一下那個白髮睿智的老人，「我之前向他學習過阿姆哈拉語，大概全國也沒幾個人研究，但他樂在其中。」

「稍等……」那女人的臉色變了一下，「妳會說阿姆哈拉語？」

「是，衣索比亞的官方語言。」邵雪自嘲的一笑，「當時不懂事，大概一輩子也不會去那個地方，偏偏學了那裡的語言——」

「——妳說得怎麼樣？」

那女人問得急切，有些出乎邵雪的意料。她說得怎麼樣？這問題太難回答了，於是她只能含含糊糊的說：「北京奧運的時候，我爲那裡來的運動員做過隨行翻譯——」

飛機遭遇氣流猛烈的一震。那女人身體微微前傾，用只有歐洲人才會有的那種誇張語氣說：「我曾聽過一句話——我們所做的一切，終將派上用場。」

邵雪一怔。

大風穿越西伯利亞，獵獵如歌。

牆壁和窗戶將低溫隔在室外，但狂風的呼嘯仍然讓人心上覺得寒冷。邵雪伸出手，接過張一易遞來的咖啡。

她還沒適應這裡的氣候，把身上披著的毯子提了提，又把腳縮到椅子上。張一易是俄語系的，畢業之後到莫斯科讀研究所，聽說邵雪來了，十分積極地到機場把她接來自己的公寓。然後就在車上聽完了邵雪整段的傳奇旅程。

那女人的紀錄片其中一個重要的拍攝地點便是衣索比亞。通曉阿姆哈拉語的人太少，他們遲遲找不到合適的翻譯。隨行翻譯的酬金並沒有高到能夠吸引別人放棄正經工作、抽出幾個月的時間奔赴非洲，更別說這一去還要面臨許多未知的危險。

「妳想去？」

「當然，我太想去了。」

這顆種子是怎麼種下的，連邵雪自己都不太清楚。或許是當初奧運時那個長跑運動員給她留下的念想吧。他那時候很喜歡和邵雪聊起自己的家鄉，邵雪第一次知道，原來非洲並非都是熾熱的陽光與膚色黝黑的當地人。

東非大裂谷貫穿全境，火山與咖啡是最有名的特產，人類文明就從那裡發源。邵雪捧著咖啡杯，慢慢陷入了沉思。

辭職，空檔期，自己也不知道何去何從的未來。

她似乎別無選擇，又似乎是遵從著內心的選擇。

「休息夠了嗎？」張一易看她遲遲緩不過神，站起身拉伸了一下頸椎，「那個嚷嚷著要看伏爾加河的人是妳吧？」

她立刻放下咖啡杯跳起來。

「走。」

張一易把「地主之誼」這四個字詮釋得格外霸氣。三千六百多公里的伏爾加河沿著東歐大陸流經森林草原，從莫斯科北部大約一百公里處繞過去，途經無數古老的俄羅斯城市。

他毫不吝嗇的開車把邵雪送到了遙遠的特維爾。

河水千里冰封。

對於這條河她有過許多幻想——奔騰千里的，平靜無波的，深不見底的。

卻沒想到自己會在這樣一個季節來到。

視線所及是純粹的河流，沒有碼頭，沒有人煙，亦沒有船隻。有的只是天蒼蒼，白茫茫，大河冰封，落雪萬千。

邵雪蹲下身，把手伸進河邊的雪裡，冷氣沿著毛細血管一路向上，讓她忍不住打了個哆嗦。她說：「我第一次知道伏爾加河，是在鄭素年家裡。」

這個痛罵過張一易的人顯然讓他印象深刻。他摸摸耳朵，笑著調侃她：「他喜歡妳。」

邵雪沉默了。

他喜歡她。那麼明顯的喜歡，連張一易這樣僅有過一面之緣的人都看了出來。邵雪仰起頭，看向長長凍冰的伏爾加河。

「張一易，你聽過〈伏爾加河長流水〉嗎？」

張一易被凍得鼻尖發紅，站在她身後踮踮腳，搖了搖頭。

那是首多小眾的歌啊。

她把目光轉回冰封的河水。冰雪把一切覆蓋，但仍可以想像它融化時的壯麗。邵雪閉上眼，裹緊自己的斗篷，只感到一陣寒風從河面上襲來。

冷。

凜冽的風聲裡，有歌聲穿破歲月，席捲而來。

「伏爾加河長流水／從遠處奔騰來／向前去不復回／兩岸莊稼低垂／漫天雪花紛飛／伏爾加河流不斷／我如今十七歲。

「伏爾加河長流水／從遠處奔騰來／向前去不復回／兩岸莊稼低垂／漫天雪花紛飛／伏爾加河流不斷／我已經三十歲。」

時光回到二〇〇三年，北京，雀上枝頭，楊柳抽芽。鄭素年家的舊電視上播放著周星馳的《喜劇之王》。十五歲的邵雪閉上眼，西伯利亞的風雪裡，一個披著斗篷的身影在冰凍的長河上漸漸遠去。

她知道那個身影是誰的了。

3

那檔紀錄片團隊哪一國人都有，平常開會統一說英語。也幸好邵雪聽力驚人，才能在各式各樣濃重的法語口音、德語口音裡交談自如。導演叫里昂，和她小時候看過的電影《終極追殺令》的男主角同名。

「這在中國是個非常有名的法國名字。」她告訴對方。

「那女人呢？」

她想了想，「蘇菲。蘇菲．瑪索。」

里昂露出誇張的窒息神情，「那是我的初戀。」

邵雪大笑起來，轉身進了自己的房間。他們租屋住在衣索比亞首都斯亞貝巴富人區的一處黑人旅店，鮮花開滿庭院，蔓藤攀上柵欄。

剛到的時候，邵雪還不習慣當地人慢吞吞的作風。一行人下了車後，站在小別墅前四處張望，焦急的等候著那個與她們約好時間的女老闆。同行的還有一個當地導遊，他因爲居無定所被人們稱之爲「斯亞貝巴的飛鳥」，英語說得頗爲流利，和邵雪一起擔任翻譯。

旅店是一整棟別墅，他們劇組所有人正好住滿第二層，一樓的主臥室住著老闆和她的女兒。黑人小女孩八歲，紮了兩條辮子，穿著花花綠綠的小裙子。邵雪洗完澡披著頭髮陪她在客廳玩，她問邵雪：「妳是中國人嗎？」

她點點頭。

「我喜歡那裡，」她笑得露出一排白色的牙齒，「我想去那裡念書。」

把手裡的玩具放下，她又問：「妳見過極光嗎？」

被小丫頭跳躍性的思維驚訝了一下，邵雪歪著腦袋想了想。

她見過極光。

那是個聖誕假期，室友看不下去她天天打工，拉著她去芬蘭看極光。北回歸線以北的國家，遙遠的彷彿世界盡頭。她們去的時候，極夜籠罩赫爾辛基，人們在無邊無際的黑暗中跳舞與狂歡。

極光像是一條瑩綠色的長鞭，被宇宙握在手裡，毫無章法的擊打著地球的大氣層。

也在她腦海裡留下了深深的印記。

於是她又點點頭，「看過。」

「妳眞厲害，去過那麼遠的地方，」小女孩羡慕的望著她，「我要是能像妳一樣就好了。」

分明是不同的膚色長相，邵雪卻在她的眼裡看到了熟悉的光芒。那光芒和那個站在大雪皚皚的太和殿前的自己重合起來，讓她忍不住伸手揉了揉她的頭髮。

跌跌撞撞的，她也成爲別人想成爲的樣子了。

里昂下樓裝水，正好看見她和小女孩鬧成一團。他抓了抓自己蓬鬆的鬈髮催促，「明天還要拍攝呢，妳早點睡。」

邵雪「嗯」了一聲，打著哈欠回了自己的房間。

拍攝第一站便是首都斯亞貝巴的博物館。

國家博物館有自己專門的英語導遊，邵雪的作用主要展現在沒有人懂英語的地方，越是這種經典景點，反倒越沒有她的事。里昂的團隊駕著機器推過去，她站在大廳入口那副巨大的骨架照片前發呆。

棕色的骨骼化石拼湊起一個不完整的人，照片的最底部寫著一行意蘊悠長的字：「歡迎回家」。

飛鳥湊到她身邊，「是不是有些驚訝？」

「你來幹嘛？」相處了小半週，邵雪也和他熟了，「兩個翻譯全都離開隊伍。」

「有博物館的翻譯呢，」飛鳥撇嘴，「這些翻譯最看不起我們這種嚮導了，老是覺得我們搶他們飯碗，我還是早點離開他的視線比較好。」

大概瞭解他們的愛恨情仇，邵雪把目光重新轉回了那張照片上。

「爲什麼要歡迎回家？」

飛鳥沒直接回答，反倒問她：「妳知道這具骨架的主人叫什麼嗎？」

殘缺的顱骨和四肢，胸腔腰腹更是所剩無幾。邵雪搖搖頭，不知所謂。

「露西，南方古猿阿法種，距今三百五十萬年。」

漫長的歲月之尺，讓邵雪肅然起敬。

撇了撇嘴，飛鳥又問：「我直接說阿姆哈拉語，妳聽得懂吧？」

「當然可以。」

於是片刻之後，這門生於斯的語言便迴響在邵雪耳邊，訴說著關於露西的那個故事。

「衣索比亞首度附近有一片名為『阿法』的盆地。一九七四年夏天，在漫長而辛苦的挖掘工作後，隊員們終於挖掘出了這具最為古老的人類化石。人們為了慶祝這件事，徹夜播放披頭四的〈露西在綴滿鑽石的天空〉，非洲夏娃因此得到一個現代的名字。」

「為什麼叫她非洲夏娃？」

「她是個成年女人，曾經孕育過生命。在她的骨盆腔中安放過現今可考的最早一具子宮。」

非洲夏娃。邵雪忍不住彎了彎嘴角。

人類起源於非洲。如果這個學說真的可靠的話，那麼在場的所有人，無論歐洲人，亞洲人，非洲人，還是北美南美大洋洲，全都與這架枯骨沾親帶故。

中國人講究認祖歸宗，國外也有相應的家族榮耀感。人們總是自然的去尋找自己從哪裡來，又下意識的將上一輩留下的東西繼續傳承。

我們說，女媧造人，炎黃子孫。

里昂是基督徒，他相信上帝七天創造世界。

那麼如果拋開唯心主義，從DNA的角度去認真追溯，我們的祖先是否皆源自於非洲大陸？

從非洲來，從露西的子宮中來。

三百五十萬年前的地球，阿法盆地一片荒蕪。未知的，稀疏抑或茂密的草地叢林間，露西站在大地動脈之上仰望蒼穹，她知道她的後人會因為無數原因分裂鬥爭嗎？

還是只是撫摸著自己隆起的腹部，用一種早已消失的語言說：

「孩子呀，我的孩子。」

你終於回到了故鄉。

漂泊五年，邵雪不曾回到故鄉。

小時候不懂鄉愁，也不覺得北京多好。古樹紅牆，都是看厭了的景色。她想去外面，看極光、看教堂、看一切故鄉沒有的景色。

後來，成了遊子。

忙著念書，忙著賺錢，也就不想家了。在網路上和郁東歌視訊聊聊天，在社交網路和老友點個讚。被現代文明壓抑的血脈聯結變得淡漠，變得細小，卻仍舊未被斬斷。

她沒想到會在異國他鄉想起家來。

想起故宮的大雪，悠長的胡同，杏上枝頭墜的枝椏垂首，鸚鵡和御貓在琉璃瓦底下聲嘶力竭的叫喚。

想起她坐在鄭素年的車後座上，一陣風似的刮過古老的房屋。想起他身上老植物似的香氣，在暖風之中直起腰，讓她把頭靠在自己背上。

那些被時間之尺勾起，有關人類的浩大思緒飄飄緲緲的落下來，她終歸還是個普通人。三百五十萬年，太遠了，她站在露西面前簡直渺小的不值一提。

她曾經想過很多很多，自己到底和鄭素年哪裡不一樣。

她是個很彆扭的人，腦子裡想什麼，很多時候和別人說了，別人也聽不懂。比如她和鄭素年，她知道他們性格裡是有什麼東西錯位的。不止是一個想留一個想走，是人生觀截然不同。

他不習慣改變。

他要做什麼就會一直做下去，用這樣一種自虐似的方式體悟人生。以前上學讀書是這樣，後來進了修復室臨摹古畫也是這樣。做到最後，人就進了一種化境，好像在進行一場修行。

邵雪則是需要不停改變的。

她需要不停的流浪，最後積累出一片宏大的畫卷，從這片畫卷中找到自己存在的意義。極光也好，伏爾加河也好，非洲廣袤的平原也好。她一直拚了命的努力，無論是讀書工作還是旅行，總是在不停的跳脫自己之前的生活。

她本來以爲他們活著的方式不同。

可是在那個時候，站在人類之母面前，她忽然察覺出自己的可笑。

她和鄭素年所區別的只是生活的方式，卻忽略了他們眞正感知生命的管道。

他們都是用時間的流逝來感知的。只不過鄭素年是透過手中凝固不動的古畫感知時間的流逝，而她則是透過跳動的極光、不息的河流與非洲大地上的勃勃生機感知。

殊途同歸。

他們其實有著相同的、衡量生命的方式。不是金錢，也不是任何世俗用來衡量一個人的東西。就好像鄭素年會放棄高考，選擇把晉寧沒做完的事傳承下去；而她會放棄穩定的工作，轉而選擇這樣一趟到非洲來、前途未卜的翻譯之行。

漂泊歲月漫長，她沒想到自己是在這樣的情境下想通了。

飛鳥不知道她內心正天人交戰。他推推邵雪的肩膀問：「妳怎麼了？」

邵雪笑笑，「在想一個人。」

「想就去找他啊——是男人吧？」

她思忖片刻，輕聲說：「可惜晚了。」

沒有人會像個傻子一樣等她。

這場沒頭沒尾卻貫穿她生命的愛。

是她先撤退的。

鄭素年家中新換的液晶大電視裡，一隻伺機待發的獵豹撲向了河邊吃草的羚羊。一時間，羚羊的後腿被撕開一道裂口，鮮血四濺——

「你在看什麼？」柏昀生放下剛抓壞鍵盤而挨罵的二黑，走到鄭素年身邊。

鄭素年看了一眼螢幕右下角，「野性非洲。」

「你有病吧，又到了交配的季節是吧？」

鄭素年沒搭理他，把二黑抱上自己膝蓋，「牠現在怎麼這麼胖？你怎麼餵的，別到時候高血壓高血脂。」

「你先別說牠，」柏昀生坐到他旁邊的沙發，「你爸要你相親的女生怎麼樣？」

「昨天相親那個？」鄭素年想了想，「她嫌我薪水少。」

鄭素年也不知道鄭津著的哪門子急，從他一過二十五就開始嘮叨結婚的事，今年終於坐不住了，跟社區裡遛狗的大媽摻和了一門相親。相親那女孩子一看也是被逼來的，兩人相對無言半天，鄭素年說：「妳要不要回去跟妳家裡人說，嫌我薪水少？」

那女孩點點頭，「那你就回去跟你爸說，覺得我醜。」

鄭素年說：「……不用這麼損人吧。」

「我就說你當時應該跟著我做！」柏昀生聽聞此事一拍大腿，「哥兒們對錢是天性敏感，要不是我前年催著你買房，現在這房價就你那點薪水，哪年哪月能繳頭期款啊——」

「你又開始了是吧？」鄭素年瞪他一眼。

柏記珠寶是前年開起來的。柏昀生聽了薛江畔的話，從起步就做上流生意，客戶都是歲數比較大、在社會上有些地位的中年人。他自己能幹，再加上薛江畔穿針引線，短短兩年就在北京和蘇州各開起一家實體店。

這兩年城市變化天翻地覆，他家原來的店大多被拆遷或者變賣。柏昀生騎著自行車走遍故鄉，在老城區一處未被拆遷的古街盤下了一處店面。

二百坪的店面裝潢的古香古色，有上了歲數的老蘇州一進門就哭了，拉著自家兒女的手說：「這就是當年的老柏記呀，就是這樣的。」

人們對老字號的依戀，連去旁觀開業的鄭素年都不禁動容。

柏昀生這兩年總是出差，不在的時候就把二黑扔到素年家裡照顧。這個人做生意過日子，看著似乎一點問題都沒有，唯一的毛病就是一喝多了就開始找顧雲錦。

顧雲錦走了以後，他確實去蘇州找過，可惜已人去樓空。褚師傅家裡人知道他的事，只說顧雲錦走前為褚師傅上了香，但至於去了哪裡，連他們都不知道。

現在這個社會找一個人多容易啊，手機、微信，各種各樣的網路聯繫。可是當一個人真的打定主意消失的時候，卻也可以這麼徹底。

顧雲錦對這個世界的依戀很少，活了二十幾年，無非一個柏昀生一個褚師傅。她現在都可以割捨下了。

他消沉了一段日子，再回來的時候，就是現在這個只認錢的混帳樣子。

柏昀生在五環租的那個房子一直沒退，東西擺放整齊，偶爾還會去打掃。他大概是覺得顧雲錦走的時候帶著鑰匙，要是什麼時候想回來還能開鎖進門。

雖然鄭素年覺得這件事是癡人說夢。

總之，柏昀生現在，年紀輕輕，一表人才，前途無量，當得起一聲：

「柏老闆——你趕快帶著你們家二黑滾出我家，我真的收拾不完牠這些毛了。」

竇思遠種的杏子這個季節熟了。

杏樹不但長得枝繁葉茂，又因為種在牆邊，大有四十多枝紅杏出牆的氣勢。中午午休的時候，鄭素年一邊看著幾個剛畢業的年輕人上躥下跳的打杏子，一邊拿著個塑膠盆跟在竇思遠屁股後頭討杏子。

「你想要？」

「時老師要。」

「我就知道。」

竇思遠挑了幾個好的給素年，另外一邊，傅喬木正抱著竇言蹊往外溜達。他們上班帶孩子不容易，只要家裡老人有事就得把竇言蹊帶到辦公室來。小崽子長到這個歲數，也很會看人臉色，知道鄭素年脾氣好，一手的水彩就往人家身上蹭。

「你怎麼那麼討厭！」傅喬木戳他腦門，「你幹嘛！」

「我要小鄭叔叔跟我去買冰棒！」

鄭素年單手把他一提，「走。」

鄭津在後面冒了個頭，「素年，家裡沒洗髮精了，你買一瓶。」

「好！」鄭素年應了一聲，頭髮被竇言蹊抓成了雞窩。

盛夏時節，西三院的杏子掉了一地，螞蟻勤勤懇懇的搬運著腐爛的杏肉，在地磚上蜿蜒成了一條蟻流。鄭素年抱著竇言蹊像過地雷陣一樣，一個地磚一個地磚的閃避，把小孩子的話顛得斷斷續續的。

「鄭……叔叔……我喜……歡我……們班的……一個女生。」

「哦？」鄭素年裝出一副很感興趣的樣子，也不再顛了，「說說看。」

「她很喜歡纏著我，」竇言蹊趴在他耳朵邊說，「我也喜歡她，可是明年幼稚園換班，我們就要分開了。」

才這麼大點人，還懂得分離之苦了。

便利店離得不遠，鄭素年讓竇言蹊先挑了冰棒。他抱著鄭素年大腿，跟著走進生活用品區，看他在幾款洗髮精之間猶豫了一下。

竇言蹊那身高也只拿得到最底下那排的洗髮精，而鄭素年連考慮都沒考慮過那排——他懶得彎腰。等矮的那個把最底排的瓶子都聞了一遍，他拉著鄭素年說：「買這個吧。」

鄭素年問：「爲什麼？」

「這個好聞。」

這個年紀的小男生還有自己的品味了……鄭素年的眼角抽了抽，蹲下來把他挑出來的那瓶洗髮精拿在手裡，挺好奇的，也聞了聞。

又聞了聞。

竇言蹊不知所以，「怎麼不走啊？」

鄭素年伸手揉了揉他的頭髮，「還有別的想吃的嗎？」

小不點「啊」了一聲，不知道自己做了什麼好事。

鄭素年說：「洋芋片？糖果？餅乾？海苔？」

竇言蹊說：「都要！」

鄭素年說：「都買。」

「哇」一聲過後，竇言蹊整個人撲進了零食區。

那是幾年前的事了？

轟隆隆的吹風機聲夾雜著鄭素年的聲音：

「妳這是什麼洗髮精？」

「很香吧，我等一下回去拿給你看看。」

「不用了，我隨便問問。」

眞的好香啊。

4

從非洲剛回來那段時間，邵雪黑得像從煤炭爐裡剛跑出來。

她幾次三番拒絕了郁東歌視訊要求，直到那天中秋節，她媽邊打電話邊哭，「人家的女兒都是貼心小棉襖，我呢？我生個女兒不回家就算了，現在連視訊都不願意……」

邵雪特意畫了白一號的粉底打開攝影鏡頭，郁東歌在那邊沉默半晌，鎮定的問：「妳是不是沒開燈？」

邵雪說：「……光線不好。」

在劇組的時候吃住全免費，給的酬金也足夠她空閒兩、三個月。邵雪不疾不徐的發履歷，最後去了一家語言學校面試。

她兩個大學都拿得出手，也有一定的工作經驗。面試很順利，面試官提的問題她也都能答得八九不離十，只是到了最後，那個女人有點好奇的闔上面前的夾子。

「有個私人問題，」她小心的說，「妳眞的是中國人嗎？」

邵雪說：「啊？」

對方說：「妳是不是中非混血？」

她上班這家企業是中外合資的培訓機構，規劃上和孔子學院掛鉤。學校裡有不少中國人，有個叫高陽的男人是大她十幾屆的校友，常常主動幫她解決一些工作上的麻煩。邵雪孤身一人在他鄉，對他不勝感激。

有一次兩個人出去吃飯，高陽突然感慨，「這樣一直爲人打工，到底是沒意思。」

邵雪倒沒想那麼多。有飯吃，有覺睡，賺的也不少，她覺得這工作滿好的。

「妳想不想接案？」高陽問她。

高陽算是她叔叔輩的了，只不過邵雪覺得都是同事，平常只稱呼一聲陽哥。

「接案很累吧，」她想了想，「異國他鄉的，什麼事弄不好怪麻煩的。」

「有我啊，」高陽夾菜給她，「我在這邊路子通，要不是沒有合夥的，哪裡需要這樣朝九晚五。」

邵雪糊弄著搪塞了過去，「先吃吧，這菜不錯。」

這樣搪塞著也就到了年底。

她那段時間感冒反反覆覆的，終於在過年的時候發燒了。室友回家過年，合租公寓裡就只剩下了她一個人。沒有親人也沒有朋友，她躺在床上替自己加了兩層被子，咳得昏天黑地，滿臉通紅。

有人敲門。

她張了張嘴想問是誰，無奈嗓子早就啞得說不出話來。打開門後，高陽和他老婆捧著一個保溫桶驚訝的看著她。

「陽哥，嫂子，」邵雪的眼圈一下子就紅了，「你們怎麼來了？」

「妳這是怎麼了？」陽嫂趕忙擠進來把門關上，摸了摸邵雪的額頭，趕忙差遣高陽出去買藥。

「我們本來想這大過年的，妳一個女孩兒人在異鄉，就過來看看妳。怎麼病成這樣了？」

她一籮筐的話哽在喉嚨口，甫一開口全咳了出去。

「哎呦，這小可憐，」陽嫂給她把被子蓋好倒了杯水，「好好休息啊，我出去幫妳煮點麵條。」

陽嫂一出去，邵雪鬆了口氣。

電話握在手裡，要不是這兩個人來，她差點就撥出去給鄭素年了。她心裡暗自懊惱這種一委屈就想找他的可恨下意識本能，把手機狠狠塞到了枕頭底下。

人脆弱的時候，稍微對她好點就足夠感激涕零一輩子。高陽夫妻照顧了她一陣子，回春的時候，邵雪的病總算好了過來。她買了一堆禮品送到高陽家裡，還買了一副很貴的耳環給陽嫂。

「妳看看妳這孩子，」陽嫂怪她，「買這麼貴的東西幹嘛呀？我們華人在國外，就應該互相照顧著，這是理所當然的事。」

「不瞞妳說，我在外面這些年都一個人慣了，」邵雪難得羞澀，「你們對我這麼好，都讓我想起小時候那些住我隔壁的叔叔阿姨了。」

她一下子就跟這對夫妻親了起來，慢慢的也就瞭解，高陽是二十年前來義大利的，家裡還有一雙兒女。大兒子在中國工作，小女兒尚在讀高中。

過了年，高陽又找上了邵雪。

「你又要說合資辦學校的事啊？」

「是啊，」高陽為難的看著她，「我女兒要上大學了，兒子明年就結婚。現在這點家底，根本不夠啊。」

看邵雪有些心軟的樣子，高陽趁熱打鐵，「妳看現在這些辦學校的，穩賺不賠，更何況我們都是行內人。邵雪，妳把心放到肚子裡，我做事很可靠的。」

她仔細想了一整天。

當老師，怎麼樣拿的都是工作簽證，開公司的話，就有了移民的籌碼。高陽一家對她那麼好，這件事又互惠互利，實在沒理由不幫人家。

她去銀行算了算自己這些年的積蓄，完完整整的交到了高陽手裡。

工作的改變對邵雪來說沒什麼太大的影響，只不過是換了個地方教語言。高陽負責管理，邵雪負責教育，兩個人相安無事的做了大半年，總算把學校做出了一定的規模。

事情是從秋天的一個傍晚開始變得不對勁的。

高陽那段時間好像特別忙，一週能露一次面就不錯了。邵雪問起來，他總是說得含糊不清，總歸是些她聽不懂的手續問題。陽嫂許久沒叫她去家裡吃過飯，偶然見了一次，邵雪發現她不再戴自己送她的耳環。

她很喜歡那副耳環，自從收到了幾乎沒摘過，這件事讓邵雪起了疑。

「陽哥，」有次下了課，她晃到了高陽的辦公室，「學校是不是出了什麼問題啊？」

「問題？」高陽一愣，險些把桌子上的書碰到了地上，「沒有，妳別瞎操心，等忙過這陣子，我們就可以休息一下了。」

邵雪點點頭，半信半疑的走出了辦公室。

高陽等她的背影消失在門外，拿出手機打了個電話回家，「這回真的沒辦法了，我們得走了。」

「沒辦法了？」陽嫂的聲音也很疲憊，「我把家裡能賣的都賣了，這次賠得真是血本無歸。」

「這波倒閉潮，我有什麼辦法，」高陽長嘆，「家裡的東西整理一下，兒子說在國內接我們。」

話筒裡沉默許久，陽嫂有些艱難的問：「邵雪那女孩呢？」

「大難臨頭，能自保就不錯了。她一個女孩子，人在異鄉，又一點也不懂管理，弄不出什麼大浪來。」

邵雪把教室的黑板擦乾淨，哼著歌路過了高陽的辦公室。

「陽哥，我走了啊！」

高陽手指一鬆，復又攥緊，終是狠下了心。

「好，走吧。」

那段時間在國外做語言學校的都有印象。語言培訓機構的倒閉潮，企業互相擔保，一個倒掉就是連鎖反應。高陽這家學校剛開不久，哪經得起這種大風大浪，資金周轉不靈，他倒賣了大半身家，總算沒欠下債來。

只是也血本無歸。

一同散盡的，還有邵雪的所有積蓄。

打拚了六年，最後剩下的錢堪堪只夠買一張回國的機票，她的簽證因爲這件事也出了問題。邵雪就像個木偶，被線牽拉著辦完手續，在機場度過了自己在異鄉的最後一夜。

高陽一家人的電話都打不通了。邵雪沒了骨頭一樣倒在飛機座椅上，隨著起飛聽見自己的耳膜因爲氣壓的變化發出尖銳的震動聲。

一場大夢。

再醒過來的時候，飛機已經抵達北京。

闊別六年，她沒想到自己再回來的時候，會是這樣一無所有。

邵雪在大廳站了一會。時間接近半夜，大廳裡的乘客比白天稀疏不少。她拿起手機對著空蕩的機場大廳拍了張照，然後在朋友圈裡發了兩個字：

「挺住。」

但是幾乎就在下一秒，她就把圖片刪除了。

那股哽咽好像終於找出了個發洩出口。邵雪把行李箱桿子拉開，昂著頭朝門外走了過去。

夜風如許。

第11章　一別經年

1

鄭津點了點口水，把素年買回來給他的《全球鐘錶圖鑑》又翻了一頁。

他說：「素年啊，你看看這臺鐘。哎，等我退休了，我就去大英博物館參觀一下。」

「你眞想去的話，明年五一放假我帶你去，」鄭素年在廚房忙得鍋碗瓢盆撞得哐嘡響，「哪裡還要等到退休。」

「那可不行，我正在存結婚資金給你呢，」鄭津正色，「你現在拖著不結婚，將來花錢的地方可多了。」

「又開始了是不是？」鄭素年拿塊布墊著鍋急急走出來，「沒完沒了，除了結婚就是生孩子，你一天天的有點別的事想想可以嗎？」

「哦，結婚生孩子就不是事了？」鄭津生起悶氣，「都快三十了也沒個穩定的女朋友，一說就生氣一說就生氣，我能不急嗎？」

「爸，」鄭素年把勺子往飯裡一放，「你再說，我不吃了啊。」

鄭津灰溜溜的走過去吃飯，一邊吃一邊跟自己嘟囔。素年再看向他，他就佯作發怒，「怎麼了？我自己跟自己說話不行啊？」

鄭素年徹底沒了轍。

怎麼人歲數一大，就都變成這樣了。

吃完飯，他把碗洗了就又回自己家那邊。他不是那種和親友很熱絡的人，更不喜歡交際應酬。張祁遠在美國，裴書也杳無音訊。他一整天除了在故宮摹畫，就是和柏昀生出去聊聊近況。鄭津歲數大了，身體也不好，他大部分閒暇時都在家陪老人。

非常偶爾的時候，他會夢見邵雪。

夢裡的場景總有不同，出場人物也不停變化。可是邵雪總是穿著藍白色的校服，若即若離的走在他身前三步。

他從來沒有趕上那三步過。

等到他們走到門外，天空就開始下雪，抑或起了大霧，總之不會是什麼好天氣。他再抬起頭，邵雪就不見了。

2

秦思慕一把將落地窗拉開。

被子裡的人哀嚎一聲，把頭縮了縮。這間臥室向陽，陽光灑在人身上，光輝向上。

「睡夠了沒有？」秦思慕拉了一下被子。

「還沒有，」細細的聲音從被子底下傳出來，「差得遠呢。」

「邵雪，妳給我滾下床，」她一把掀開被子，「飯也不吃水也不喝，妳是要死在我床上是吧？」

邵雪被光線刺得眉頭一皺，眼睛勉強睜開條縫，可憐巴巴的看著秦思慕。見不得她這個樣子，秦思慕無可奈何的坐到床上。

「我怎麼就被妳這麼個學妹賴上啊。說吧，妳要幹嘛？」

「我破產了，」邵雪吸吸鼻子，「口袋裡只剩一毛錢。」

「不至於吧我的雪，」秦思慕撥了撥她的頭髮，「我知道妳被那王八蛋騙了，但是我們是有本事的人，完全可以東山再起。妳剛回來沒地方住就先住我這裡，可是妳要找個工作啊。」

「我不想見人，」邵雪爬起來和秦思慕四目相對，「誰也不想見。」

秦思慕無言的看了她半晌。

「那這樣，我有幾個準備推了的翻譯案，嫌價格低，妳做不做？」

她低頭想了想。

「做。」

秦思慕去廚房弄了點早飯。行李已放在床邊，她下午就要去西安爲一個外國劇組做隨行翻譯。自她前年從前公司辭了職，她就依靠以前的人脈做起了自由翻譯，兩年下來名氣積累，現在收入和閒暇時間都比當年翻了兩番。

邵雪到浴室洗漱。等她坐到餐桌前面，秦思慕的早飯也做好了。

「我是上輩子欠妳的吧，邵雪？」秦思慕多年的習慣便是雷厲風行，費了半天勁煎好的雞蛋，眼睜睜看著邵雪囫圇便吞進了嘴裡，「我對我那幾個前男友都沒這麼夠意思。」

「前男友那麼多，邵雪只有一個，」邵雪大言不慚，毫無愧意，「就知道思慕姊姊最好啦。」

「妳閉嘴，」秦思慕適時打斷了她，「妳現在回都回來了，去找鄭素年唄。當年把人家睡了就走了，讓人家白等這麼多年。」

「找他幹嘛，過得不好去找他笑話我啊。」

「妳怎麼心理這麼陰暗啊？當年愛過的女人現在有了困難，妳未婚他未娶的，有什麼不能伸出援手的。」

卻沒想到邵雪臉色一暗，手裡的筷子也放下了。

「我不去，」她沒精打采的說，「要找他，也是我在外面混出模樣、容光煥發的站在他面前。不能是我被騙得破了產，過不下去了才讓他收留我。那算什麼啊？我還要不要臉了？」

秦思慕嗤笑一聲，「妳很有骨氣嘛。」

邵雪家。

郁東歌倒了杯水給剛進門的鄭素年，招呼著要一邊看電視劇的邵華過來。鄭素年帶來的東西一大箱，最上面的是一盒蜂巢。

「這可是好東西啊，」邵華蹲在地上研究，「以前買都買不到。張祁給的？」

「是，」鄭素年點頭，「他好像去紐西蘭了，買了不少東西。」

「哎，這孩子眞是有出息，」邵華直了直腰，「有出息又孝順，當年誰能想得到？哪像我們家那女兒，只有逢年過節打個電話，連家都不回。」

鄭素年低頭沒應聲。

郁東歌提起邵雪也不高興。

「誰說不是啊，這女兒養得跟個白眼狼似的。二十七了，打電話問有沒有男朋友也不說，問要不要安排相親也不要，急死我了。」

「還小呢，」鄭素年再不搭腔就顯得怪了，「我比她還大了快兩歲。」

「那男的能跟女的比呀，」郁東歌像個氣呼呼的小老太太，「你看看我們故宮的孫阿姨和李阿姨，孫子都抱到了，我連個女婿都沒影兒呢。」

鄭素年笑了笑，回頭看見了沙發邊上的電話話筒放在一邊。

「叔叔，你們家的電話怎麼不掛上啊？」鄭素年伸手就要去掛，被郁東歌攔住。

「電話壞了，」郁阿姨解釋，「掛上就滴滴響，現在只能這樣放著，電話來了就按免持。」

「這什麼毛病？」鄭素年有點奇怪。眼看著外面天色已晚，他把杯子裡的水一飲而盡，「那叔叔阿姨，我先走了啊，我爸還在家裡等著我吃飯。」

鄭素年因爲拿了一箱補品開車過來的，一踩油門，就聽見手機震個沒完。

接起來，沒想到是張祁。

「幹嘛，」他一邊轉方向盤一邊問，「你那邊幾點啊，現在打電話給我。」

張祁的聲音支支吾吾的，半天問了一句：

「東西到了？」

「到了，」鄭素年催了油門，「剛送過去給郁阿姨。言蹊的變形金剛得等等，他們家離得遠，我後天過週末再送。」

張祁還在那邊扭捏，把鄭素年聽煩了。

「怎麼回事？有事就說。」

「素年啊，」張祁深吸了一口氣，「邵雪回國了，你知道嗎？」

他一個緊急煞車。

大概是聽到他這邊輪胎摩擦的響聲，張祁有點慌了，「素年？素年你沒事吧？聽見了嗎？」

「在聽呢，」他面無表情的再上檔，「你繼續說。」

「她兩年前來美國的時候和我見過一面，我加了她的微信。前天白天的時候我刷了朋友圈，突然發現她發了一張機場到達口的照片。

「我們這裡是白天，你們那邊是半夜。她刪得很快，我再一刷就不見了。我微信問她是不是回國了，她說沒有。

「你知道那照片她配了什麼字嗎？

「挺住。」

鄭素年一怔。

挺住。挺住。

他仔細琢磨著這兩個字，越琢磨越不是滋味。

張祁把事情和他女朋友說了。他女朋友在哥大讀心理學博士，最擅長的就是這種事的推測。她聽張祁說了邵雪這些年的經歷，半猜測的下了個定論。

「人的情感都是要有宣洩口的。她大半夜發這麼一條朋友圈，可能也是忍不住了。

「發了又刪，是不想讓別人知道。回國又不想讓別人知道，那絕對不是帶著什麼好事回來。

「我看你的朋友，遇上了困難。」

心理學博士都發了話，張祁立刻就給鄭素年打了小報告。

長安街上一堵幾公里。鄭素年眼睛盯著紅燈，耳朵裡淨是張祁不停「喂喂喂」的聲音。

他說：「我知道了。」

車開著，他也不方便一直用手機。到了鄭津樓下，他沒下車，先打開微信列表搜人名。

張一易。

汶川地震以後，張一易留了鄭素年的電話。他微信開得很晚，別人都開始用了，他才在柏昀生的敦促之下開了一個。通訊裡好友一更新，張一易的好友申請就發了過來。

「素年哥，你猜我在哪裡呢？」

這個人自從被他罵過就特別敬畏他，話裡話外總是想證明自己不是當初他第一眼以爲的那種人。鄭素年還沒來得及回他，就看到那邊發來一張照片。

張一易站在烈日下，和一個非洲小孩抱在一起。

鄭素年問：「你這是……」

張一易愉快的說：「我畢業以後去做國際志工啦，現在在非洲做教育支援。」

他朋友圈更新得不頻繁，偶爾會發幾張自己天南海北到處跑的照片。鄭素年往下滑了滑找到他，開門見山的說：

「你認不認識秦思慕？」

那邊很快有了回覆，「認識啊，我學姊。」

「電話，我找她有事。」

秦思慕正在T2航站樓閉目養神。

她習慣趕飛機起碼早到兩個小時。手機此時響起來，是個陌生號碼，她瞄了一眼便掛掉。

又響。

她有些疑惑的接通。

「請問是秦思慕小姐嗎？」電話那邊的男聲彬彬有禮，語氣裡有一絲不易察覺的焦躁，「我是鄭素年。」

鄭素年趕到秦思慕家的時候，邵雪正毫無察覺的在浴室徜徉著。秦思慕是個懂享受的人，公寓十五坪不到，浴室倒是足夠寬敞。熱水剛放滿浴缸，邵雪伸進去一個腳尖。

燙燙燙。

她抖著抬起腳，伸手去開冷水。水龍頭「嘩啦」一聲爆出水龍時，門鈴適時的響起來。

窗外天色已晚，秦思慕這個社區又是青年公寓，住戶早出晚歸，人情淡漠，犯罪率相比老社區算是高的。邵雪渾身一震，顫巍巍的走到了客廳。

客廳的窗戶沒關，外面的冷風呼呼的灌入屋子裡。邵雪只穿了個白色睡裙，提心吊膽的去看門孔。

她眼睛往上湊，手裡還沒歇著，熟練地解鎖開通話，手指在秦思慕和家裡電話中選了一下，還是選擇了後者。

要是真碰見危險了，還是家裡的爸媽可靠點。

誰知手伸到一半，外面卻又是一陣沉重的敲門聲。

「來了來了。」郁東歌急匆匆的打開了自家防盜門，只看見鄭津穿了件深灰色的棉襖站在外面。

「鄭老師？你怎麼來了？」

邵華聽見馨響，趕忙放下報紙往外走。鄭津大概是走過來的，外面數九寒天，他的臉色卻紅潤有光澤，一看就是運動過後。

「我吃完飯散步，正好走到你們社區，過來看看你們。」

郁東歌說：「你看素年這孩子，早知道你要過來，我就留他吃飯了，我們四個湊一桌。他剛才還趕著回家。」

「趕著回家？」鄭津換鞋的動作一頓，「他沒回家呀？剛才還打電話給我叫我自己吃。」

大門敞開，邵雪四肢被風吹得冰涼。

鄭素年往前踏了一步，門扇就被風吹得往裡壓了。他伸手朝後一勾，防盜門「哐噹」一聲撞上了門框。

邵雪的手指不自覺的碰了一下電話螢幕。螢幕微微一暗，顯示了撥話介面。

大概是鄭素年身上的氣壓太沉重，她朝後退了一步，手機從手指間滑落，在地板上摔得翻了個面。

「你們家這個電話還沒修好啊？現在接電話還是只能按免持？」鄭津進了門，把棉襖一脫，扭頭就看見了話筒拿開的電話。

邵華「嗯」了一聲，「約了修這個的人，好幾天了也沒來。現在這個服務水準，真是不行。」

他話音剛落，電話鈴聲「鈴鈴鈴」的響了起來。

聲震蒼穹。

郁東歌從廚房急匆匆趕出來，「兩個大男人站在客廳也不會接個電話，我那裡忙著還得趕過來。」

她在圍裙上擦了擦手，伸出食指按下了免持鍵。

一個年輕女聲響起，帶點倔，帶點彆扭，刺破了客廳祥和的氣氛。

「我不需要你管我！」

鄭素年火冒三丈，秦思慕說的話在他耳邊好像又迴響了一遍。他一把抓住她的肩膀，大聲說：「妳都被騙得身無分文借住別人家了，我能不管嗎？」

都是親兒子親女兒，別說這麼清晰的講話聲了，打呼都能聽出來是不是自家的孩子。鄭津聽著鄭素年的聲音從免持電話機裡傳過來，和聽出邵雪聲音的郁東歌兩口子都是臉色一變。三個人大氣也不敢喘，紛紛湊到了電話機旁邊。

窗戶沒關，冷風吹得邵雪瑟瑟發抖。鄭素年來得太突然，讓她一點心理準備都沒有。有的只是無窮無盡的羞恥。

要走的人是她，說大話的人是她，覺得外面的世界千好萬好的人是她。可是如今，灰頭土臉回來的那個人，也是她。

「你是我什麼人啊？」她的語氣沒那麼硬了，只是把臉轉過去不看鄭素年，「在外面混不好再回來找你？我是那種不要臉的人嗎？」

鄭素年看不下去了，把她一把拉過來。

「我願意養妳怎麼了？」

邵雪一怔。

她不說話，鄭素年就沒得說。他想過很多種他們重逢的樣子，在機場，在修復室，在郁東歌家裡，卻沒想到是這麼一個讓雙方都猝不及防的場景。

大概是秦思慕把她說得太慘，看到她還能這麼生龍活虎的和自己吵架，鄭素年心裡才有點安慰。

邵雪一雙眼圈紅了又褪，素年又沉不住氣了，「妳是不是嫌我沒錢啊？」

他賺得少，這算是他的一個軟肋。平常被強迫著相親或者和柏昀生聊天，他都能拿出來不當回事的調侃，如今到了自己喜歡的女孩面前，他忽然間就有點氣短。

他第一次爲自己當初沒聽柏昀生的話去賺錢感到忐忑。

邵雪喘了口氣，「鄭素年，我們是六年多沒見了，但你也不能這麼想我吧？我告訴你，雖然我現在沒有正經工作，可是我要賺的話也不少，起碼比你多。我有必要管你賺多少錢嗎？」

她這些話說得還眞的理直氣壯。她現在就是狀態不好不想見人，只能做點字面翻譯的事，以她這種資歷，隨便出去找個老師找個口譯工作都是高薪待遇。

鄭素年沉默了片刻，「邵雪，妳說得也太傷人了。」

邵雪：「……」

不過十幾公里之外的四環某老式社區，鄭津長嘆一聲，「兒子沒出息啊……」

郁東歌和邵華說：「噓噓噓，接著聽。」

風聲，水聲，聲聲入耳。

鄭素年軟了軟口氣，往邵雪那邊走了一步。

她沒退。

洗髮精用的是秦思慕的，身上的味道都變了。素年往她耳邊湊了湊，輕聲細語：「妳回來了，郁阿姨知道嗎？」

「不知道，我誰也不想說。」

「總不能一直瞞著吧，他們想妳都想瘋了。沒有妳這樣做人子女的，出門這麼多年連家都不回，不孝順。」

父母算是她的軟肋，邵雪鼻子一酸，也沒發現他靠得更近了，「我不敢回去……我跟他們視訊完了都會大哭一場，我怕回去了就再也不想出去。」

「在外面一個人，難不難？」

「還可以吧。」

「還可以那妳還回來？」鄭素年開始挖坑給她，「回來了就正經的看看父母，以後想再出去也沒人攔著妳啊。」

邵雪不說話，鄭素年步步為營，「別自己跟自己過不去。錢財乃身外之物，沒了再賺，但感情沒了，花多少時間多少錢都要不回來了。」

「我不敢回去……」

近鄉情怯，也就是這麼一個道理。

「那就先緩緩，」素年沉聲，「妳先去我那裡住兩天。秦思慕跟妳非親非故，妳老是打擾人家，算是怎麼回事啊？」

邵雪聲音低得鄭津他們都快聽不見了，三隻耳朵都湊到了電話筒上。

「我幹嘛去你那裡住啊……」

鄭素年說：「那妳幹嘛睡我啊？」

邵華壓低聲音問：「什麼時候的事？」

郁東歌咬牙切齒說：「這小兔崽子走了就沒回來過。」

鄭津內疚夾雜著自豪，又十分顧忌兩位老同事的情緒，「素年說是邵雪睡的——」

「閉嘴／閉嘴。」

邵雪恍然意識到自己掉入陷阱，抬起頭無比憤怒的說：「什麼叫我睡你啊？那是雙方的事好吧！」

鄭素年說：「睡完了拍拍屁股走人，那是雙方的事嗎？」

邵雪說：「你別跟我演這齣秦香蓮，那你這些年就沒跟別的女人這樣那樣過？」

鄭素年勃然大怒，「我跟別的女人哪樣啊？」

邵雪啞然，沉默半晌微弱的回擊：「你也不怕憋壞了……」

鄭素年：「……」

郁東歌終於按耐不住了，邵華捂了她的嘴三次未遂後，秦思慕不大的公寓驟然響起一聲透過電流傳來的中年女高音：

「邵雪！你們倆怎麼回事，給我說清楚了！」

清楚了——楚了——了。

繞樑三日不絕。

邵雪目光慌張的四處搜索，終於定位到自己掉落在地板上的手機。

鄭素年還有些茫然的望著窗外，她兩步躥了過去把電話撿起來。

「邵雪！」

「媽……」

郁東歌聲如洪鐘：「妳什麼時候把人家素年——不是——素年把妳——不是——什麼時候！」

邵雪壓低聲音，似乎馬上就要哭出來了，「你們那邊怎麼打了電話啊？」

「我們打的？是妳打過來的！」郁東歌氣極了。

邵華還在旁邊添油加醋：「是是，是妳打過來的。」

鄭素年吊兒郎當的站在她身後，眼睜睜的看著邵雪後頸的皮膚漸漸都紅了起來。結果還沒完，電話裡突然傳來了鄭津的聲音：

「那個，小雪啊……」

邵雪囁囁的說：「鄭叔叔……」

鄭津說：「小雪，那個，我只說一件事啊。就是我們家素年，雖然死薪水不多，但是我一直有一套房子在出租。租金一直匯到我帳戶上，但是你們要用的話，我以後直接匯到素年那邊也行的——」

「咔。」

電話掛了。

邵雪回過頭，沒頭沒尾的就開始亂打起鄭素年。他也不還手，任由她的拳頭落在自己胸口、肩膀、手臂上。

打得邵雪都累了，鄭素年才說：「休息一下？」

「你出去。」

「我不要。」

「我要你出去。」

她說著就開始往外推鄭素年。大風那個吹呀，她推一步，他走一步，走到門口了還是全憑她擺布。邵雪用力加速度，死命往外一撞鄭素年，兩個人齊齊跌出門外。

一股邪風刮了過來。

「哐噹！」

「咔噠。」

兩人面面相覷了半分鐘之久，鄭素年臉上的表情五味雜陳，「這不能怪我啊……」

走廊裡有風，邵雪只穿睡裙，這才覺得冷。

寒意順著腳底往上爬，凍得渾身發抖，她蹲下身抱著腿，開始只是輕輕啜泣，接下來，哭泣聲壓抑不住的響徹空間。

她也說不清自己是在哭什麼。

哭自己顛簸了七年，最後還是一無所有。哭自己瀟瀟灑灑的離開，卻鬼鬼祟祟的回來。哭自己分明和父母在同一個城市，卻沒勇氣回家。哭自己借住別人家裡，門竟然被鎖上、連個落腳的地方都沒了。

所有的故作強勢，所有的妄自菲薄。

一件仍有溫度的衣服從自己頭上罩了下來，鄭素年蹲下身子看著她。他本來就不愛多穿，大冬天的，把外套給了她，自己只剩下一件薄毛衣。

他說：「回家吧。」

邵雪慢慢點了點頭，往前蹭了一點，一頭紮進了他懷裡。

鄭素年的大手從她的背摸上她的長髮，輕聲細語，卻可靠無比。

「有我在呢，邵雪。我在呢。」

3

邵雪這一覺睡得昏天黑地。

她已經忘了上次這麼心無掛礙的睡覺是什麼時候的事了。剛開始的時候還會做夢，夢裡有極光，有草原，有長河，有自己走過的千山萬水。可是夢的最後總是故宮。冬天的故宮，白雪落在地上薄薄一層。她和鄭素年騎著自行車，穿過北京城清晨的霧氣，穿過縱橫交錯的胡同與氣派的鐘鼓樓，穿越一道道鑲嵌著門釘的朱紅大門。

修復室裡的御貓細細的叫著，伸出舌頭舔舐著她的手心。

鄭素年睡眼惺忪的把二黑從邵雪身上拎了起來。

他關門的動作很輕，以至於邵雪毫無察覺。二黑拚命想朝邵雪睡的主臥室掙扎奔去，被鄭素年一把扔進站在門口的柏昀生懷裡。

柏老闆大元旦假期也不休息，今天剛從蘇州出差回來，第一件事就是來帶貓。

「怎麼回事？」柏昀生朝裡探頭探腦，「你怎麼今天還睡客房？家裡來人了？」

鄭素年打了個哈欠，雲淡風輕的說：「邵雪回來了。」

要不是他拉了柏昀生一把，柏老闆往後退的那一步，肯定會導致防盜門發出巨響。

「怎麼回來了？」他的大腦無法如此快速消化眼前的資訊，「回來還住你家？你們倆，你們倆，昨晚——」

「哎呀，快滾吧，」鄭素年瞪他，「我都睡客房了，你說呢？」

柏昀生的表情從震驚變成了然，從了然變成一種難以言喻的同情。

鄭素年實在不想再看他的臉，一把把他推了出去。

「哐噹。」

「咔噠。」

何其相似的音效。

柏昀生一手拎著貓一手開了車門。二黑降落在熟悉的副駕駛座上，又開始盡心盡力的用爪子抓起皮質椅墊。柏昀生低頭點亮手機螢幕，看了半晌上頭那個微微垂下頭縫紉的女孩，又迅速把手機扔到了一邊。

二黑撓得正起勁，被天降手機砸了尾巴，發出一聲驚嚇的尖叫。

邵雪不起床，素年也不好叫她。鄭津那邊的電話不斷，他解釋不清，乾脆開了飛航模式。世界頓時都清淨了。

殊不知自己親爸家一早就迎來了邵華和郁東歌，三個老同事大眼對小眼。郁東歌親眼看著邵華撥出去的電話顯示不在服務區內，終於委靡的坐回了沙發。

「兒孫自有兒孫福，」邵華嘆口氣，「我們別瞎操心了。」

邵雪睡到了日上三竿。

鄭素年出去買了趟菜，做了豐盛的早飯、午飯。

全都自己吃了。

他也不知道邵雪晚上打不打算起來。他像接回來一個祖宗似的，既怕叫醒了她沒睡夠，又怕她餓醒了沒飯吃。眼看著天色再變黑，他一個人坐在客廳抽菸，越抽越惆悵。

接邵雪回來這件事，算是他一時衝動。

張祁跟他說的時候，他的理智尚存，等到秦思慕把她的淒慘模樣活靈活現的描述完了，他就再也按耐不住了。那種感覺○八年地震的時候有過一次，時隔七年再現，還是因爲邵雪。

他一刻也等不了，只想最快的，最快的，最快的找到她。

可是找到了又怎麼樣呢？

她要是又想走，他留得住嗎？

主臥室的門輕響了一聲，鄭素年下意識的把菸往身後藏。戳了幾下沒找到滅菸頭的地方，他一緊張，直接用食指和拇指捏滅了。

眉毛一跳，心中叫疼。

廚房那邊的油煙還沒散乾淨，他身上的菸味倒也不明顯。邵雪還沒全醒，半睇著眼上下打量他一遍，一眼就看出他的手僵得都爆出了青筋。

「怎麼回事啊？」她一邊倒了杯水給自己一邊問，眼睛就沒挪開過，「手怎麼了？」

「煮飯的時候，拿蒸碗沒注意。」

邵雪把他的手拉起來，「那也不至於燙成這樣啊？家裡有藥嗎？」

鄭素年把藥拿回來的時候，邵雪已經倒了碗涼水了。鄭素年半推半就的被她抓著手按進水裡，忍不住冰得一震。

「妳從哪裡找到冰的？」

「冰箱壁上刮的冰碴子。」

「滿有辦法的。」

「那可不是。你先冰著，省得起水泡，一會兒拿出來再抹藥。這還是我在國外讀書的時候知道的法子——」

「——妳燙到哪裡了？」

邵雪手上也沾了點涼水，一下清醒了不少。她抬頭看著鄭素年，忍不出嗤笑一聲。

「多少年前的事了，燙到哪裡都好了。」

鄭素年坐在椅子上，看著她把冰箱翻了一遍，熟練地開火、做飯、炒菜，還即興用上了他買回來就沒上過爐的砂鍋。

他覺得面前那個人有點陌生，長了和邵雪一樣的面容，甚至哭的時候還是邵雪那副鼻子耳朵全部泛紅的委屈巴巴模樣，但是內裡又已經和那個離開他的邵雪不同了。

他看得出神。邵雪調了調火，又走過來看看他的手。燙傷的地方隱隱發紅，總算是沒起水泡。邵雪往把燙傷藥擠到他手上，一點一點摩挲開來，一邊抹還一邊吹，吹得鄭素年半邊身子都麻了。

她瞥了一眼垃圾桶裡的菸頭，漫不經心的問：「你抽菸？」

「沒有，」鄭素年反射的說，「柏昀生有時候來家裡，他抽的。」

然後兩人就陷入了奇妙的沉默。

砂鍋在煮湯，咕嘟咕嘟冒著泡。他伸出另一隻手，開始只是撫弄著邵雪的髮梢，接著就攬住了她的肩膀，再然後，便把她整個人結結實實的抱進了自己懷裡。

兩個深深的擁抱，相隔七年之久。

她說：「我以為你和別人在一起了。」

她說：「我要是不回來呢？」

她又說：「我不是讓你別等我了嗎？」

最後一句話已經帶了哭腔。她穿的是鄭素年的襯衫，寬寬大大，下襬垂到膝蓋。他把兩隻手伸到她身後，按住她瘦得勾勒出骨節輪廓的脊背。

他說：「太瘦了，還是胖點好。」

他說：「妳不回來，我就一直等啊。」

他又說：「妳以為妳是誰啊，說睡就睡，說不等就不等。」

邵雪：「你這個人怎麼這麼記仇——」

砂鍋忽然發出一聲悠長的「嗚——」，邵雪一把推開他。

鄭素年說：「妳幹嘛？」

邵雪急匆匆的走向廚房，「關火，燒乾了危險。我們吃飯吧，涼了就不好吃了。」

鄭素年揉揉太陽穴，決定今天過後，讓那個砂鍋繼續過起不見天日的生活。

他這個人，很記仇。

鄭素年衣櫃裡有件男款S號的褲子，網路買的，弄錯了尺寸，發現的時候已經過了退貨期。他把褲子放在衣櫃深處兩年多，沒想到它竟然還有用武之地。

邵雪把腰帶扣到最裡面那環，拉了拉寬大的襯衫，覺得這個造型還可以。

「走吧。」

鄭素年急急的跟在後面出了門。

七年不是個小數字。邵雪本來就不太認路，一上了高架道路更暈，乾脆把眼睛一閉不看了。這地方變得太多太快，她忽然懂了當初那個華僑的感嘆。

地理意義上的故土，視覺意義上的他鄉。

好不容易進了主路，前面就開始堵車了，車往前一蹭又一蹭，旁邊有人煩躁的按起了喇叭。邵雪搖下窗戶看了一眼，嘴裡嘟囔一句：

「火氣這麼大。」

素年笑笑，「習慣就好。」

打著方向盤轉進停車場，邵雪終於一下子紮進商城。

秦思慕那扉門一關，眞的把本來就破產的邵雪關得一無所有了，渾身上下除了睡裙就只剩一個手機。她被鄭素年領回家後，連翻譯稿子都是讓秦思慕重新傳過來的。思慕姊還特別體貼，在電話裡噓寒問暖：「門鎖了？門鎖了沒辦法，妳就住人家鄭素年那裡吧。我還有好幾個月才回來呢。沒有鑰匙，妳不是屋主，也沒法找人開鎖。沒辦法，邵雪，眞的沒辦法。」

邵雪咬著牙，「妳跟鄭素年說我在妳家這件事，我還沒找妳問清楚呢。」

秦思慕說：「哎呀，這劇組來什麼破地方，荒山野嶺連個信號都沒有。邵雪，我掛了啊，沒事別找我，這邊沒電。」

她也打算回去見父母，總不能連衣服都穿著鄭素年的回去吧。大悅城的女人來來往往，個個都打扮出身價千萬的氣勢來。邵雪穿著男款襯衫，低著頭走進一家服裝店。

試了三套也沒個順眼的，再拿了條冬季長裙穿出來，鄭素年就沒了影。

過了一會，他把付款收據拿了回來。

「我沒說買這件啊？」

「我覺得好看，」她沒想到鄭素年骨子裡還有點大男人主義，「我覺得好看，妳就穿。」

再往後，長靴羊絨衫，大衣和長褲，鄭素年就跟個人肉提款機似的跟在她後面，讓邵雪不禁懷疑，這是不是前天那個質問她「妳是不是嫌我賺得少」的人。買化妝品的時候，她終於忍不住了，回頭苦苦哀求，「我雖然沒卡沒現金，手機也能付款。你別這樣了，多不好啊。」

「我願意，」鄭素年死皮賴臉的，「七年沒爲妳花過一塊錢，我想燒錢不行嗎？」

身後兩個櫃姊湊到一起開始竊竊私語，邵雪頂不住壓力，迅速逃竄到其他樓層。

兩人出來的時候，袋子放滿了車後座，邵雪把圍巾裹到鼻子，抬頭挺胸的進了鄭素年車裡。

「開心了？」

「開心了，」邵雪呼出一口氣，「自破產了之後，還沒這麼開心過。」

車子上了馬路，卻沒原路返回。邵雪就是再不認路，也看出來方向不對了。她拉拉鄭素年的袖子問：「去哪裡啊？」

「去我們爸媽那裡。」素年簡單的回答。

那附近堵得厲害，他們把車停在兩站之外的一個停車場，然後步行過去。今年雪下得晚，元旦那天星星點點掉了幾粒，到今天才開派對似的下了起來。

也是運氣好，碰上了週一。全宮閉館，人煙稀少。邵雪突然想起來了，「對了，你今天怎麼沒上班？」

「請了半天假。」

她還沒那個膽子直接去見爸媽，兩人也就沒往修復室那邊走，沿著紅牆一路往前漫步，在寂靜無人的雪地上踩出四行腳印。

「這是最幸福的時候，」素年聲音輕得像怕嚇著雪地上蹦跳的鳥雀，「在這裡上班就這一點好，現在都是高樓大廈，但這裡頭還挺有人氣的。」

「也不是人氣吧，」邵雪有自己的想法，「中國建築好像都是這樣的，甭管是老百姓還是達官貴人，住宅都在追求一種人與自然的平衡。哪怕是故宮也這樣，那麼大一個太和殿，一個釘子都沒有。」

「國外不這樣嗎？」

「不這樣，」邵雪搖搖頭，「他們那邊是海洋文明，什麼時候都強調征服自然，要的就是人工雕鑿那股勁兒，和我們中國的文化就是不一樣。」

等了片刻，邵雪抬眼看素年，「怎麼不說話了？」

「說什麼呀，」他一笑，「妳本來就會說，現在還見多識廣的。我甘拜下風，自愧不如。」

邵雪推了他一把，「我看你這叫陰陽怪氣。」

再一抬頭，兩個人就走到太和殿廣場邊了。這是他們童年最喜歡的地方，寬闊，肅穆，閉上眼就能想像百官朝拜的壯觀景象。以前邁一步都要費一股力氣的石階，現在一步可以上兩層，邵雪幾步躥上最高處，對著遠處喊：

「嘿——」

聲音沖上蒼穹，四散八方。

十五歲的時候，也是白雪皚皚的太和殿廣場，他問她：「妳想過以後嗎？」

她說：「我不知道會在哪裡，不過不是在這裡。」

一語成讖。

十四年光陰似箭，當初的人兒四散八方。他們和自己夢想的模樣相差無幾，卻也幾度走散，差點再也無法相聚。

十四年後，在這裡，還是這裡。

鄭素年知道自己喉嚨正發啞，手指在顫抖。冷空氣把他的鼻腔凍得說起話來嗡嗡作響，他深呼一口氣，問出了那句這麼多天一直藏在他心裡的話：

「邵雪，妳還會走嗎？」

她仰起頭。

雪花落在她的睫毛上，一瞬間就融化了。她把剛買的圍巾拉到下巴底下，露出凍得紅彤彤的臉頰。

遠處不知道誰在雪地上騎車。有個女孩的聲音在笑，輕輕淺淺的回蕩在太和殿上。

她說：「我不走啦。

「我不走啦，鄭素年。」

她在漫天大雪的太和殿前，抬起頭，輕輕地吻上鄭素年冰涼的唇角。

我不走啦，鄭素年。

我願意留下，不是放棄了什麼，也不是犧牲了什麼。

我只是願意在這裡，和你在一起。

我好像明白當初晉阿姨的選擇了。

第12章 塵歸塵，土歸土

1

邵雪打從心裡感謝張祁帶著他女朋友回國見家長。

她終於可以從邵華和郁東歌對她逼問「你們到底什麼時候搞上的」和「這麼多年不回家妳有沒有良心」的質疑中短暫逃離。非常神奇的是，鄭素年言談間對張祁女友透露出極高的崇敬之情。

他們兩個連面都沒見過，這就讓邵雪摸不著頭腦了。

張祁見了父母，當然也得見這兩個童年玩伴。他女朋友名叫魏銘辛，是哥倫比亞大學心理學博士，眼睛不大，但閃爍著看透人心的智慧之光。

這是高級知識份子的聯姻，代表著下一代優秀基因的傳承。

邵雪是學語言的，記憶力和聯想力都堪稱一流，所以當張祁無意提起一句「她之前是我P大的學姊」的時候，邵雪直覺的問「告別得正式那個？」

學姊一臉問號。

張祁抱頭鼠竄，被鄭素年和邵雪追著打，一邊打一邊質問：「那麼早就勾搭上了還瞞著我們！還在那假惺惺的說學姊說告別得正式！你講不講義氣——」

張祁驀地停下腳步，回頭大吼一聲：「你們什麼時候搞在一起也沒和我說啊！」

魏銘辛輕輕「哦」了一聲，恍然大悟，「你就是張祁那個算二的六次方還一次次乘，數學考了三十二分的童年玩伴啊？」

張祁臉上紅一陣白一陣，剛剛建立的微弱反擊優勢迅速崩塌，被邵雪捂著心口控訴：「張祁，你重色輕友！你怎麼什麼都說啊！」

張祁還在讀博士，賺的錢遠比不上已經拿到心理醫生執照的女友，沒羞沒臊的過著知識份子被包養的生活，偶爾拿出獎學金買個包給銘辛，已恨不得吐血身亡，後來的半頓飯都在和鄭素年彼此分享「女朋友賺得比自己多是一種怎樣的感受」。

酒足飯飽之後，兩個男人的話題迅速從感情經歷轉變成了家國天下，邵雪聽得無聊，拉著魏銘辛去買化妝品。學姊在眼妝區遊蕩許久，最後買了一整套眉妝產品。

她說：「因爲我沒有眉毛。」

如此坦誠自己的缺陷，邵雪一下子覺得這個學霸平易近人了許多。

回去的路上，邵雪按耐不住自己的八卦心，「妳跟張祁怎麼在一起的啊？」

魏銘辛想了想，「他大學的時候暗戀我。」

邵雪問：「妳這麼確定？」

魏銘辛說：「我學心理的啊……」

「後來他要出國，也沒跟我表白，我們都覺得沒戲唱的事也沒必要說破。申請研究生的時候，我拿到了哥大的 offer，他跑到機場來接我。

「再後來就順理成章了唄。他沒皮沒臉的，每週都要開車去我學校看我。我畢業以後去哪，他也在那邊找了個工作，兩個人就正式在一起了。」

邵雪一邊聽一邊感嘆，學霸談戀愛果然與眾不同。如果所有人都能做出這種簡化人生的選擇，這世間想必會少了一大半癡男怨女。

拿著兩個購物袋的化妝品坐回餐廳，張祁終於注意到兩人的女友消失又出現了。

「妳們去幹嘛了？」

「分享了一些關於你的八卦。」

「什麼？」張祁如臨大敵。

魏銘辛饒有興趣的把手臂壓到桌子上，「什麼華羅庚第二也得吃雞翅，還有P大之光等等的。」

「……邵雪，我跟妳拚了！」

2

邵雪站在竇思遠家底下，拉開嗓門大叫一聲：「喬木姊——」

竇言蹊從素年車窗裡冒出了個頭，跟著叫：「媽——」

鄭素年單手拎著檯燈，急匆匆的走回車門口，「你們叫什麼呢？吵到人了。」

竇思遠今天搬家，素年開車來幫他們載點貴重物品。搬家公司載了一車傢俱已出了社區門口，這對夫妻還在樓上拖拖拉拉不下來。

邵雪本來積極的想去幫忙，被鄭素年按下，坐在車裡看著竇言蹊，理由是「這小兔崽子太能跑，搬上搬下的怕砸到他」。

「他們怎麼還不下樓啊？」邵雪坐回副駕駛座，懷裡抱著一個探頭探腦的竇言蹊。

「樓上還有幾箱子舊東西沒檢查完。」

「直接扔了啊。」

「妳懂什麼呀，破家值萬貫。萬一那箱子裡有前朝萬曆年間的茶杯呢？」

「還眞敢說，」邵雪翻了個白眼，「一天到晚嘴裡愛說這些，還萬曆年間呢，別是偷來的文物，到時候把你們都抓起來。」

「是是，我們先開走吧，」鄭素年一拉安全帶，發動了汽車，「思遠哥說一會兒就追上來。」

傅喬木正對著兩箱子零碎東西發脾氣。

竇思遠有個毛病，就是不愛扔東西。出去旅遊買的紀念品、竇言蹊用完已沒水的彩筆、甚至早就讀不出的光碟都留著。他家陽臺上有些空著的紙箱子，碰到不知道要丟不丟的就往裡頭一扔，傅喬木一直不知情。

這一次準備搬家，全都露了餡。

全是垃圾也就算了，她還從裡面找出幾張大學畢業的合照。不用的資料線和落滿灰塵的風鈴纏在一起，傅喬木越整理越生氣，一腳踹開紙箱子，坐到了牆邊。

「怎麼啦？」竇思遠自知理虧，老老實實的整理另外一箱，「這些多有意思啊，就跟海盜挖寶藏似的。」

「要挖你自己挖，我才不管，」傅喬木氣哼哼，「不是你這些破箱子，我們早就走了。」

「慢慢來嘛。妳也是個做修復的，怎麼脾氣怎麼急躁？」他又從箱子裡摸出一個去秦皇島買的海螺，「妳看妳看，小螺號，滴哩哩哩吹——」

傅喬木轉過頭，懶得看他。

竇思遠那邊是窸窸窣窣搬動東西的聲音。他倒是有耐性，把東西拿出來，擦乾淨，要的放左邊，不要的放右邊，箱子漸漸空了，屋子裡飄浮著靜靜的塵埃。

傅喬木忽然聽到他說：「哎，妳看這個。」

她還在氣頭上，「不看。」

「妳看看嘛，」對方死皮賴臉的湊過來，「絕對有驚喜。」

有個紅色的東西從眼前一閃而過，傅喬木下意識的往那方向望過去。隔著飛揚的塵埃，隔著悠遠的歲月。

竟然是那臺紅色的諾基亞掀蓋手機。

恍惚間又是〇三年的美術學院大門口，男生站在太陽底下，沒頭沒尾的把塑膠袋塞進她手裡。塑膠袋揉捏起來發出細碎的「嘩啦」聲，她仰起臉，還以爲自己的臉是被陽光曬紅的。

傅喬木伸手去搶，沒搶到，又再撲，一下撲進竇思遠懷裡。

「喬木，」他在她耳邊長長的嘆息，「能跟妳結婚生孩子，我這輩子眞是走了大運了。」

「是啊，」喬木有點得意的逗他，「你是走了大運，我可是倒了大霉。」

他沒反駁，蹭了蹭她的肩膀，從脖頸一路吻過她的臉頰，最終輕輕碰了一下她乾燥的嘴唇。

喬木回吻，咬得他眉毛一跳。

「你吻技還這麼差。」

「不滿意？」

「我就喜歡。」

竇言蹊被邵雪捂住嘴，兩個人從門縫裡全程圍觀了這對夫妻的婚後調情，根本忘了自己是回來拿新家鑰匙的事。

「妳看什麼呢？」鄭素年先回過神來，推了一把邵雪。

邵雪神情恍惚，仍然沒忘了把竇言蹊的嘴捂緊，「我、我就看看而已。讓他們繼續。」

3

邵雪本來當自由翻譯做得滿好的，賺的錢夠吃夠穿，但還是耐不住郁東歌一天到晚催她找個正經工作的嘮叨。

「妳有沒有保險和存款？接不著案子怎麼辦？天天睡到十點多才起來，像妳這樣，銀行信用卡都不會給妳額度。」

邵雪欲哭無淚，明明是在自己家裡，怎麼卻有種寄人籬下的感覺？

「妳先聽她的嘛，」鄭素年一邊滑手機一邊安慰她，「等妳跟我結了婚，想幹嘛就幹嘛，住我家裡十二點起床也沒人唸妳。」

邵雪直覺他又挖坑給自己，「誰要跟你結婚了？」

「妳不跟我結跟誰結？」鄭素年正色說，「我初吻初夜都給妳了，少翻臉不認帳啊。」

邵雪覺得自己可以去回答「男朋友天天演秦香蓮是一種什麼感覺」這個問題。

郁東歌催得緊，她選了個良辰吉日投了履歷給一家語言培訓學校。過慣了閒雲野鶴的日子，突然要朝九晚五，她還真有點不適應。培訓期過後，公司第一件事就是把她分配到杭州做一季的義語課老師，美名其是「覺得她有潛力到外地鍛煉一下，回來好提拔升官」。

郁東歌這下子不願意了，好不容易才回來的女兒一走又是三個月，嘟囔著要邵雪換個工作。這下子連邵華都看不下去，拍著桌子訓自己老婆。

「妳怎麼那麼麻煩？孩子自由翻譯做得好好的，硬被妳轟去上班，上班就得聽人安排。現在好了吧，出差三個月，人家辛辛苦苦過了培訓期，妳說辭就辭啊？」

邵雪連忙盛飯給邵華，「哎呀，媽也是擔心我，嘴上說說而已嘛。哎，爸，你看我煮的這白飯，粒粒分明，你們以後別吃得黏黏糊糊的，這個水量煮出來正好。」

鄭素年在一邊不敢說話，偷偷吐出一粒沙子。

臨走那天，鄭素年送她去火車站。他好多年沒來這個地方了，看著街邊矗立著的那幢不中不洋的建築，心裡還生出一絲惆悵。

「現在不賣月臺票了，」他站在閘口，一臉抑鬱，「只能送到這裡。」

「我自己進去就好啦。」她大大咧咧的揮揮手，從鄭素年手裡把箱子接過來，「到旅館就打電話給你。」

「上車發個微信，」鄭素年突然變得嘮叨起來，「到站也發，上計程車發車牌號碼，別叫私人車。晚上我跟妳視訊。」

邵雪失笑，「我都多大了，以前又不是沒自己出過門。」

他這才閉上嘴，沉默的點了點頭。

西站的人潮來來往往，沒人注意到這對即將分別的小情侶。鄭素年忽然伸出手，一把將邵雪拉進自己懷裡。

「我很快就回來了。」邵雪在他懷裡輕聲說。

素年點點頭，下巴壓在她柔軟的頭髮上。她的身體溫熱，讓他的血液逐漸回流到五臟六腑。

目送著她排隊過了安檢，站在透明的玻璃後面整理背包和箱子。鄭素年忽然忍不住喊了一聲：「邵雪。」

周圍那麼大的噪音，還隔著玻璃門和人潮，也不知道她是怎麼聽見的。邵雪回過身，看著鄭素年，朝他笑著揮了揮手。

他也揮了揮手。

然後她拿著行李倒退著走了兩步，身子慢慢轉了回去。

那個場景會一輩子刻在他腦海裡。十年，二十年，三十年。

他也是那個時候，眞眞正正的，可以摸著自己心口告訴自己：他想娶這個女孩，與她共度餘生。

上一次有這種想法是在去大理的火車上。年少輕狂，不敢承諾未來，更不確定自己的感情。如今他知道了。

他愛她。不論禍福，貴賤，疾病還是健康，他都將愛她，珍視她，直至死亡。

邵雪在杭州安頓下不久，就聯繫上康莫水。

她的電話號碼從她記事的小本子上轉移到一個又一個更新換代的手機上，卻從來沒有被撥通過。這個女人的模樣隨著時間逐漸淡化，到最後只成爲一個象徵著邵雪逝去的童年符號。

電話接通的時候，她的心臟莫名狂跳起來。

「喂？哪位？」

熟悉的女聲從話筒裡傳出來，溫溫柔柔的，好像不曾經歷過歲月蹉跎。

「康阿姨，我是邵雪，我來杭州了。」

康莫水住的地方離西湖不遠。邵雪約了個晚上沒課的日子去她家吃飯，開門的竟是個中年男人。

「妳是邵雪吧？我是莫水的丈夫。」

邵雪伸出手和他禮貌的握了一下，只一下就感受到這個人手掌傳達出的力量。有時候說相由心生也不是沒有道理，男人皮膚有些黑，眼睛很大，面容透著寬容和可靠。

康阿姨剛從臥室走出來，看見邵雪，欣喜的踏上一步。

「讓阿姨看看，都長這麼大了。我還以爲妳要晚點過來呢，晚上沒課了？」

「今天沒有，」邵雪笑笑，過去拉住康莫水的手，撒嬌似的說，「阿姨，我好想妳啊。」

「我也是。」

康莫水的丈夫是個中學老師。看她們兩個坐在沙發上聊天，主動去廚房做起晚飯。邵雪想去幫忙，被康莫水拉了回來。

「妳是客人，哪有讓妳來的道理，」她寬慰著，「他的手藝不錯，妳等會嚐嚐。」

邵雪瞥了一眼廚房裡男人微微彎著腰的背影，「哪裡認識的呀？」

「別人介紹的，」康莫水小聲回答，「來往了一段時間，他對我不錯，就結了婚。」

「孩子呢？」

「不要孩子。」

「不要？」

「嗯，」康莫水很坦然，「我不想要，他也不強求。兩個人這麼平平淡淡過日子，也滿好的。」

邵雪心悅誠服的點點頭，感覺出這男人的不一樣來。

康莫水資歷深，還被一些學校聘請爲客座教授。她調侃自己：「書都沒念過多少，也當了一次教授。看見那些學生，就想起妳和素年，年輕多好啊。」

「康阿姨，我都二十六了。」

「是嗎？那也不小了，我還老當妳是十幾歲的小孩呢。」

看邵雪一笑，她又湊過去，「打算什麼時候結婚啊？」

邵雪抓抓頭髮。

「不想說也沒事，」康莫水怕她尷尬，「我都快四十了才把自己嫁出去，還問妳——」

「回去，」邵雪卻忽然說。她抬起頭，有點羞澀，但很肯定的說，「回去就結婚。」

「跟誰呀？」

「鄭素年。」

康莫水身子往後一倒，笑得前俯後仰，「還眞的是他啊！」

她笑得太好看，眉眼上揚，讓邵雪想起了當初在她公寓看到的那張照片，於是她也跟著笑了起來。兩個女人嘻嘻哈哈笑成一團，硬是把在廚房裡埋頭做飯的男人引出來看了一眼。

康莫水送她走的時候說：「愛一個人，好像也沒有那麼難。」

哪有什麼難的呢。遇見了，愛上了，相守了，相知了。

這就是愛情的全部了。

4

邵雪的公司有很多老外，每天出些花花招數來鼓動學生的熱情、折磨老師的身心。八月份有個美國來的老師硬要辦個化裝舞會，半個班的學生發短訊叫邵雪也去，把她逼得翻遍了自己的衣櫥。最後竟然從行李箱裡找出了晉寧送她的旗袍。

有的衣服就是這麼神奇。國外的婚紗可以母親穿了再傳給女兒，旗袍則是幾十年樣式也不會顯得過時。邵雪千辛萬苦的把自己套進藍色的旗袍裡面，照鏡子的時候卻格外悲傷的發現——胸前那裡太鬆了。

脫了衣服，她只穿著內衣躺在床上，用手機查起周圍的旗袍店。改胸圍是個大動作，她按照評分高低從上往下看，最終選中了一家離自己只有兩站的「昀錦旗袍手工訂制」。

名字滿好聽的，她心想。

「柏記，」千里之外的北京城，柏昀生和鄭素年碰了碰杯，「第三家分店，合約簽了。」

素年喝了一口，然後把玻璃杯放在一邊。

「怎麼回事啊？」柏昀生不滿的說，「自從邵雪回來，你是又戒酒又戒菸，有必要嗎？」

「你才少喝點吧，對身體不好。」

柏昀生興趣缺缺的放下杯子，杯底磕在玻璃桌面，發出一聲清脆的撞擊聲。有人發來短訊，他打開螢幕簡單回覆了一下。

顧雲錦的側臉一閃而過。

「顧雲錦還沒消息？」素年漫不經心的問了一句。

對面的人「嗯」了一聲，又迅速把手機螢幕鎖住。

「好了，柏昀生，」鄭素年往後仰了一下，直視著他藏在煙霧後面的雙眼，「我那天看見薛寧上你的車了。」

邵雪套了一件寬鬆的上衣，悠悠哉哉的走進「昀錦旗袍」的店裡。

雖然開在商業街上，但是門面很小，店裡掛滿了訂制旗袍和布料，狹長的舖面深處坐了個女人。

邵雪一直覺得自己長得還行，走南闖北這麼多年，見過的漂亮女人也不少。可是那女人抬頭的一剎那，她還是呼吸一滯。

「妳要做旗袍嗎？」

那女人輕飄飄的開了口。

屋子裡是一陣難堪的沉默。

柏昀生遲疑了一下，手指不自覺的轉動著桌子上的玻璃杯。他說：「我和薛寧……她爸爸實在幫了我太多忙。」

「那你就別繼續裝癡情立牌坊。」

柏昀生一愣，「鄭素年，你罵誰呢？」

「我罵你呢。」鄭素年抬頭，輕蔑的看著他，「罵得不對？」

「這個可以改，」她抿著嘴笑，「從小改大難，從大改小，好改。」

邵雪點點頭，也不知道是該慶幸還是該悲傷。

店裡有個本子，她走過去寫下自己的姓名聯繫方式，一邊寫一邊聊起天。

「妳在這裡開店多久了？」

「四年了。」

「就做旗袍訂制啊？」

「對，都是些小單子，好做。」

「現在高級訂制服那麼受歡迎，我有幾個朋友都去做了。我看妳的手藝這麼好，怎麼不考慮考慮？」

女人低下頭想了想，又搖了搖頭，「不想碰。現在這樣，滿好的。」

邵雪點點頭，又看了一遍自己的資料有沒有寫錯。

「妳的店名還挺好聽的。」

對方欣然應下，「是呀，滿好聽的。還是別人幫我取的呢，不過現在只有我一個老闆。」

「啊？」邵雪有點好奇，「那個人去哪裡了？」

對方臉色如常，「死了。」

邵雪嚇得手一抖，在剛才寫的字上畫了一條黑線，「對不起啊，我不是故意問的。」

「沒關係的，」女老闆笑吟吟的，臉上沒有一點情緒波動，「很早以前就死了，只不過我知道的比較晚而已。」

邵雪語塞，過了半晌才安慰的說：「人皆有一死，節哀順變。」

「眞的沒事。很久以前的事情了，我現在也不覺得難過。」

看她眞像沒什麼事的樣子，邵雪便低頭把自己被劃花的電話號碼在旁邊又寫了一遍。

屋子裡沒開燈。

椅子翻倒，酒水灑了一地。鄭素年在三分鐘前摔門而去，留下柏昀生獨自躺在地板上。

地上有玻璃碴，把他的手臂割出了幾道傷口。他艱難地爬起來，手掌忽然一陣劇痛。

血一滴一滴的流進潑灑在地板上的酒液之中，變成了一灘血水。

門口傳來響聲，吊燈「咔嗒」一聲被點亮了。

一陣急促的鞋跟敲擊地面的聲音響起。

薛寧被滿地狼藉嚇得短促的尖叫起來，隨即便要伸手扶柏昀生。

「妳別過來。」他低沉的聲音好像一隻受傷的狼，讓薛寧不自覺的往後退了幾步。

柏昀生搖搖晃晃的站起來，眼前跟看電影似的開始掠過自己這一生。

十七歲，他說：「我們以後，都去做自己喜歡的事好不好。」

二十一歲，他說：「妳知道的，我運氣一向不好，所以什麼也不敢錯過。」

二十五歲，他說：「我要是能娶妳就好了。」

二十六歲，他說：「妳眞是什麼都不懂。」

今年他二十九歲。

他二十九歲，一身的酒，一身的血，一身的往事不可追。

柏昫生心想，他從今天起，死了。

他不再是柏昫生，他是一個自己也不知道姓名的人。那個愛著顧雲錦的人已經死了，那個做了無數見不得人、拿不出手的事的柏昫生，已經死了。

不然他會瘋的。

他現在是一個新的人。

然後他抬起頭，握住了薛寧的手。

「在一起吧。」他整個人恍惚著，然後跪在地上嚎啕大哭，「薛寧，在一起吧。」

他手上的血水沾染在薛寧毫無瑕疵的手指上。那是一雙沒受過苦的手，不像顧雲錦，骨節處有頂針磨出的薄繭，還有一些被針刺破的小口子。

薛寧蹲下身，反握住他的手。

她沒有辦法，她愛這個人。

從第一眼見到就喜歡。

「好。」

5

窗戶上結了一層白霜。

鄭津把自己的證件拿出來遞給辦事員，對方是個年輕女孩，俐落的核對完畢，很快從桌子上推回去給他。

「後面那排。」

他點點頭，抱著花進了骨灰堂。

他上次來是清明的時候。那天人很多，他擠在人群裡望著照片上的晉寧，什麼都沒說，什麼都說不出。

今天沒有人。

他來得很早，骨灰堂裡沒有人。空蕩蕩的房間裡，晉寧正微微彎起唇角，目光溫柔又靜謐。

「素年，」他緩緩開了口，嗓音有些沙啞，「素年要結婚了。」

晉寧好像點了點頭。

他笑了笑，「我就知道妳會同意，妳那麼喜歡小雪。婚禮定在明年春天，兩個人這兩天正忙著拍婚紗照。

「有一套特別好看。小雪穿的是妳送她的那件旗袍，看著就……看著就讓我想起妳。」

他哽咽了一下，但是很快止住了。

「不能哭，對，不能哭。這麼好的事，我是來告訴妳，讓妳高興的，我怎麼能哭呢。」

他半坐在冰涼的地磚上，伸出一隻手，輕輕的碰了碰晉寧的臉。

「這是妳最喜歡的百合花。我以前也不懂這些，從來沒送過妳。這次我來之前特意去花店買的，我請他剪給我最好看的五枝，最新鮮的，最香的，妳聞聞看。

「聞見了吧。

「妳看看，我們都老了，都要做人家的公公婆婆了。以後啊，還要做人家的爺爺奶奶。妳說，叫什麼好啊？哎，孫子的名字，妳想好了，托夢告訴我。」

說完這話，他從地上站了起來，拍了拍褲子上的灰塵，緊接著，從上衣兜裡拿出來一個音樂盒，上了弦，放到晉寧的骨灰前。

然後也沒告別，自顧自的就走了。

那音樂盒卡了一下，臺座上的小女孩兒輕輕顫了顫，便開始流暢的旋轉起來。臺座底下的外文被擦得光亮，在昏暗的懷思閣裡熠熠生輝。

Eternitá.

夕陽照著琉璃瓦，反射出柔和的微光，光暈裡映著千年的富麗堂皇。黑髮黑衣的年輕女孩，耳朵後面別著紅色的櫻桃髮夾。

她漫不經心的說：「*Eternitá.* 義大利語，永恆不朽。」

番外一　舊事隔天遠

結婚是一件麻煩事。

發請帖、訂酒席，這都是男方家裡的責任。鄭津不擅長這些事，自己弄得手忙腳亂，好在親家是二十多年的老同事，早早便過來幫忙。

邵雪那個性格，什麼都要操心。婚禮當天三點多起來，做頭髮的時候抓著婚慶公司的人一直問流程。直到後來素年那邊打電話過來，新郎一大早上怒斥新娘也是頭一次了，「妳就坐那裡負責美美的就好了，其他事有我呢！」

邵雪把電話一掛，「思慕姊，妳別告狀了行嗎？」

秦思慕早就溜了，邵雪這才老實下來。

年輕人愛熱鬧，婚禮訂了個戶外花園。做修復的同事坐了兩排，剩下的都是同學和親戚。和煦的陽光灑在臉上，賓客的心情都變得非常好。

有情人終成眷屬，這是好事。

鄭津起得太早，有點想睡。人們邊敘舊邊等婚禮開始，他仰在椅子上，半夢半醒。

當年，也是這樣的太陽。

他那時候也就二十出頭吧，在鐘錶組做修復做得心無雜念，有一天突然被叫去鏟樹根。

那是棵新栽的無花果樹，葉子還沒抽綠，根旁尚是新泥。他一鏟下去深及根系，脆弱的枝椏抖得像篩糠。

身後一聲尖叫傳來，晉寧一把搶過他手裡的鏟子。

「你幹嘛砍我的樹？」

他本來就是個不善言辭的人，還碰上這麼個咄咄逼人的女孩。鄭津憋得臉都紅了，還好羅懷瑾及時出來救了他。

「吵什麼呢？」

晉寧過去找師父，「師父你看他，我好不容易栽的無花果，被他砍了。」

鄭津冤得不行，「是我師父叫我砍的。他說這棵樹太高了，有安全隱憂。」

晉寧狠狠瞪著他。他倒是好，目不斜視，心裡暗自琢磨：

這女孩兒的眼睛挺大的……

「鄭老師，快開始了。」郁東歌推了他一下，和邵華一起坐到了他身邊。

「巧不巧，當了這麼多年同事，如今要成親家了。」邵華揶揄著，逗得坐在另外一邊的喬木和思遠笑開懷。臺上的音響發出了一陣嗡鳴，司儀端莊的走到麥克風旁。

老掉牙的開場白，講的都是他聽過的話。許是因爲在花園裡的緣故，臺底下突然跑過去一隻貓，吸引了鄭津的目光。

貓？

這個日子，他怎麼一直分神呢？鄭津拍拍臉，還是沒忍住，繼續陷進回憶長河裡。

修復室的院子裡有許多貓。

都是野貓，趁著夜深人靜佔據大小庭院，到了早上還不願離開。看見鄭津開門，高傲的瞥他一眼，不慌不忙的躥上琉璃瓦頂。

晉寧天天蹲在他們鐘錶修復的院子裡餵貓。

有一次，一隻貓跟老鼠打架輸了，耳朵缺了一角，躲在院子裡哼哼唧唧的哀求安慰。晉寧想替牠上藥又抓不住牠，叫了鄭津來幫她壓著貓爪子。

「妳小心牠抓傷妳。」

「不會的，」晉寧心大，「你好好抓著，牠識好歹的。」

但野性難馴，人家還真不領這個情。藥有刺激性，抹上去太刺激，貓咪齜牙咧嘴，抽出爪子就往晉寧手上抓去。鄭津眼疾手快的一擋，手背上赫然就是三條抓痕。

細小的血珠從他手背上漸漸滲出來，一下子讓晉寧慌了。

「去醫院打針吧。」

「抓一下打什麼針，」鄭津覺得她小題大做，「以前也被抓過，現在不好好的。」

「這是野貓，又沒打疫苗，」晉寧不依不饒的，「牠剛才還跟老鼠打架呢，誰知道爪子上有沒有傳染病。」

拗不過晉寧態度堅決，他們請了假去了一趟最近的醫院。那醫生十分盡責的打了針還包紮，傷口明明不深，繃帶卻纏了一圈又一圈，看上去彷彿骨折初癒。

鄭津家住得不遠，縱橫交錯的胡同裡住的都是幾百年不曾移居的街坊。院子門口乘涼的老人家盯著飛一般騎行而過的晉寧，頗爲恍惚的自問：

「女孩兒騎車帶著小夥子，這是什麼世道啊？」

他父母走得早，家裡只有個六十多歲的奶奶。奶奶腦子不清楚，看見晉寧送鄭津回來也不說話，細細端詳兩個人，半晌忽然蹦出一句：「這個丫頭眞好看，是不是我的孫媳婦啊？」

晉寧羞得扭頭就跑了。

第二天鄭津去得晚了，老師傅早已把門打開。他擱下背包，忽然發現壓桌子的玻璃上，放了一小堆新摘的無花果。

「鄭老師，鄭老師，」郁東歌在一邊叫他，「要向你敬酒了！」

他一個回神，急忙站了起來。

素年和邵雪早就說婚禮麻煩，其實他心裡也這麼覺得。不過人生在世還是要顧忌人情世故，他也怕別人在背後對他們家指指點點。本來以爲要麻煩也就是麻煩年輕人，沒想到他一把歲數了，也得跟著折騰。

敬酒要上臺，臺底下坐著幾十名親朋好友。邵雪恭恭敬敬的叫他「爸爸」，他便按照規矩喝了酒，然後把這認識了二十幾年的小丫頭扶起來。

轉過身，司儀還要講話。

鄭津只覺得臺底下的人臉逐漸模糊了。

晉寧常來鐘錶修復室找他。

他沒什麼和女孩接觸的經驗，只覺得晉寧一天嘰嘰喳喳的，倒也不煩，天南海北什麼都說，兩個人慢慢熟稔起來。

那天她拿來了一個摔壞的音樂盒。那年頭這東西還是個稀罕東西，更何況盒子的造型格外別致。半圓形的凹陷裡，矗立一個金髮碧眼的女孩。她右手提著裙襬，音樂響起的時候，女孩原本是會隨著音樂轉動的，但現在的舞蹈卻因爲外力碰撞顯得斷斷續續。

音樂盒的底部寫了一行鄭津不認識的外文：*Eternitá*.

他難得好奇，「這是什麼意思？」

晉寧正拿著他剛修復好的一個小鐘錶研究，聽見他說話，把頭轉過去漫不經心的看了一眼，「*Eternitá*。永恆的意思吧，還有不朽。義大利語。」

他笑了笑，把音樂盒端正的放到桌子上。

「妳懂義大利文？」

「嗯，以前在英國學過。」

「妳以前待在英國？」

「留過學，」她好像不太在意，「我來這裡就是學個經驗，明年會申請義大利一所學校文物修復的研究生。」

鄭津忽然低下了頭。

「不好修？」

「沒……沒有。」他檢查了一下音樂盒，把底座拆卸下來。這東西和鐘錶其實也沒什麼不同，齒輪、發條、螺絲，西洋人的東西都帶著一股機械革命的味道。螺絲刀轉了個圈，他替齒輪上了潤滑，一眨眼的工夫就修好了。

晉寧拿了音樂盒蹦蹦跳跳的往外走，他忽然叫住了她。

「晉寧，」他的嗓子忽然變得很乾，「妳……能不能不要走？」

「怎麼了？」晉寧卻會錯了意，「我先回臨摹組，我們中午一起吃飯？」

他苦笑，搖頭嘆氣。

「好，我中午在外面等妳。」

「爸、爸，」鄭素年在後面輕輕碰了他一下，「你要不要說兩句話？」

麥克風遞到他手裡，鄭津還沒反應過來。底下幾百隻眼睛往上看，他的手心一下出了不少汗。

「啊，」鄭津咳嗽了一下，「這個啊。

「為人父母，生兒育女幾十年，其實也就是等這天了。

「小雪是個好孩子，當然，我們素年也不差。兩個人青梅竹馬的，以前晉寧老跟我說他們相配，我還沒感覺。現在一看，這種事，還是當媽媽的看得更準。」

郁東歌在臺底下急了，「你看鄭老師，這時候提什麼晉寧啊。」

「讓他提吧，有什麼不能提的，」邵華笑笑，「人都來不了，還不能提了。」

「歲月催人老啊。我們年輕的時候哪會想著，自己有一天會為人父母，為人公婆，甚至為人爺奶奶呢？韶華易逝，我只盼著他們小倆口好好的過日子，好好把握在一起的時光。他們在一起不容易，我這當父親的知道。素年呢，脾氣好，但有時候有點死腦筋；小雪呢，腦子活，從小就機靈。以後他要是做錯了什麼事，妳就來和我說，我替妳教訓他。」

底下一片善意的哄笑。

他也沒什麼好說的了。麥克風垂下去，父子倆在臺上簡單擁抱了一下。多年父子成兄弟。他在素年耳邊用只有他們能聽見的聲音說：「你媽一定特別高興。」

素年一愣，隨即拍了拍自己父親的肩膀。

「一定的。」

邵華夫妻倆也要上臺。鄭津坐回自己的位置，笑意盈盈的看著臺上。

那年開春的時候，兩個人去了一趟上海。

那次國際性會議，不少修復師都去了。鄭津他們那組本來是他師父要去，奈何老人家歲數大了腿腳不便，他就生平第一次踏進了十里洋場。

都是二十出頭的年紀，玩性大，開完了會繞著外灘的梧桐樹和西洋建築拍照留念。晉寧穿了件小披肩，張開手臂站在黃浦江畔。

微風吹得她長髮飛舞，陽光爲她勾了層金邊，站在江邊的女孩子，好像下一刻就要羽化登仙。上海衣服樣式多，款式又新潮，鄭津成了晉寧的移動衣架。她去找老師傅訂了件淡藍色的旗袍，穿得漂漂亮亮的在鄭津面前轉圈問：

「好不好看！」

鄭津笑著點頭，大方的看著她。

他知道，還能像這樣肆無忌憚的看著她的日子，恐怕也沒有多久了。

回去不久，晉寧的錄取通知就下來了。

她要提前走，東西早早收拾好。離職手續辦好以後，爲帶過她的師傅一人送上一份厚禮，一直忙到下午，終於有時間走進鄭津的院子。

晉寧遞了一個盒子給他。

「我想了好久，也不知道送你什麼。你又不像那些老師傅，不抽菸不喝酒，也沒個下棋打牌的愛好。想了半天，我就把那無花果樹上的果子都醃好了送你。你快點吃，我怕壞了。」

鄭津停了下手裡的動作，頭也不抬的說：「放那裡吧。我下班拿。」

身後傳來一聲輕微的「咔噠」聲。

晉寧輕聲問：「我明天走，你能不能送送我？」

他長呼一口氣，用力咽下滿腹酸澀，一字一頓的說：「我還有事，一路順風。」

身後沒聲音了。過了一會，院子門「吱呀」一響，鄭津散了全身力氣，閉著眼坐倒在硬邦邦的椅子上。

滿屋子都是鐘錶滴滴答答的聲音，那一個下午，像一輩子那麼漫長。

他長那麼大也沒喝過酒，卻在那天喝得爛醉。那個時代的出國，就等於一輩子不再相見。他混沌了前半生，剛剛遇上個志趣相投的女孩子，就要面臨這樣一輩子的離別。小館子裡的人看這個年輕人都覺得奇怪，世上竟還有人用無花果下酒？他一邊喝一邊喃喃自語，有心人路過，聽到他不住的說著：

「一路順風，妳一路順風。」

婚禮終於到了高潮。

邵雪手裡拿了捧花，看準了秦思慕的位置就砸過去。一票未婚女子笑著鬧成一片，思慕姊提著長裙胸口站起來大叫：

「我搶到了我搶到了——」

長輩們站起來彼此敬酒，鄭津做爲新郎父親，更是推辭不開。他的酒量不行，喝到一半昏昏沉沉的被人扶到一邊去休息，掙扎著想站起來，一下子撞到了鄭素年一個朋友身上。

柏昀生趕忙扶住他，「叔叔，怎麼了？」

他腦子不太清醒，「有沒有……無花果？」

柏昀生滿心疑惑，「你要無花果做什麼？」

他把對方推開，一個人徑直朝外走。他一邊走一邊唸叨：「晉寧，妳在哪啊，我去找妳啊……」

「你去哪找我呀？」一個女孩站到了他面前，「我不就在這兒嗎？」

鄭津一抬頭，登時淚流滿面。

「我這不是回來了，」太陽底下的晉寧和二十二歲的時候分毫不差，長髮烏黑，她伸出手抱住了他，「素年結婚，你亂跑什麼？」

晉寧走後，鄭津一蹶不振，被許多人罵得狗血淋頭。他師父站在他身後叨叨個沒完：「誰看不出來你喜歡晉寧那丫頭？喜歡就去追，人家要走你就放她走啊？我瞎了呀，我看不出來她也對你有意思？大男人畏首畏尾，還想讓人家放棄大好前程、主動陪你不成？」

奶奶也不懂。她說：「我的孫媳婦呢？我的孫媳婦爲什麼不來了？」

鄭津說：「她走了，去了一個很遠的地方。」

奶奶看不上孫子這副沒用的樣子，「走了？那你把她找回來呀。」

「她走了，奶奶。走得太遠了，我找不回來了。」

晉寧走後的第二年，奶奶生了很重的病。醫生考慮到她的年紀，沒採取積極治療，只是用藥物緩解著她的痛苦。在病床上撐了半年後，鄭奶奶也駕鶴西去。

臨走前那兩天，她像是迴光返照似的精神起來，腦子糊塗十幾年了，卻在那幾天格外的清楚。她拉著鄭津安排後事，葬禮上蠟燭要點幾根，爺爺留下的遺產怎麼計算，家裡的證件都藏在什麼地方，事無鉅細，羅列得一清二楚。

話說到最後，她眼裡的光瞬間消失了。

她摸著鄭津削瘦的肩膀，輕聲說：「你爸媽走得早，我這些年也總是糊塗多過清楚。你一路過來跌跌撞撞，也沒個長輩能指點一二。奶奶懂得少，可是奶奶知道你是真的喜歡那個女孩，喜歡就去找她，沒什麼好丟臉的。」

他以為奶奶又糊塗起來，便給她拉好了被角，推脫要出去替她拿些水來潤嗓子。出了病房，他便在通風的陽臺上點了根菸。這兩年他養成了抽菸的習慣，也養成了回避晉寧的習慣。無論是師父還是自己奶奶，但凡提起，他總是推脫著走開。

再回去時，奶奶已經咽了氣。

或許是早有心理準備，他反倒沒有想像中悲傷。火化、葬禮、遺體告別、證件銷毀，事情操辦都只有他一個人，前來祭拜的親戚卻絡繹不絕。一套流程走下來，他累得幾乎不成人形，撐著上了幾天班，修復室迎來了一個記者。

那是個和晉寧差不多年紀的女孩，拿著本子嘰嘰喳喳問個沒完，臨到最後要走了，她變戲法似的從口袋裡掏出一封信。

「這是……？」他訝異。

「我在國外讀書的時候，晉寧是我隔壁系的同學，」她笑得若有所思，「我們一直有聯繫，她信裡的話，我覺得應該給你看看。」

牛皮信封上蓋著國外的郵戳。鄭津顫抖著打開，紙上果然是晉寧飛舞的筆跡。心思卻寫得那麼婉轉。

「……我想了很久，也後悔了很久。唉，要是有朝一日妳也喜歡上一個男人，可千萬別和我一樣，等他表白，等他來找妳，等他主動。妳要是有什麼愛的人，他在哪裡，妳就去哪裡。別像我一樣甩手就走，等想明白了，後悔了，人也遠了，感情也就晚了。」

鄭津愣住了。

他抬起頭，艱澀的問：「晚了嗎？」

小記者不回答，抿著嘴笑，「你說呢，晚了嗎？」

窗外濃綠的樹葉被微風吹得嘩嘩作響。這片古老的宮殿啊，這麼多年也不曾變過模樣。鄭津在風裡站了很久，忽然就想明白了。

想明白了。良人不歸，就動身去尋。城門不開，便是翻也要翻出去。故宮無情，人何苦對它訴盡離愁？愛上一個人，天涯海角又有什麼可懼？

他請假、收拾行李、辦簽證。簽證官問他：「你去義大利做什麼？旅行、學習還是工作？」

他說：「我去找我心愛的女孩。」

簽證上的紅章不是那麼好拿的，鄭津卻出人意料的一次成功。對方把文件遞還給他，臉上的笑容鼓舞人心。

「祝你好運，」他說，「我也有心愛的女孩。」

他什麼都不管了。他走向那個在地圖上摩挲了千百遍的位置，那裡有他心愛的女孩。他要告訴她，他跨越了千山萬水來找她。他要告訴她，他愛她。

鄭素年和柏昀生把鄭津扛到婚禮會場後面的一個沙發上。

「叔叔這個酒量，」柏昀生搖搖頭，「你也不看著點。」

鄭素年十分無奈，「我在那邊敬酒都敬不過來，結果他一個不小心就喝多了。」

「他差點倒在大門口，幸虧我看出不對勁，在後面扶了他一把。」

「怎麼不對勁？」

柏昀生長嘆一口氣，「跟我要什麼無花果？哎，你趕緊回去吧，婚結一半，新郎不見了，像話嗎？」

他點點頭，連忙往邵雪的方向跑過去。

鄭津仰面倒在柔軟的沙發裡，微張著嘴，渾身被太陽曬得暖烘烘的，分明五十多歲了，臉上的神情卻格外像個少年。

夾雜著喜悅，緊張，期待與思念。

時隔十幾年，他終於又清晰的見到了晉寧的模樣。鄭津的夢裡春光大好，相愛的人久別重逢。

他們在異國的土地上緊緊相擁，互相低語著深深的思念與眷戀。

彷彿一生一世都不會再分開。

番外二　錦繡年華

我和昀生結婚那天，他家的老宅裡來了許多人。蘇州園林，雕樑畫棟，山石掩映之後點綴著小橋流水。

柏家舊宅，自二十七年前被抵押出去之後，幾經易手，終於回到了原主人的手裡。

他是柏家的獨子，也是我的新郎。人們都說他青年才俊，憑一己之力讓早已銷聲匿跡的柏記珠寶重見天日，而我與他門當戶對，是天賜姻緣。

呵，天賜姻緣。

也有說風涼話的。說他是憑著女人東山再起，第一批客戶是從老東家手裡搶來的。他聽見也不辯駁，只是低著頭一笑。

而我真怕他笑。

我時常覺得我是不懂身邊這個男人的，即使他對我體貼入微，就算是面對我諸多無理要求，他也不動聲色。

我認識他的時候，十八歲。

那時候，他還不是這樣的人。

1

我姓薛。薛寧這名字，平平無奇。換句話說，配不上我身為薛江畔千金的身分。

這句話放在如今說來自然是有些做作，可是十幾歲的薛寧卻覺得恰如其分。那時候我青春年少，家室優渥，想要什麼撒個嬌，天上的星星也能摘下來。

除了柏昀生。

你問我最初愛他什麼，自然是愛他那副好相貌。可是越接觸，我越發現野心和欲望像野火似的在他眼睛裡燒成一片。

長得一副紈絝公子的模樣，其實是條狼。

到底是丟了什麼啊？從小要風得風的我不明白，到底是丟了什麼，能讓一個人渾身上下透露出這麼蓬勃的生機，好像只要來一陣風，星火就能呈出燎原之勢。

顧雲錦不是那陣風，我早就看出來了。顧雲錦要嘛也是一場雨，早晚把他眼裡的火澆滅。

我愛柏昀生。

我爸爸是個頂天立地的男人，白手起家，吃了無數的苦，終於換來今天的好日子。因此我看不上那些圍在我身邊的男生，一個個乳臭未乾，滿腦子風花雪月。

我和我媽提起柏昀生，講他下雨的時候接我回宿舍，肩膀濕了大半；講他和我一起畫設計圖，改畫稿的時候手背碰到我的手；講他衣服上淡淡的菸草香氣，也講他上課的時候坐在椅子上轉筆，一臉漫不經心。

怎麼就這麼巧，這個世界上有一個人，恰好是我愛的樣子，恰好和我相遇。

恰好，不、愛、我。

火不愛風而愛雨，天底下哪有這樣的笑話。

我媽和我爸同甘共苦這麼多年，人情世故看的自是比我透徹。她叫人查了柏昀生的家底，語重心長的跟我說：「這種男人妳降不住，對妳示好，那是對妳有所圖。」

有所圖便圖吧。我愛他，甘之如飴。

卻沒想到，顧雲錦來了，他便連戲都做不下去了。

相識這麼多年，他唯一一次和我撂狠話是在顧雲錦面前。她確實漂亮，柔中帶剛，站在柏昀生身旁比我登對了太多。

嫉妒野草似的長起來。

我爸爸也知道這麼個人。柏昀生有點像他年輕的時候，迫於形勢會彎腰，但骨子裡比誰都傲。我偏要他對著我低頭。

上一輩的財富積累給了我話語權。我旁敲側擊的問了教授旗袍師傅的事，然後勝券在握的進了他的宿舍。

看見他著急，心裡從嫉恨變成興奮，又從興奮變成不忍。看著他的態度從硬到軟，看著他說他求我，我卻慌了。

我這是在幹什麼呀？

卻沒想到，這一個心軟，換來了他偷樑換柱。

那合約讓顧雲錦簽了去，他們兩人倒是名利雙收。他卻用那雙眼睛望著我，誠摯得讓人沒辦法恨他。

他說，薛寧，對不起。

他說，薛寧，會有更好的人愛妳。

爲什麼？爲什麼？明明他骨子裡比誰都想東山再起，卻因爲一個顧雲錦把我越推越遠。我不如她嗎？論相貌，論家室，論給他大好前程，我哪一點，哪一點，哪一點比不上顧雲錦？

媽媽心疼我，輕聲細語的把實話說出來：「他不愛妳啊，寧寧。妳再好，都抵不過一個他不愛妳。」

父親不太管我，那天卻發怒了。他摔了水杯，掐滅了菸，一字一頓：「我薛江畔的女兒，莫非不值得愛？」

我怔住。

「姓柏就了不起了嗎？不就一個沒落的珠寶商？」他冷笑，「我打拚了四十年，年輕時就被這些壟斷行業的人欺負，到如今女兒還要被他們瞧不起？我倒要會會這個柏昫生，看看他到底有什麼能耐。」

最初愛上他的時候，我以爲愛他是我一個人的事，到後來發現許多人被牽扯進來的時候，已經晚了。

可是我不後悔。

我這一生，所有東西都來得太輕易，只有一個柏昫生花費了太多心思。若我們能在一起，我一定會加倍珍惜。

2

我以前聽過一個詞，叫做自毀長城。

這詞用在柏昀生與顧雲錦的關係上恰到好處。

原來一個人打定主意要做一件事的時候，連老天都會幫忙開路。況且是他自己把顧雲錦逼走的，與我何干。

他最頹廢的時候，父親不讓我去見他。我只是聽說，聽說他大醉一場，聽說他去了蘇州，聽說他回來沒日沒夜的談生意，店面落成的第一個晚上胃出血被送進了醫院。

我偷偷溜去看他。他病房裡連個陪床的人都沒有，手上插著點滴，眉頭輕輕皺著，眼睛裡的爾虞我詐被眼簾遮蓋，露出的只是一張蒼白的臉孔。

掐指算來，我也這麼多年沒見他了。

父親這招棋啊，連帶著自己小半的家產都投了進去。商場的伏筆向來是以年計量，父親不光是給我爭口氣，也是給他自己爭氣。

把柏家獨子當槍使，紓解了他創業時的那些忍氣吞聲。

可這些，柏昀生是不會知道的。

他躺在病床上，頭微微側著。我用我的手包裹住他的手，他的手指冷得像冰，但我卻欣喜的發狂——

這麼多年了，這麼多年了。柏昀生，你終於要是我的了。

然後他的嘴唇微微動了一下。

他說：

「雲錦。」

3

顧雲錦離開後的第三年，他開始會開車接我下班。也不說愛情，只是對我好。送我生日禮物，陪我買衣服，偶爾心情好還會做飯給我。但是他不讓我去他家，他家裡那隻貓也不喜歡我。

我卻已經很滿足了。

媽媽看不過去，爸爸也時常教訓他。有一次，我站在門口聽見兩人的對話，爸爸的用詞實在難聽。

柏昀生卻沒什麼反應。

他好像已經是個沒有情緒的人了。別人罵他，他不惱；別人誇他，他也沒有多高興。談生意總會去些聲色犬馬的場合，在場的人都能看出他是皮笑肉不笑。

人們說，柏昀生只認錢。

可是我知道，他以前不是這樣的。他以前也總是漫不經心的，卻會在餵貓的時候笑得像個小孩，在下雨的時候神色張惶的躲避，在被人觸著逆鱗的時候冷下臉色。

聖誕那天下了大雨，他拉著窗簾和我看電影。乏味的愛情片，男女主分分合合，最後在大雨中扔掉傘擁吻。

我湊了過去，氣息凌亂，四肢糾纏。他倒吸一口氣，狠狠把我推開。

他說：「薛寧，不行。」

我終於崩潰了。我瘋了一樣撲上去咬他的肩膀，尖聲說：「柏昀生，你爲什麼不愛我？」

他連還手都不還一下。

口腔裡有血腥味蔓延開，我才發現他的肩膀已經被我咬出了血印。外面閃過一道電光，隨即是低沉壓抑的雷聲。

他把外套穿好，一言不發的走進了外面的傾盆大雨中。

我以爲他不會再理我了，誰知道第二天他照常去接我下班。車裡不知噴了什麼，淡淡的香氣。

我沒出息。我問他：「你怎麼又來接我了？」

他說：「妳車開不好，怕妳撞到。」

這個人啊，這個人。

我徹底絕望了。

我絕望的發現，我愛他，沒有辦法，瘋了一樣的愛。只要他不主動離開，我永遠也放不了手。

4

我和柏昀生在一起了。

後來我總會想，如果我和柏昀生之間是一場博弈，那麼他幾乎可以算得上一無所有，他唯一的籌碼就是我愛他。

用這張籌碼，他戰無不勝。

我無法拒絕，我也不可能拒絕。他從一地酒液裡爬起來，像隻困獸般跪在我面前。

他說：「在一起吧，薛寧。」

我用一整個青春等這句話，但當它眞正到來的時候，我卻短暫的失語了。

其實我很想問他，我想問：「如果有一天顧雲錦回來了，你是不是會果斷拋下我去找她？」

答案我心知肚明。

所以我不去想，不去想的事就不會發生。我俯下身，用盡畢生所有的溫柔抱住了他。

我說：「好。」

5

可是它還是發生了。

好熱鬧的宴席啊。座下是父母賓朋，臺上是我和柏昀生。他最好的朋友鄭素年挽著一個女孩坐在很遠的桌子上，表情也說不上有多高興。

我不知道賓客爲什麼要噤聲。

就算進來一個陌生人，又何必要這樣給她做效果呢？好像電影裡的女主角出場，站在臺上的我反倒成了個跑龍套的。

她是美，我知道。我從見她第一面就知道她很美。別人的喜事，她卻穿了件暗紅的絲絨旗袍，襯得她冰肌玉膚。

柏昀生的手在抖。

她手上戴了個戒指，白玉的，鑲著翡翠，一看就知作工上乘。她把那枚戒指摘下來，旁若無人的戴到了我手上。

「這是柏家的傳家戒指，」她在我耳邊低聲說，「當初是他送錯了人，如今我物歸原主。」

我抬起頭望著她。

半晌。

我說：「好。」

女人看女人，最是通透。她不是個簡單柔弱的人，我從第一次見她就看出來了。知情人都以為是我薛寧仗著家世橫刀奪愛，卻不知道在這兩個人面前，我才是那隻待宰的羔羊。

窮盡畢生之力，也只能說一個「好」字。

柏昀生冷聲怒道：「顧雲錦！」

三個字，字字柔情，字字無可奈何，字字怒火沖天。

他永遠也不會這樣叫我的名字。

顧雲錦笑了。

她抬眼看他，只一眼，我就感覺柏昀生的手變得冰涼。

「你還記不記得這件旗袍？」她用只有我們三個人能聽到的聲音說，「你當年說，娶我的時候，我就穿這件好了。」

然後她轉過了身，髮梢拂過我的鼻尖，背影裡再沒絲毫的留戀。

柏昀生沒有追上去。

都不是當年的少年了，做人做事都要考量大局。但我知道，他人沒追，魂卻早已飛了。我有些害怕的扶著他，我發現我怕的不是他去追顧雲錦，而是他倒下。

顧雲錦眞是個妖怪。

她的背影告訴我，這將是她最後一次出現在我們面前。卻也告訴我，她將永遠橫亙在我和柏昀生之間，一生一世，陰魂不散。

6

婚後，我長居蘇州。

他工作繁忙，兩地奔波，一個月只有不到十天能住在家裡。餘下的日子，我就陪著媽媽做做飯，散散步。

媽媽心疼我，「他有沒有欺負妳？」

我搖頭，「怎麼會，他對我很好。」

媽媽還說：「我有點後悔了。從小就由著妳的性子來，連妳喜歡誰也要想方設法弄進家門。可是這樣的日子，過著有什麼意思呀？」

「我自願的，」我一笑，「我也不覺得委屈。」

她就只能長嘆了。

他的生意越做越大，即便回不了柏記最鼎盛的時期，也補回了十分之八九。爸爸有些慌了，他怕他制不住這條餓狼，時機一到就遭到反噬。

他一輩子商界馳騁菸酒不斷，老來疾病纏身。眼見著後棋還沒布好，公司卻突遭變故，父親急火攻心，一夜之間病倒。

大手術要親人簽字，媽媽急得血壓狂升。外人終歸是放不下心來，我一個人在醫院跑上跑下整整三天。

第三天，柏昀生坐了凌晨的航班飛回來。

醫院裡靜得駭人，他的腳步聲好響好響。我蒼白著一張臉看向他，說：「柏昀生，薛家給不了你什麼了。」

他長嘆一口氣。

他問：「妳爲什麼不和我說？爲什麼岳父病了的事，還要別人告訴我？」

我只覺得諷刺，「告訴你又如何？」

柏昀生看了我許久。

然後，他伸出手臂，輕輕把我攬進懷裡。

「我是妳的丈夫，薛寧，」他在我耳鬢廝磨，「妳是我的妻子。妳的父母也是我的父母，這是家事。」

家事？我沒想到有生之年還能聽見這樣的話。我想抬頭，他卻用手壓著我的頭髮，讓我靠在他的肩窩。

「我不說，妳也不問。」他輕嘆，「我既然娶了妳，我就要對妳負責任。我不是臨時起意，更不是把妳當替代品。我愛過顧雲錦，但是現在在我身邊的人，是妳。」

靜悄悄的醫院走廊裡，我痛哭出聲。

我愛了十多年的人啊。

我把自己低到塵埃裡，我連自尊都不要了。我等了這麼多年，盼了這麼多年，終於等來一句：「現在在我身邊的人，是妳。」

他仍未說過愛我。

但對我而言，已經足夠。

7

顧雲錦眞的再也沒有出現過。

父親痊癒，他和我一同盡孝。有時候我早上想賴床，他便穿戴整齊去推著父親的輪椅散步。媽媽私底下和我談論起，也很是欣慰。

再後來，我們有了孩子，一個男孩，一個女孩。開疆拓土的時期已經過去，他的生意穩定，有了更多的時間陪我和孩子。每次早上醒來望著他的眉眼，我還是會覺得人生若夢。

有次我和朋友喝茶回去太晚，他坐在沙發上等得睡著了。我探過身想把他叫醒，只聽見他呢喃了一句：「寧寧。」

我就那麼站在那裡，看了他好久。

那天我忽然想起過往。想起我們第一次見面，美術學院向陽的畫室中，他握著一支鉛筆，在紙上細細塗抹著陰影與光線。抬頭看見我站在門口，他招了招手。

「薛寧。」

他的眼睛裡水光瀲灩。然後我沉溺其中，整整十五年。

（全書完）

後記

1

其實長篇寫作的完結，是一個很漫長的過程。

並不是我最開始想像的那種，在黑暗中敲下最後一個字，然後鄭重其事的打一個「完」。從此這個故事就擱置了，就與我無關了。

不是的。

我還需要修改，需要潤色，需要一遍又一遍的重讀，看看哪裡的邏輯處理不妥，哪裡的感情處理不到位。

讓他們的形象再生動一些，讓他們的感情再飽滿一些。既然你一字一句的把他們創造了出來，就要負責到底。

最後，在無數次的修改過後，用後記與他們正式告別。

2

這是我第一部長篇作品。

交上去的時候很忐忑。很多問題，不用責編說，我自己心裡也有數。人物太多，感情太雜，親情友情愛情糅在一起，不像一本尋常的言情小說。

寫這本小說的時候，我還同時在準備畢業設計。故事裡有一章叫做「衰草枯楊，青春易過」，那大概就是我這段時間眞實的心情寫照。

一個馬上就要踏入社會的人，在最後的學生時代，把所有關於友情、親情、愛情的感悟，和對這個世界一些初步而淺顯的思考，寫進了這個故事裡。

故事裡寫了很多人。主角、配角，還有許多出場兩、三次的龍套。我寫短篇出身，裡面有不少角色都是之前短篇裡的角色。

很有趣，把別的故事裡的主角拉過來圍觀這幫人的愛恨情仇。

比如裴書和秦思慕，雖然在這個故事裡連男三女三都排不上，不過在那個短篇裡，他們相逢相知、相愛相守一生。

還有些角色，龍套到極點，如果不是我在後記裡提到，你可能已經忘記了他們的名字。小員警齊名揚，考不上美術學院的杜哥，熱衷志願活動的張一易……

他們雖然在這本書裡不是主角，可是他們同樣有著自己波瀾壯闊的人生。

3

我有時候覺得，這個世界，太快了。

所有人都在喊，效率效率效率。

早上尖峰時段擠地鐵，一個女孩不小心撞了一個男孩一下，兩個人破口大罵。晚上尖峰時段叫個車，司機被堵得心煩意亂，喇叭刺耳，此起彼伏。

那對男女也只是普通上班族的長相，大概在學校讀書的時候，也是白衣飄飄的少年少女。司機也有自己的父母妻兒，哄孩子入睡的時候應當也是個溫柔的父親。

到底是什麼讓我們這麼焦躁呢？

於是我想寫個很慢的故事。

故事裡的紅牆琉璃瓦在夕陽下閃著光，故事裡的金水河潺潺流淌，少年少女波瀾不驚的長大，和父母吵架又和好，偷偷藏住低分考卷和心底慢慢滋生的愛戀。

有關夢想，有關存在的價值，有關這個無窮無盡的世界。

那個時候，車馬慢。

4

柏昀生是個很可憐的人。

我寫短篇的時候，他是我的一個男主角。有人看完故事私訊給我：「姊姊，柏昀生不是好人。」

我有點不忍，卻也能理解讀者的想法。

柏昀生只是個凡人。他不像鄭素年，生來無憂，最大的挫折就是母親去世，後半生可以毫無負擔的做自己覺得有價值的事。而柏昀生這一生枷鎖太多、執念太深。

他愛顧雲錦的時候是真的愛，也曾真心的想與她廝守一生。不然這麼唯利是圖的人，怎麼會當面和薛寧撕破臉呢？

也可憐，也可悲。也心疼，也心酸。

對了，顧雲錦後來嫁了一個對她很好的男人。

5

我很喜歡故事裡的這些長輩。

第二章的標題裡說「有人曾青春，有人正青春」。誰都風華正茂過，誰都年少輕狂過。邵華和郁東歌，鄭津和晉寧，還有孫祁瑞與他英年早逝的妻子。

我花了很多筆觸去寫這些人，因爲他們眞的，都是很好很好的人。

羅懷瑾和孫祁瑞都是舊派匠人，褚師傅也是，這些人有自己的固執與驕傲。

竇思遠和傅喬木接了班，願工匠精神生生不息。

鄭素年這一代，仍能在紛繁嘈雜的現代社會堅守一份執著。

這是整個故事的基石所在。

6

其實故事寫完了，我腦海中還有很多畫面留存。

比如邵雪站在太和殿廣場的大雪裡，遙望著遠方，「我不知道會在哪裡，不過不是在這裡。」

比如鄭素年站在紅牆琉璃瓦底下，一字一頓：「我會等。」

比如柏昀生倒在顧雲錦送他的散落一地的拼圖裡。

比如顧雲錦靜靜的坐在「昀錦旗袍」的舖子深處。

還有啊。還有。

還有竇思遠隔著鐵門把塑膠袋塞進傅喬木手裡。還有鄭津坐在晉寧的骨灰罈前。還有孫祁瑞在紙上反覆描畫著「竇言蹊」這三個字。

我啊，我把自己的往事一點一點塡進這個虛構的框架裡，看著筆下的人物逐漸血肉豐滿，最後從螢幕裡跳出來對我頤指氣使：

「我的人生不應該是這樣的，我會這樣做選擇。」

他們在故事裡度過的一年四季，於我不過幾個日夜。他們快樂的時光我也快樂，他們悲傷的時候我也悲傷。我只有一個人，活過一種人生，故事裡的他們卻過得千姿百態。

你看著我以爲不過光陰三四月，我卻已經替他們過完幾輩子的愛恨。

我也很累啦。

7

我的短篇不太寫大團圓結局的。

我寫的故事很少死人，除非背景設定在時代的大動盪裡。我總是寫呀，兩個人明明相愛，卻一次又一次的錯過，一次又一次的放棄，最後明明都活著，卻天各一方，孤獨終老。

可是這個長篇，卻是少有的大團圓。

故事的最後，所有人都結婚生子，一身人間煙火。我寫的時候一個一個算，把每一個人都交代了結尾。張祁和他的學姊有情人終成眷屬，鄭素年和邵雪在番外裡老老實實的結了婚。柏昀生已經辜負了一個女人，那就讓他和薛寧相守到老吧。顧雲錦呢，開了個旗袍舖子謀生立命，是眞的看開了，也是眞的不愛了。

除了晉寧不在了。

哎，可惜了。除了晉寧不在了。

8

那就這樣吧。

故事裡，孫師傅說：「人這一生，要給這個世界留下點什麼。」

我已經做到了。

我給這個世界留下了一個故事。很多地方還笨拙，很多地方還幼稚，可是好在把我的少年意氣都寫了進去。

我不會後悔，也不會遺憾了。

我們，下個故事見。

國家圖書館出版品預行編目資料

昔有琉璃瓦 / 北風三百里作. -- 初版. -- 臺北市：春光出版, 城邦文化事業股份有限公司出版：英屬蓋曼群島商家庭傳媒股份有限公司城邦分公司發行, 民110.05
面； 公分. --（奇幻愛情：69）

ISBN 978-986-5543-21-1（平裝）

857.7 110004982

昔有琉璃瓦

原著書名／昔有琉璃瓦
作　　者／北風三百里
企劃選書人／王雪莉
責任編輯／王雪莉

版權行政暨數位業務專員 ／陳玉鈴
資深版權專員／許儀盈
行銷企劃／陳姿億
行銷業務經理／李振東
總　編　輯／王雪莉
發　行　人／何飛鵬
法律顧問／元禾法律事務所　王子文律師
出　　版／春光出版
台北市104中山區民生東路二段 141 號 8 樓
電話：(02) 2500-7008　傳真：(02) 2502-7676
部落格：http://stareast.pixnet.net/blog　E-mail：stareast_service@cite.com.tw
發　　行／英屬蓋曼群島商家庭傳媒股份有限公司城邦分公司
台北市中山區民生東路二段 141 號11 樓
書虫客服服務專線：(02) 2500-7718 / (02) 2500-7719
24小時傳真服務：(02) 2500-1990 / (02) 2500-1991
服務時間：週一至週五上午9:30～12:00，下午13:30～17:00
郵撥帳號：19863813　戶名：書虫股份有限公司
讀者服務信箱E-mail: service@readingclub.com.tw
歡迎光臨城邦讀書花園 網址：www.cite.com.tw
香港發行所／城邦（香港）出版集團有限公司
香港灣仔駱克道 193 號東超商業中心 1 樓
電話：(852) 2508-6231　　傳真：(852) 2578-9337
E-mail : hkcite@biznetvigator.com
馬新發行所／城邦（馬新）出版集團　Cite(M)Sdn. Bhd
41, Jalan Radin Anum, Bandar Baru Sri Petaling,
57000 Kuala Lumpur, Malaysia.
Tel: (603) 90578822　Fax:(603) 90576622　E-mail:cite@cite.com.my

封面設計／Ancy Pi
內頁排版／極翔企業有限公司
印　　刷／高典印刷有限公司

■ 2021 年（民 110） 5 月 27 日初版一刷

Printed in Taiwan

售價／360元

城邦讀書花園
www.cite.com.tw

ISBN　978-986-5543-21-1

廣 告 回 函
北區郵政管理登記證
台北廣字第000791號
郵資已付，免貼郵票

104台北市民生東路二段141號11樓

英屬蓋曼群島商家庭傳媒股份有限公司

城邦分公司

請沿虛線對折，謝謝！

愛情·生活·心靈

閱讀春光，生命從此神采飛揚

春光出版

書號：OF0069	書名：昔有琉璃瓦

請於此處用膠水黏貼

讀者回函卡

謝謝您購買我們出版的書籍！請費心填寫此回函卡，我們將不定期寄上城邦集團最新的出版訊息。

姓名：______________________

性別：□男 □女

生日：西元________年________月________日

地址：______________________

聯絡電話：________________ 傳真：________________

E-mail：______________________

職業：□1.學生 □2.軍公教 □3.服務 □4.金融 □5.製造 □6.資訊

□7.傳播 □8.自由業 □9.農漁牧 □10.家管 □11.退休

□12.其他 ______________________

您從何種方式得知本書消息？

□1.書店 □2.網路 □3.報紙 □4.雜誌 □5.廣播 □6.電視

□7.親友推薦 □8.其他 ______________________

您通常以何種方式購書？

□1.書店 □2.網路 □3.傳真訂購 □4.郵局劃撥 □5.其他 ________

您喜歡閱讀哪些類別的書籍？

□1.財經商業 □2.自然科學 □3.歷史 □4.法律 □5.文學

□6.休閒旅遊 □7.小說 □8.人物傳記 □9.生活、勵志

□10.其他 ______________________

請於此處用膠水黏貼